中公文庫

大岡昇平 歴史小説集成

大 岡 昇 平

中央公論新社

大岡昇平　歴史小説集成　目次

大岡昇平　歴史小説集成

将門記

一

古来平将門ほど論議の種になった武将は少ない。関東は古代日本の辺境であり、武家の根拠地であった。源頼朝、徳川家康が鎌倉江戸に幕府を開いて、実質的に全国支配を完成するのは、関東という別天地の豊饒《ほうじょう》な資源と地域性を基礎にしている。しかし彼等はみな征夷大将軍という官名に満足し、政治を天皇より委任される形式をとった。将門のように、関八州を制圧して、天位を僭称したものは、それまでには無論なかったし、その後にも現われなかった。

明治の王政復古以来、日本最大の悪人として糾弾されたのは当然である。しかもいわゆる「即位」から服誅まで、二ヵ月足らずという短さである。天皇位を覗《うかが》う悪人の末路はかくのごとし、と万世一系を誇るよい機会でもある。『神皇正統記』『大日本史』以来の名分論であるが、天慶《てんぎょう》三年（九四〇年）二月の服誅以来、朝野における将門像の変遷を見ると、事態はそれほど単純ではない。

関東は勿論、甲斐、信州まで、その首、あるいは遺骸を葬ったと称する塚が夥《おびただ》しくあった。それらはたいてい古墳なのであるが、将門山、将門塚、または将軍塚などと称せられて、近世にいたるまで土地の住民に畏敬されていた。

敗死後、首は京都に送られて、晒《さら》された。いつまでも生気を失わず、われに失われた四肢を与えよ、さらばいま一戦を試みん、と歯がみしたという。首肢が所在を異にしているので、飛ぶ首や、笑う首、歩く首なし死体の怪異譚を作った。

鎮めなければ祟《たた》りをなす怨霊として畏怖されたのだが、江戸時代、領主の収奪に苦しむ農民によって、世直し神として崇拝された形跡がある。下総《しもうさ》の佐倉惣五郎は、幕末の農民の英雄であるが、佐倉にもあった将門明神社の境内で、謀議を行ったことになっているなどが、その例である。将門は天皇家出の土豪であり、百姓一揆の頭目と見ることは出来ないのだが、とにかく時の権力に向かって、敢然と立ち上った行為によって、民衆的英雄として、あがめられる要素を持っていた。

それに明治維新までは、将門を崇拝することは禁止事項ではなかった。東京大手町の元大蔵省の構内に、将門を葬ったという塚があった。将門の遺臣が密かに京都より首を持ち帰って埋めたともいい、あるいは将門の胴体が、京へ上される自分の首を追って来て、ここで倒れたともいう。

芝崎神社がもとの名だが、将軍秀忠が江戸城拡張に際して、駿河台、続いて湯島に移して、江戸総鎮守社とした。神田大明神がこれで、寛永三年（一六二六年）には将門のために勅免を朝廷に乞うている。将門は七百年来の謀叛の罪が許され、晴れて神として祭られる資格を恢復した。

いまの茨城県北相馬郡守谷《もりや》に将門の偽宮跡と称するものがある。平氏系図によれば、将門の母は相馬の犬養氏から出ていることになっていて、将門が幼時相馬小次郎と名乗ったことが各書に散見する。この地を領した相馬氏は将門の子将国の末と称しているのだが、偽宮は明らかに後世の建築物である。

『将門記』その他同時代の記録に相馬氏の名がないから、家門を飾るための工作であることは明らかなのだが、ここでも、将門を先祖とするのが、鎌倉時代には名誉と考えられていたことに注意すべきであろう。

つまり武家に取っては、将門は決して悪逆無道の叛逆者ではなく、むしろ朝廷の全国支配に反抗して、関東を武家の根拠地とする構想を立てた、偉大なる先駆者ということになるのである。明治以前に各地に将門塚があり、大っぴらに崇拝されたのは、封建領主の承認があったからだ、と見なしてよい。

江戸の劇作家や伝奇小説家によって、将門はさらに巨大化される。七人の蔭武者を持ち、太陽を呼び戻したり、飛雁《ひがん》を睨み落したりする幻力が附される。仇敵たる叔父良兼の妾桔梗《ききょう》の前を奪ったが、後には田原藤太《たわらとうた》こと藤原秀郷《ひでさと》に密通されて、顳顬《こめかみ》の弱点を通報される。藤太が動く顳顬をひょうと射ると、たちまち七人の蔭武者は消え失せ、本物の将門は死骸となって横たわる。将門の呪いによって、相馬郡には桔梗は咲かない、ということになるのだが、事実はむしろその逆で、薬品としての相馬桔梗を江戸に宣伝するための、劇作家の趣向であったという。

こういう伝奇的に超人化された将門を、憎むべき謀叛人の位置に引きずり下したのは、前記のように『大日本史』以来の尊王思想である。それは頼山陽《らいさんよう》の『日本外史』によって俗化され、そのまま明治新政府に引き継がれる。将門は神田明神の主神の位置を大己貴《おおなむち》命《みこと》に奪われて摂社とされ、皇位をうかがう極悪人の標本として小学教科書で宣伝される。

これに対する反動は、明治二十年代より育って来た歴史的考証である。吉田東伍、大森金五郎の武家研究が進む。また郷土史家の熱心な追求によって、将門は「新皇」ではなく、「親王」といっただけである、平氏は王族であるから、それぐらい名乗る資格はあった。彼はただ関東一円を確保しようとしただけで、京都へ攻め上って、天下に号令しようというような法外な望みを起したことはなかった、ということになった。

将門の乱が朝廷に衝撃を与えたのは、西国に起った藤原純友《すみとも》の乱と、時期的に一致したためであった。将門の常陸《ひたち》国府襲撃の報が京に達したのは、たまたま純友の党が摂津で、上京途中の国司を捉えた三日後であったため、東西呼応したものと考えられたのである。有名な比叡山上、将門純友の共同謀議の場も、この結果からさかのぼって空想されたものである。しかし当時のコムニケーションの状態から見て、東西呼応が出来るはずはなかった。また呼応していれば、もっと有効な戦略はいくらでもあった。たとえば純友の党は摂津まで来たついでに、ただちに京に攻め上れば、将門叛乱の報で動揺していた京都は、容易に制圧出来たろうというような推測も立てられる。

乱は天慶二年十一月二十一日から、翌年二月まで三ヵ月しか続いていない。偽宮を造営するひまがあるはずはなく、藤原秀郷、平貞盛らの地元の豪族に、あえなく討伐されているる。そして秀郷、貞盛は京都の権威と結びつくことによって、実質的に関東支配を握ったので、真正直に叛乱を起した将門は哀れな犠牲者にすぎなかった。つまり力はあるが、少し脳味噌の足りない馬鹿者であったということになる。これが明治末から大正期に流行したヒューマニズム的将門像である。幸田露伴『平将門』、真山青果『平将門』がその標本で、この人情的解釈は現代の大衆小説に踏襲されている。

戦後の政経的史観によると、この像は揺らいで来る。松本新八郎『将門記の印象』(昭和二十六年『文学』)によれば、乱は国衙《こくが》の支配する山麓地方(松本氏の造語によると「山根地帯」)と、将門の拠点、豊田、猿島《さしま》郡など、鬼怒川の乱流地帯との生産条件の違いから来る争いとなる。古代律令制から中世封建制への移行過程、武士団成立の先駆的現象と見なされる。松本氏にはまた純友の乱と関連させ、さらに大陸における唐の滅亡、契丹《きったん》の興隆と見合った極東の権力構造の変革の一環として捉えようという規模雄大な構想があるようである。

この構想を実証するのは、少し手間がかかるかも知れないが、とにかく承平、天慶の乱は、醍醐天皇の延喜、村上天皇の天暦という二つの箱庭的平和の間に挟った、短い動乱の時期であった。すでに古代律令制は断末魔の様相を呈し、関東は「群盗山に充ち」、京師にも強盗が横行していた。しかし宇治平等院と『源氏物語』を生んだ王朝的栄耀《えいよう》が頂点に達するのは、純友、将門の乱の五十年後である。頼朝の武家支配が確立されるには、さらに二百年かかる。この痙攣《けいれん》的な動乱の原因として国際的な要素を考えるのは、大変魅力的なアイデアであるといわねばならない。

一方、乱の根本史料たる『将門記』の本文研究も進んでいる。これは尾張の真福寺に蔵せられていた写本で、末尾の「天慶三年六月中記文」という記載を信じるなら、将門の乱の鎮定後四カ月に書かれたものである。ほとんど同時記録といってもよく、『扶桑略記』『今昔物語』等の記述は、多く『将門記』から取ったものである。関東の地名に詳しく、末段に『日本霊異記』風の因果応報譚がついているところから、関東在住の僧侶の手になったと信じられ、史料として価値は高い。

将門が戦った多くの合戦の記述が主で、いわゆる軍記物語の先駆的作品と見られるのだが、晦渋《かいじゅう》な和様漢文で書かれ、国文学の畑では文学的価値は低いとされる。多くの日本古典全集にも収録されないのが普通であるが、このほど矢代和夫、梶原正昭氏らによる共同研究『将門記　研究と資料』（昭和三十八年「古典遺産の会」編）が一冊にまとめられて、われわれの理解しやすい形で提供された。

そこに現われた平将門は、これまでに歴史家や伝記作者によって描かれたのとは、少し違った像を示しているように思われる。現代の小説家の頭脳を刺戟《しげき》して、種々の空想を生ぜしめるので、以下それを記してみる。

二

『将門記』は将門の一代記の形を取っているのだが、冒頭の二、三葉が失われているため、その生い立ちは知ることが出来ない。ただ巻末に上野《こうずけ》国府を占領後、時の摂政藤原忠平に宛てて、自己の行動を弁明した、上書の全文が載っている。それによると、彼が「少年ノ日」に京に上って忠平に名簿《みょうぶ》を奉ったことが知られる。名簿を呈するとは、その郎党となることであるから、将門の所領は藤原氏に寄進されていたと見なすことが出来る。つまり豊田郡、猿島郡に開いた私営田を摂関家に寄進して、国衙支配を脱れようとしたのである。恐らく将門の代に始ったのではなく、少なくとも父の良持の時から、この手続きが取られていたと見てよいであろう。

将門の一門が関東に土着したのは、祖父の高望《たかもち》王の代からである。これから将門と一門との争いを書かなければならないので、関連のある人物だけ図示すると次のようになる。

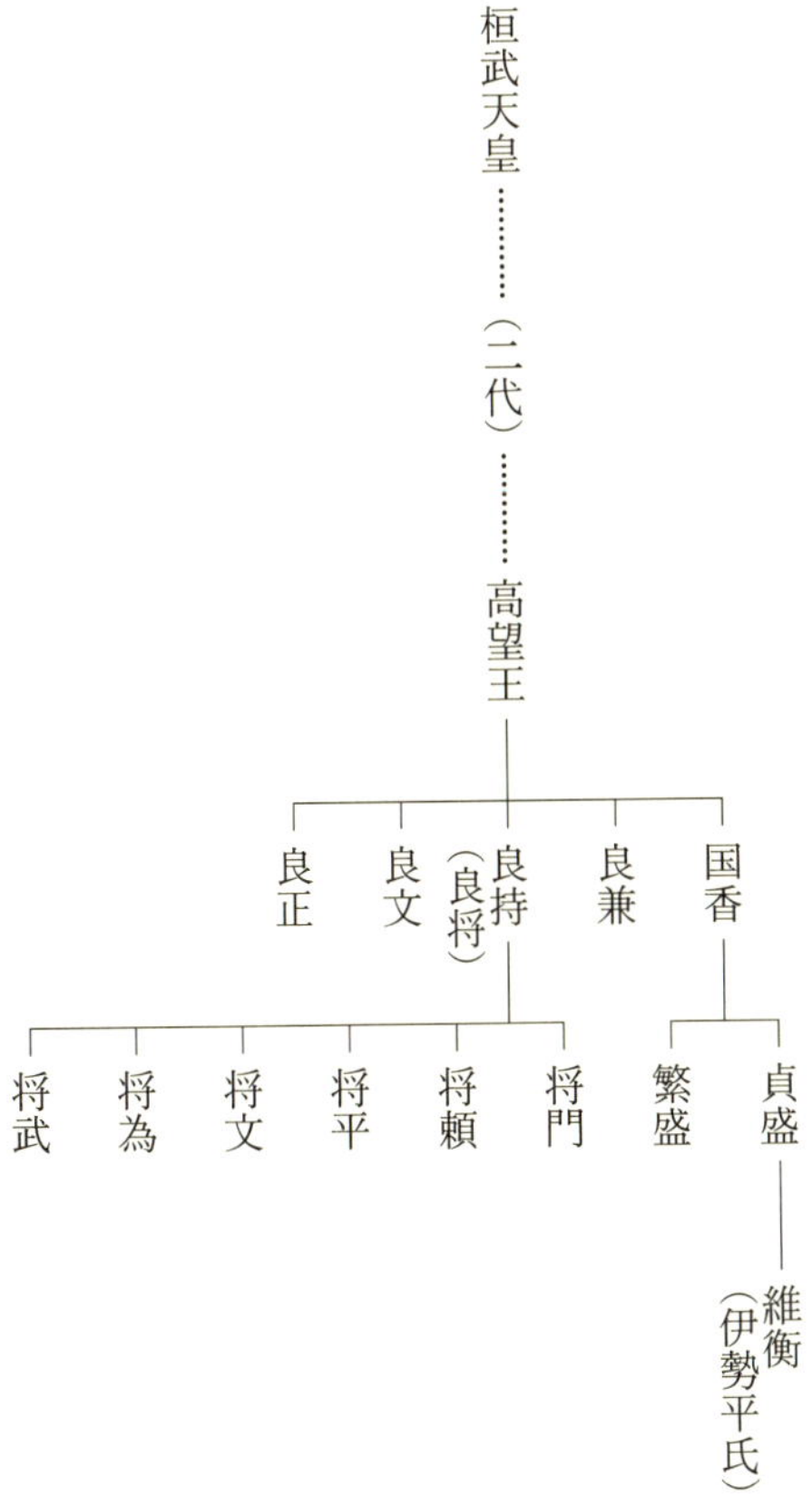
桓武天皇
（二代）
高望王
国香
良兼
良持
（良将）
良文
良正
貞盛
繁盛
将門
将頼
将平
将文
将為
将武
維衡
（伊勢平氏）

高望王は寛平二年（八九〇年）平姓を賜って臣籍に下り、常陸大掾《ひたちのだいじょう》、上総介《かずさのすけ》となって関東へ下向した。長子国香《くにか》は従五位下、常陸大掾、鎮守府将軍、良兼は下総介、陸奥大掾、良持も下総介、従五位下、鎮守府将軍である（系図によって、多少の異同があるが、およそのところを記した）。要するに一門は高望王の死後、関東の各地に私営田を開いたり、公田を私領に繰り込んだり、婚姻によって土豪の土地を併合したりしながら、蔓延《まんえん》して行ったのである。鎮守府将軍の官名は、必ずしも蝦夷《えぞ》の遠征軍に加わった実績を示すものではなく、恐らく名目的なものであろう。

氏《うじ》の長者国香の領地は常陸国筑波郡にあり、石田に館があった。良兼は上総国府（現在の市原郡五井町）にあり、真壁郡羽鳥にも領地を持っていたらしい。良正は筑波郡水守《みもり》にいた。

これら将門の伯叔父の領地が、筑波山の西麓に沿った地域であることに注意を要する。この頃辺境たる関東の稲作には、畿内のように平野を開く技術は発達していない。谷川の上流を堰《せ》いて池をたたえ、谷間を水田にして、恐らくは直播するのである。これが山根地帯で、早くから大化以来の班田《はんでん》収授による収奪組織に繰り込まれていた。従ってこの地帯を支配するためには、国府との結びつきを断ち切ることは出来ない。

これに対して、将門が父から相続した豊田郡猿島郡は、衣《きぬ》川の右岸の乱流地帯である。結城郡から南へ張り出した、短冊形の比高二十米ぐらいの微高地で、沼や谷川《やち》によって、縦横に貫かれている。水はけが悪く、今日でも単作しか出来ない。「葦原の鹿はその味は爛《くさ》れるがごとしといへり。喫《くら》ふには山の宍《しし》（鹿）に異なれり」と『常陸風土記』にあるくらいで、地味は伯父達の領地より劣る。畑作は全然出来なかったであろう。恐らくその全部が新開の私営田であるから、ただちに荘園化することが出来、浮浪人を収容することも出来た。これまた無位無官の将門の活躍の条件の一つであった。

この頃の常陸、下総の自然の様相は、今日とは著しく異っていた。現代の工業と自動車道路が加えた変貌はいうまでもないが、工事によって取り払われた森や林や田畠も、近世の植林と灌漑によって、変えられたものであった。景観は実に多くの点で異なっているのだが、変化の最大のものは、承応三年（一六五四年）江戸幕府による利根の流路の変更であろう。それまでは利根の水は今日の隅田川の流路に入っていたのだが、幕府は新都江戸を洪水の厄から救うために、境町関宿間の赤堀川を延長して広川（常陸川）に繋ぎ、常総の湖沼地帯へ落した。

坂東太郎が今日の長さに達したのはそれからである。広川とは将門の領地猿島郡から南へ落ちる谷川の水が、溜って沼地となっていたものを漠然とそう呼んでいたのである。

利根川（隅田川）、渡良瀬川は独立した二つの川で、それぞれ東京湾に河口を持っていた。すなわち渡良瀬は大日《おび》川として、現在の江戸川の西、庄内川の流路を取り、荒川、入間川は利根川の支流にすぎなかったのである。

常総の平野を潤す大河は、鬼怒川（毛野《けぬ》川、絹川、衣川）だけだから、流水量も多くない。『常陸風土記』の時代では、霞ケ浦はまだ鹹湖《かんこ》で、海苔《のり》も取れれば、藻塩草も焚かれた、ただ鯨だけは来ないとある。銚子の河口も多分ずっと広く、河口の土砂の堆積もなかった。太平洋の潮はいまの龍ケ崎のあたりまで、「流海《ながれうみ》」となって侵入していた（地図参照）。

鬼怒川の今日の利根への流入口も近世に造られたものである。それまでは水海道《みつかいどう》の下で小貝《こがい》川に入っていた。『風土記』の時代にさかのぼれば、下妻附近で東流し、もっと上流に入っていたのである。この古い衣川が常陸、下総の国境であった。

しかし将門の時代、すでに下妻から真直に南流して、豊田郡の台地に沿う今日の流路をとっていたらしいのは、『将門記』の記事によって察せられる。『風土記』の編は和銅六年（七一三年）だが、『続日本紀』天平宝字二年（七五八年）及び神護景雲二年（七六八年）に、下野、常陸、下総三国の協力によって、流路の付替が行われた記事がある。鬼怒川が現在の流路をとったのはこれからだが、恐らくはそれまでの幾度かの氾濫《はんらん》によって、すでに造られていた流路の一方を、固定させただけのものであったろう。付替工事も現在のような完全なものではなかったから、氾濫して元の流路に戻るのは始終だったに違いない。

そして常陸、下総の国境は、引続き『風土記』時代の旧河道によっていた。川は鬼怒川と小貝川の間を気儘《きまま》に分流しながら流れたと見なしてよい。そして岸に自然堤防を積み上げ

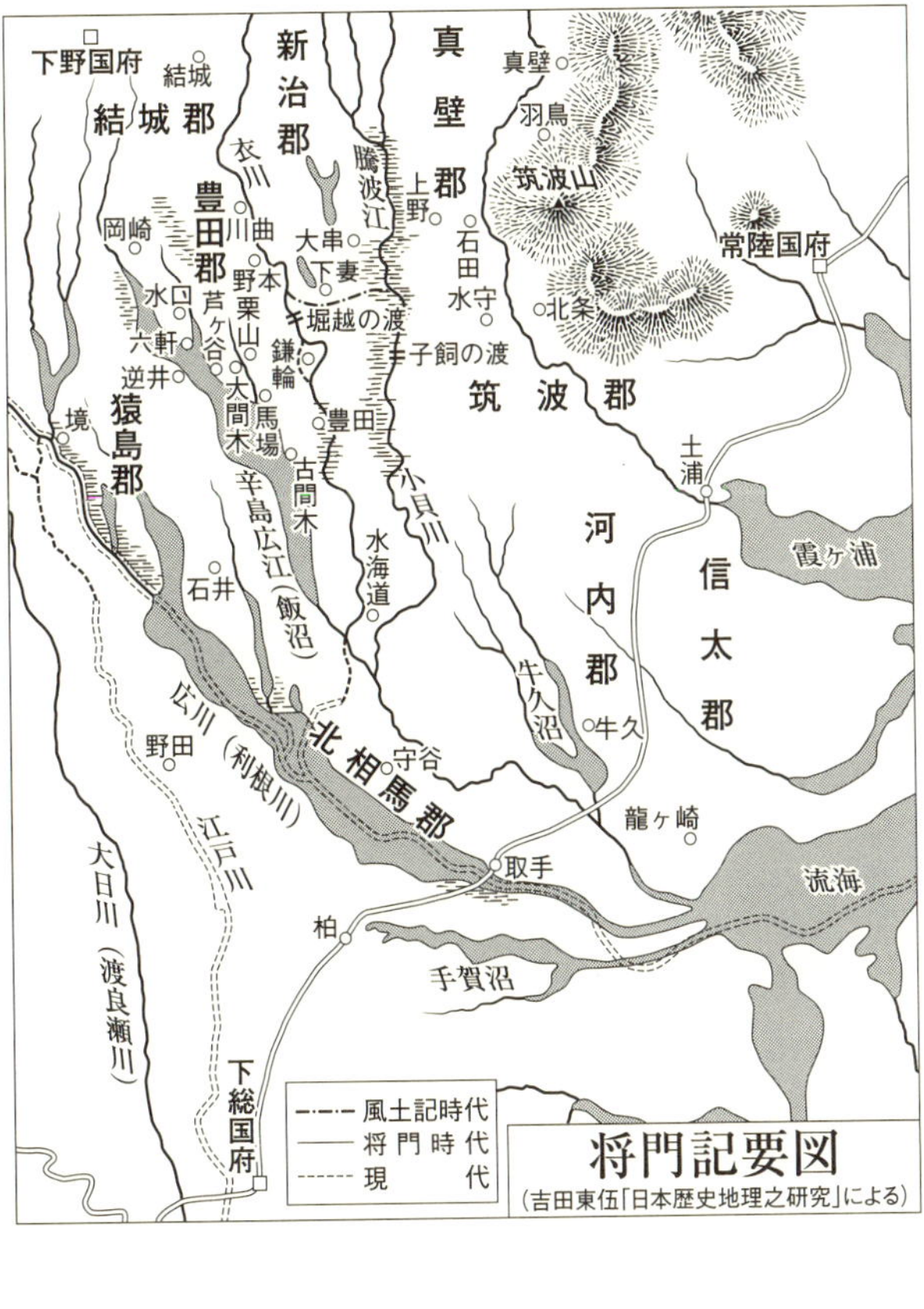

将門記要図
（吉田東伍「日本歴史地理之研究」による）

る。それは上流から運ばれた沃土のたまった、自然の耕地であり、私営田とするのに適していた。この頃京都でも鴨川の自然堤防を拓《ひら》くのを禁ずる法令が出ているくらい、新興の土豪によって覘《ねら》われた新地であった。

豊田郡の台地も、広い意味では衣川の自然堤防である。猿島郡との境に、今日飯沼川が流れている広い低湿地があり、享保十一年（一七二六年）までは飯沼の水が溜っていた。『将門記』に辛島《さしま》広江と呼ばれる水だが、もとは衣川の本流が流れていたかも知れないのである。

これらの低湿地はいずれも葦荻に蔽《おお》われ、水はやっと人の踝《くるぶし》を埋めるぐらいしかなかったはずである。鹿の群棲所にもなったので、『風土記』の「葦原の鹿は云々」の記事は、これを指しているのである。

葦の高さも今日では想像出来ないものだったようである。『更級日記《さらしな》』の筆者が武蔵国武芝《たけしば》あたりを行く条《くだり》に「馬に乗った人の弓の先まで隠れる」とあるのには、少し誇張があるにしても、とにかくこの葦原に入ってしまえば、めったに見付けられない。『将門記』に、敗北した将門が「広江に潜む」という記述があるが、それはこういう状態によって、可能だったのである。

前に書いたように風土記時代の衣川は、下妻の東で小貝川の流域に入っていたのだが、再び南へ向かう曲り角の北は、騰波江《とばえ》という大きな沼になっていた。衣川の流水が築いた自然堤防により、小貝川の流れが「長さ二千九百歩《あし》、広さ一千五百歩」の大遊水池にされたのである。ここは古歌によれば「秋風に白浪立つ」ほど満々たる水をたたえていたらしいが、この水も衣川の流路変更によって流れ出し、やはり葦に蔽われた徒渉可能の沼地になってしまった。

長々と鬼怒川流域の自然を書いて来たが、私の空想は次のことにほかならぬ。将門と山根地帯に住む同族との争いは、鬼怒川をはさんで行われるのだが、そこに絶えざる流路の変更が、何等かの役割を果さなかったか、ということである。将門が山根地帯の伯叔父と争いを始めた原因は、『将門記』によれば「女論」であり、『今昔物語』によれば、土地の争いである。この時代の所領の拡張は、買収でなければ、いわゆる出作《でづくり》によって、農民を本郷から離れた土地に派遣して、耕作権を獲得することである。農事をする期間中、そこに田屋を組んで、寝泊りする。

もし衣川の流域推移が、将門の父祖の時代から徐々に行われたとすれば、かつて此岸だった耕地が向い岸になってしまう。干上った沼地に棲む鹿の狩猟権は、近世風にいえば入《いり》会《あい》になっていたはずだが、土豪に専有欲が生じれば、いつでも争いの種になり得る。

いまの下妻市の北方二キロの大宝八幡附近の大串に、元常陸大掾源護《まもる》という豪族がいた。その出自は明らかでないが、その息子もみな一字名であるから、嵯峨源氏であろうと露伴翁は推定している。その三人の娘の一人は良兼に、他は良正、貞盛に嫁していた。その中で貞盛に嫁した女に将門が懸想《けそう》したのが、『将門記』にいう「女論」ではないか、という説がある。その是非は後で検討するとして、この源氏の領地は、国香、良正の所領より、ずっと豊田郡に近い。

そして下妻の南を東西に流れていた衣川が干上ってしまえば、小貝川、鬼怒川の間の乱流地帯の自然堤防に、最も近づき易いのは源氏一族となる。土地の争いが原因となる条件は揃っていたのである。将門の乱は、承平五年（九三五年）二月、彼が源護一族と衣川の上流の野本（野爪《のづめ》附近か）で武力衝突を起したことからはじまっている。

三

しかし私は少し先を急ぎすぎたかも知れない。将門の生い立ちや、これまでの経歴を書く順序なのだが、前述のようにあまり史料がないのである。野本の戦いの時彼が幾歳であったか、というようなことも、はっきりしたことはわかっていない。

『将門記』には次の記載がある。前に引いた藤原忠平宛の上書の中の句である。

「抑々《ソモソモ》将門ハ、少年ノ日ニ名簿ヲ太政大殿ニ奉リテ、数十年、今ニ至レリ」

いまの通念で行くと「数十年」は四、五十年であるから、五十歳以上、最も少なく見積っても、四十代になってしまう。これでは将門の武勇と合わないから、多くの小説は「数十年」を「十数年」の誤記と見なして三十代に取っている。幸田露伴『平将門』には三十三歳とある。

これは織田完之翁の『将門故蹟考』（明治四十年）に拠ったらしいが、あいにく『将門故蹟考』にもその典拠を明らかにしていない。完之翁は三河の産、文久二年（一八六二年）の「天誅組」の乱の首謀者の一人松本奎堂《けいどう》の門人である。維新後は常陸に住んで、将門の朝敵の汚名を濯《そそ》ぐのに力を尽し、各地に建碑して廻った。幕末の考証家清宮秀隆と共に、将門の郷土史的研究の先駆者である。

承平五年に数え年三十三歳なら、生れは延喜三年（九〇三年）になる。これは菅原道真が流謫《るたく》地太宰府で死んだ年に当る。後に将門が上野国府で「新皇」を称した時、一巫女《みこ》が神がかりして将門を八幡大菩薩の蔭子《おんし》といった、と『将門記』にある。道真が位記したという記事があり、あるいはここからこじつけたものかと思われるが、不明。

その戦闘においては勇猛であっても、案外思慮深いところもあるから、四十代でも別におかしくはないのだが、完之翁になにか根拠があったと見なし、それに従っておく。

京都に出た年も判然しないのだが、元服後であったことはまず確実だから、十四、五歳。父は早く死んだらしい。小次郎という名の示すように、長男ではない。しかし『将門記』に現われた限り、終始一家の長として行動しているから、兄も早く死んだのであろう。あるいは兄の死を期に帰国することになったのかも知れない。

なにか官位を得て、土産にしたかっただろうが、同じ頃京に上っていた従兄弟の貞盛が、微官ながら左馬允《さまのじょう》になっているのに対し、無位無官のまま帰ったのだから、あまり要領はよくなかったのであろう。

系図に「滝口小次郎」の名が出ている。忠平の推薦で、清涼殿裏の滝口に詰める武士を勤めたことがあったらしい。滝口武士は院政期の北面武士のような威勢はないが、当時京都の治安が乱れ、盗賊が御所に潜入したりしたので、警備のためおかれた。

給与はなかったであろう。そもそも忠平に仕えるのも自弁で、年々豊田から上らせる年貢といっしょに、米や衣料を送らせて暮していたのである。しかしいくら東国の田舎者とはいえ、鎮守府将軍の息子である。従者の二人ぐらいは養っていたろう。当時の下級の官人よりずっと豊かな暮しをしていたはずである。

藤原純友といっしょに叡山に上り、大内裏《だいだいり》の盛観を見下しながら、簒奪《さんだつ》の志を述べ合ったのが、フィクションであることは前に書いた。また仁和寺門前で偶然貞盛に出会った時、貞盛がいち早く将門の叛骨《はんこつ》を認め、「郎党を連れていたら、打ち殺してやるところでした」と言ったというのも、結果論的作り話であろう。

あるいは検非違使尉《けびいしのじょう》を望んで得られなかったのが不平で、国に帰って乱を起した、ともいう。これは『神皇正統記』にだけある記事で、一般に信じられていないが、案外その可能性はあると思う。

検非違使は元来京都の治安維持のため、この頃創設された律令外の官だが、地方もまた大いに乱れたので、この頃武蔵の各郡に一人ずつ赴任させている。検非違使尉は京都なら、警部程度の卑官だが、地方へ行けば掾に当り、少なからぬ役得がある。無位無官の将門が、国衙内に地位を得て、領地の経営に便宜を得ようとしたことは、十分考えられることである。

『神皇正統記』は南朝の忠臣北畠親房《ちかふさ》の著で、将門をよく書くはずはないが、常陸は一時親房の本拠であった。『神皇正統記』も常陸で書いたという説があるくらいで、土地にうわさが四百年後にも残っていたとしても、おかしくはない。ただその官が得られなかった不満から、叛逆を起したという因果関係の立て方が正しくないだけである。

将門はいずれは国許へ帰って、所領の管理に当らなければならない身分であった。留守中に父の遺領が伯父達に奪われていたので、それを取り戻そうとして、同族の争いが起ったのだろうという説がある。

しかし、この頃は父子相続はまだ確立されていなかった。同族の中で死んだ者があると、その土地は普通氏《うじ》の長者か、一族中の有能な者、いわゆる「器量ノ人」に任せられる。これは原始的な氏族制そのものでなく、同族の財産を確保し、土地を支配するための擬制であるが、将門の父が死んだ時、その管理を委ねられたのは、多分良兼であろうと思われる。この後の経過を見ると、氏の長者国香よりも、良兼の方が、遥かに強力に将門と争うからである。

将門が畿内でぼつぼつ始っていた父子相続を見聞し、帰国してそれを主張したために争いを生じたという説もあるが、多分これはうがち過ぎであろう。

良持が下総介として下総国府（今日の千葉県国府台）附近で取得した遺領は良兼に委ねられたにしても、豊田、猿島に良持が開墾した私営田は、将門兄弟に残されたと見なしてよさそうである。将門がその維持と拡張に熱心すぎたため、確執が生じたと考えたい。

『将門記』にある「女論」についても、種々解釈が行われている。将門が求婚した源氏の娘を、貞盛に取られたのを怨《うら》んだとするもの、あるいは将門の妻に、源氏の息子の一人が横恋慕したのに対し、氏の長者国香が加担したとするもの、などである。『将門記』にある本文は次の通り、

「而ルニ良兼ハ、去ヌル延長九年（九三一年）ヲ以テ、聊《イササ》カ女論ニ依リ、舅甥ノ中既ニ相違フ」

元来「伯父甥」とあるべき良兼と将門の間を「舅甥」としているのだから、将門が良兼の娘を妻としていたと推定出来る。良兼ほどの長者の娘なら、土地と従者が付いている。良兼が無位無官の父無し子に、大事な娘をやれないといったのに、将門が掠奪《りやくだつ》したため、良兼が怒ったと仮定するのである。

この後三年続く同族間の戦闘の過程で、一度将門が良兼に破られたことがある。良兼は

豊田の営所を焼き払い、広川の江に舟で逃れようとする将門の妻子を「討チ取ッタ」という記事がある。「討取」は普通は殺す意味であるが、清宮秀隆、大森金五郎は「暴力をもって捉え」上総へ連れ帰ったと解している。後の方にその「妻《め》」が将門を恋い、「舎弟」と語って、「本夫」の許へ逃げ帰ったという記載があるからである。

ある個所では「妾《め》」とあり、別人ではないかという疑いを挟む余地もあるが、『将門記』に拠る限り、これが一番合理的解釈のようである。

ただし、良兼は争いが始った知らせを受けても、なかなか腰を上げなかったのだから、将門と源氏との間の確執は、土地の争いに原因を求める方が、筋が通るように思われる。戦いは、豊田から十キロ上流の地点で始っている。ここは新治《にいはり》郡で常陸国であるが、やはり衣川の流路変更によって、右岸となっていた。将門が農民の出作を擁護するため出張し、衝突が起ったと解しておく。

『将門記』によれば、将門は源氏一族の待ち伏せに会った模様である。

「野本（二字欠）扶《タスク》等陣ヲ張リ、将門ヲ相待ツ。遥カニ彼ノ軍ノ体ヲ見ルニ、所謂纛崛《タウクツ》ノ神ニ向ヒテ、旗ヲ靡《ナビ》ケ鉦ヲ撃ツ。爰《ココ》ニ将門罷《ヤ》メムト欲《オモ》フニ能ハズ、進マムト擬《ス》ルニ由ナシ。然《シカ》レドモ身ヲ励マシ勧ミ拠リ、刃ヲ交ヘテ合戦ス。将門幸ヒニ順風ヲ得テ、矢ヲ射ルコト流ルルガ如ク、中《アタ》ル所案ノ如シ。扶《タスク》等励ムト雖モ、終ニ以テ負《ソム》ク。仍《ヨリ》テ亡ブル者数多ク、存《ナガラ》フル者已《スデ》ニ少シ」（『将門記研究と資料』の読下しに拠る。以下同）

野本は現在の野爪の位置か。筑波郡石田の西、上野村一帯という説もあるが、石田は国香の館のあったところで、将門がそこへ行くまでには、衣、小貝の二川を渡らねばならぬ。合戦の地としては、衣川右岸の野爪の方が適当であろう。

将門の方にも備えはあった。あるいは人数を引き連れて談判に赴く段階まで行っていたかも知れないが、大喧嘩をする気はなかったようである。源扶の盛んな軍容を見て、しまったと思ったがもう遅い、精神を励まして力戦し、順風を得て勝ったのである。将門勢は勢いに乗じて、野本、石田、大串、取木（いまの木本といわれる）を焼いて廻った。筑波、真壁、新治三郡の伴類《ばんるい》の舎宅五百余家も尽《ことごと》く焼いてしまった。

「哀シキ哉、男女ハ火ノ為ニ薪トナリ、珍財ハ他ノ為ニ分ツトコロトナリヌ。三界ノ火宅ノ財ニ五主アリ、去来不定ナリトイフハ、若シクハ之ヲ謂フカ」

『将門記』の筆者が僧侶に擬せられるのは、三界、五主のような仏語がよく出て来るからである。ただし男女が薪となったとは、いかにも粗野な比喩で、無理に四六駢儷体《べんれいたい》を作る不自然が目立つ。文飾のため事実も誇張された形跡があるので、注意を要する。

国香はこの時源氏に加担した。討死ではなかったようだが、とにかく舎宅を焼かれ、「ソノ身モ死去」した。源氏の息子扶、隆、繁の三人もまた死んだので、将門の反撃はよほど強力なものだったのである。こうして国香を巻き添えにしたことによって、将門は源氏だけではなく、同族全部を敵に廻してしまった。

将門に対して論難的な文献は、この時すでに彼に叛意があったとしている。国香が常陸大掾だったからだが、『将門記』の記載を信じるなら、この段階では純然たる私闘で、国香は巻き添えを食っただけである。論難者によると、「将門の乱」は天慶三年の将門の敗死まで五年続いた大乱になってしまうのだが、『将門記』に拠れば、この間将門は上京して検非違使庁で弁疏《べんそ》し、無罪になっている。彼の謀叛を否定する「関東五ヶ国解文《げぶみ》」も出ているくらいで、この間引き続いて、将門の主導による叛乱があったと見ることは出来ない。

父を殺された貞盛は京都から帰って来る。しかしこの時彼の取った態度は少し変である。一年間父の喪に服したが、これはもともと源氏との縁坐による争いで、将門は自分の本来の敵ではない、奪われた財は持主を替えただけで、問題にするに足りない、と坊主のようなことを言ったのである。一族の安全が大事であるから、将門と和睦して、所領の確保に努めたい、と言った。

前述のように、貞盛は京都で左馬允の官を得ていた。私闘によって、国司の支配を揺がすのは、自分の栄達の妨げになると考えたらしい。ここには後に朝廷と結びついて出世し、伊勢平氏の祖となった優等生の精神が現われているようである。

収まらないのは、水守にいた良正であった。彼は高望王の庶子で、国香の弟に当る。あるいは国香の庶子ともいわれ、同じく源氏の娘を妻としていた。いかにしても国香と源氏の三人の息子の仇を晴そうとし、常陸の国中を「車ノ如クニ舞ヒ廻ッテ」加勢をつのった。

承平五年十月二十一日、新治郡川曲《かわわ》渡から豊田郡に侵入しようとしたが、将門に邀《むか》え撃たれて破られた。六十余人が射殺され、逃げ隠る者数知れずとある。良正は改めて上総にいる実力者良兼に救いを求める。

良兼は国香亡き後の氏の長者であり、やはり源護の長女をめとっている。下総介という地位にあって、濫《みだ》りに私兵を動かせない立場にあったが、いつまでも狂暴の甥を放ってもおけないので、ついに腰を上げた。

承平六年六月二十六日、上総、下総の地から、「雲ノ如ク涌キ出デ」た大兵を率い、間道を通って、下総の香取に至り、そこから常陸の信太《しだ》郡に渡った。国道に兵を動かすのは大事であるから、押し止める者もあったが、「因縁ヲ問フ（縁者を訪れる）」と称してきかなかった。優柔不断の貞盛にも同心させ、遠く下野国を迂廻して衣川の上流を渡り、豊田郡に南下の勢いを示した。将門もまた軍を催して、下野下総の国境まで出張したが、国境を越えるのは躊躇していた。

そこで合戦になった。良兼の兵力は三千、数において優っていたが、恐らく長途の行軍に疲れ、戦意は盛んではなかったのであろう。脆《もろ》くも破られて、四散した。良兼らは下野の国府（小山附近）に逃げ込んだ。

後に常陸の国府に乱入した将門だが、この時はわざと西側の囲みを開いて、良兼の軍を逃れしめた。そして攻められて止むなく防戦に及んだ旨を、政庁に記録させてから引き上げた。

この辺、将門は貞盛と同じく、濫りに兵を動かして、罪を負わないように慎重に行動しているように見える。『将門記』はこの時の将門の心事を次のように描いている。

「斯《ココ》ニ於テ将門思惟《シユキ》スラク。允《マコト》ニ常夜ノ敵ニアラズト雖モ、脉《チノミチ》ヲ尋ヌレバ疎カラズ、氏ヲ建ツレバ、骨肉ナリ者《テヘリ》。所云《イハユル》、夫婦ハ親シクシテ瓦ニ等シ、親戚ハ疎クシテ葦ニ喩フ。若シ終ニ殺害ヲ致サバ、若シクハ物ノ譏《ソシ》リ遠近ニアラムカ」

常夜の敵とは、例によって筆者発明の比喩である。夢の間も忘れられぬ敵、としか意味の取りようがない。夫婦の間を瓦に喩えているのは、瓦はただ重ね合わせただけでも、葦葺き屋根のように雨水を洩らさないことを指すという。ここから十世紀の関東では、瓦屋根は国衙や豪族の住居にしか用いられず、一般の農民は、葦葺きの半ば穴居生活をしていたのだろう、と考える人がいる。

反対に、親戚は疎くとも、葦屋根のようにこまやかな親愛の情があるという意味にもとれるのだが、とにかく、叙述がこのように野趣に富んでいるのが『将門記』の特徴で、その文体は少なくとも私には魅力的である。

こうして寛大な将門は、良兼を千余人の兵と共に逃してやった。そしてその事実を国衙の記録に止めさせて引き上げたのだから、天晴れな武者振りといえる。

しかし三人の息子を殺された源護は、すでに将門を京都に訴えていた。前年十二月二十六日、護、将門と平真樹《まさき》（この人物の素姓は不明だが、豊田か新治の小土豪であろう。訴文によれば将門に源氏攻撃を使嗾《しそう》したことになっている）に上京を命じる官符が発せられていた。ただしそれが、関東に着いたのは、この年の九月七日、下野の戦いの直後である。いくら当時中央の官吏がたるんでいたにしても、考えられない遅延である。この間将門の私君忠平の斡旋でもあったか。下野国府における将門の慎重な行動も、忠平から内報があったためか。しかしそこまで空想を逞《たくま》しゅうするのは邪道であろう。

十月十七日、将門は護に先立って上京し、検非違使庁で申し開きをした。下野国衙の記録もあることだし、濫りに兵を動かして喧嘩に及んだ罪は軽くないにしても、情状酌量の余地ありとして、重罪は課せられなかった。翌承平七年四月七日、朱雀《すざく》天皇元服に伴う大赦によって、その罪も許された。かえって「兵名ヲ畿内ニ振ヒ、面目京中ニ施シ」、意気揚々と故郷へ引き上げた。

しかしすでに関東の土豪間の利害は、中央の裁判ぐらいではどうしようもない、深刻な段階に達している。五月十一日豊田に帰った将門を待っていたのは、再び合戦であった。良兼、良正、貞盛は、将門の留守中に軍備を整えていた。そして帰宅したばかりで、兵を集める暇のない将門に対し、八月六日、戦いを仕掛けて来た。衣川の上流を廻るような面倒なことをせず、小貝川を子飼の渡で渡り、低湿地を進んで、豊田の本拠に正面から攻めよせて来た。

高望王と将門の父良持の木像を先頭に立て（これは良持の遺領の大部分が氏族のものとなったことを示しているように見える）、正義の軍の形を取って、堂々と進んで来た。折から将門は脚気を病んでいて気勢上らず、たちまちにして敗れた。良兼の兵は豊田郡の栗《く》栖《る》院《す》常羽《いくは》の御厨《みくりや》はじめ、百姓伴類の家を焼いて廻った。

将門も屈せず、十七日、前に倍する兵を堀越の渡（鬼怒川右岸仁江戸《にえど》附近）に集めたが、再び破られて、妻子と共に葦津《あしづ》に隠れた。妻子を広川の江に浮べ、自らは陸閉《むつへ》（一本に降間とあり。現在の六軒を宛てる人もいる）に潜んだ。良兼の兵は財を掠《かす》めながら南下を続け、ついに将門の妻子を捉えて、二十二日上総に連れ帰ったことは、前に書いた。

戦いはなおも蜿蜒《えんえん》として続けられる。十月、将門は千八百の兵を集めて、真壁郡服織（羽鳥）の良兼の館に押し寄せたので、こんどは良兼が筑波山中に隠れた。良兼にはここにも所領があり、恐らく将門の蠢動《しゅんどう》に備えて、上総へは帰らなかったのであろう。その館をはじめ、与力伴類の家が焼き払われた。

十三日、弓袋《ゆぶくろ》山中で戦いがあったが、冬の日が早く暮れたため、勝敗なし。兵が戦いに倦《う》んだので、将門は良兼の誅殺を諦めて、引き上げた。

「其ノ度ノ軍行ハ頗《スコブ》ル秋ノ遺《ノコ》リアリ。稲穀ヲ深キ泥ニ敷キ人馬ヲ自然ニ渉《ワタ》ス。秣《マグサ》ニ飽キ斃《タフレ》シヌル牛ハ十頭、酒ニ酔ヒ討タルル者ハ七人ナリ。之ヲ謂フニ口惜シキ哉。幾千ノ舎宅ヲ焼ク、之ヲ想フニ哀レムベシ。何万ノ稲穀ヲ滅ス。終ニ其ノ敵ニ逢ハズシテ、空シク本邑ニ帰リヌ」

将門が収穫期を覘《ねら》ったのは、恐らく良兼の軍の糧秣補給を絶つ目的からであろう。そして事実これが決定的打撃になったらしい。『将門記』の記述は、平家の私闘がしだいに民の災いになりつつあったことを示している。

将門の乱から約九十年後、長元元年（一〇二八年）同族良文の孫平忠常が上総に叛した。これは将門の乱より、遥かに規模が大きく、三年続いた。ついに甲斐守源頼信の斡旋で、忠常が降った時、上総では、かつて二万二千九百八十余町あった田地が、わずか十八町になっていた。

四

十一月、良兼らをして将門を追捕《ついぶ》せしめよとの官符が、関東諸国に下ったことになっているが、このあたり、『将門記』の記述は少し混乱している。

「同年十一月五日ヲ以テ、介良兼・掾源護並ビニ掾平貞盛・公雅《キミマサ》・公連《キミツラ》・秦清文《ハタノキヨブミ》、凡ソ常陸ノ国等ヲ将門ニ追捕スベキ官符ヲ、武蔵・安房・上総・常陸・下毛野等ノ国ニ下サレヌ。是《ココ》ニ将門ハ頗ル気《イキ》ヲ述ベテ、力ヲ附ケヌ云々」

これでは官符の宛先として常陸国府が、二度出て来て、なんだか変である。将門が元気付いたという後段の記述とも合わない。『将門記』には真福寺本のほかに、明治年間、清の書誌学者楊守敬が入手した所謂「楊守敬本」がある。この方は枚数も少なく不完全であるが、所によっては真福寺本より詳しいこともあり、比較校合するに便である。

それによれば最初の個所は「常陸之国敵等」となっており、本文は次のように読める。介良兼など常陸国の敵を将門をして追捕せしむべき官符を、常陸その他の国府へ下した、と。これは重大な相違だが、後出の将門の忠平宛書状に、下総国の解文（公文書）に添書して、良兼を訴えたとあること、続いて良兼追捕の官符が下ったとの記事に照応し、話の条《すじ》が通るのである。

もっとも諸国府はなかなか官符に従わなかった。何度も書くように、すでに関東の地は実力本位の世界になっていたからだが、この後しばらく続く将門の隆運は、将門追捕の官符が出ていては、あり得ないように思われる。とにかくこの年の十二月十五日に行われた良兼らの夜襲は、官符を背景とした者の行為ではない。

将門の従者に丈部《はせつかべ》子春丸という者があった。本郷は豊田郡岡崎（尾崎）だったが、妻の土地が川向うの石田附近にあり、田屋を組んで、出作りしていた。

「尚ホモ忿怒ノ毒ヲ銜《フク》ムデ未ダ殺害ノ意《ココロ》ヲ停メ」なかった良兼らは子春丸を利をもって誘い（具体的には練絹一疋を与え、内応すれば騎馬の郎党に取り立ててやると言ったのである）、将門の石井《いわい》の営所を探らしめた。

石井は今日の猿島郡岩井の地である。将門の本拠は豊田（向石下《むこういしげ》）であるが、衣川の彎曲部《わんきょくぶ》鎌輪《かまわ》（鎌庭）及び石井に営所を持っていた。この頃は専ら石井に住んでいたらしい。恐らく衣川を挟む闘争が激化したので、急襲を避けるため、後方に退いていたのである。


褒美に眼がくらんだ子春丸は、良兼方の田夫を一人付けて貰って岡崎村に帰り、翌朝いっしょに炭を荷って石井の営所に至った。二、三日泊る間に、営所内の衛士の溜り、兵具の置き場、将門の寝所、東西の馬場、南北の出入口等を教えた。

この営所跡は今日残っていないが、埼玉県鴻巣《こうのす》市城山に源経基《つねもと》の営所跡と称するものがある。ほぼ百メートル四方、三方に幅四メートルの濠を巡《めぐ》らし、二—四メートルの土塁を築いてあるという。似たような構造のものを想像すればよいであろう。

情報を得て、良兼は大いに喜び、十二月十四日の夕方、精兵八十余騎をもって出発した。夜の十時頃、結城郡法（結）城寺の附近を南下中、たまたま将門方の騎馬兵が一人通りかかり、ただならぬ気配を察した。そしらぬ顔で、後陣の徒歩の伴類に混ってしばらく行き、鵝鴨《かもの》橋（山川村新宿の釜橋か）附近で急に先頭に出、一散に石井へ馳せ帰った。

この辺は『将門記』の中で、最後の討死の場面と共に、異常に詳しい個所である。筆者が石井附近の寺僧ではないか、と推定されるのはそのためである。

報せを受けた日、将門の営所には、十人の兵しかいなかった。将門は声を揚げて、部下を励まし、配置についた。良兼の方は不意打のつもりで来たのに、逆に待ち伏せされることになったのだから、いくら人数においていてもだめである。

卯の刻（朝六時）頃、八方から討ち入ったが、将門に「眼ヲ張リ歯ヲ嚼《カ》ムデ」撃ち懸られて、楯をすてて逃げ出した。将門は馬に跨って追い掛け、良兼の上兵多治良利を射殺した。八十余人中三十余人を殺され、他は逃げ散った。

希望を失った貞盛は、むしろ京都に上って立身の道を講じることに定め、翌天慶元年春二月、東山道から上洛の途についた。将門は貞盛が讒言《ざんげん》するため上洛するものと信じ、百余騎をもって追っかけた。

二年前には、あれほど他国へ入るのを遠慮していた将門が、国道に騎兵を動かして信濃まで行ったのだから、どんなに貞盛の上洛を重視していたかがわかる。二月十九日、信濃国分寺附近の千曲川河原で追い付き、戦いとなり、互いに損害があった。しかし貞盛は結局山に隠れて、逃れ去った。将門は「千度首ヲ掻キテ」口惜しがったという。

従兵を失った貞盛は苦難の旅を続けて京にたどりついた。権門に頼って（恐らく親王方であろう）将門糺問の官符を得るのに成功する。

前年十一月に出た良兼ら追討の官符は、同時に将門の上京を命じていたのだが、将門は前で懲りているから、関東を留守にするのを躊躇《ためら》っていた。官符はその痛い所を突いて来たのである。

六月、貞盛は官符を携えて、密かに常陸に帰ったが、その間に将門の勢威は関東を圧していた。各国の国衙では一応将門に通達したが、将門は前の官符により追捕さるべき貞盛が持って来た官符なぞ無効であるといって聞かない。

かえって貞盛が将門に付け覘われることになり、広い関東に身の置きどころがない始末になった。翌年六月、氏の長者良兼は失意のうちに、上総の領地で病死する。臨終の床で剃髪したという。

五

以上をもって、将門の乱の前段階としての常総平家の私闘は終る。あとは将門が自ら得た勢威の、いわば自動作用によって、しだいに謀叛の方へ押されて行く過程である。しかしそれを述べる前に、なぜ孤立した一家長にすぎない将門が、氏の支配に反抗して、勝を収めることが出来たか、を考えてみよう。

将門の武勇が優れていたことに、疑問の余地はない。それが後の義家や為朝のような、騎射の技術であったことは、石井営所夜襲の記事に明らかである。

常に寡兵をもって勝を制している。しかし特に用兵の妙というほどのものは示してはいない。源義家が大江広元に「六踏三畧」の講義を聞いたのが美挙として伝えられるくらいで、この頃の武士は字を読めず、兵書など知らなかった。ただ精神を振い立たせ、歯噛みして力戦するだけである。少なくとも『将門記』にはそう書いてある。しかし個人的武勇だけで、関東制覇に十分でないのはいうまでもない。

私闘の発端となった野本の戦いを振り返ってみよう。これも最初の劣勢をはね返した場合だが、続いて大串、石田の敵の本拠を襲い、北常陸三郡の伴類の舎家を焼いて廻った反撃のすさまじさは、すでに彼が強大な兵力を蓄えていたことを示すものと、私には映る。

これまで説明する機会がなかったが、侵攻者に始終焼き打ちされる与力伴類とは、半農半兵の農民である。それぞれは家族単位で、私営田領主の利益のために戦うので、一つの単位に含まれる人数は一定していない。

その中に「従者」「荷夫」「田夫」などの職能分化が始っていたらしいが、全体として農民であることとは、合戦が主に十一月から二月の農閑期に起っているのでもわかる。

関東は、申すまでもなく辺境であり、奈良朝以来、海山二道よりの蝦夷《えぞ》地攻略の兵站《へいたん》基地であった。各地の牧に軍馬が育てられた。米穀は京都に送られることなく、不動倉に貯えられ、各種の武器が国衙の武庫に蓄積されていた。伴類の中には騎乗の技術を身につけた者もあり、蝦夷での戦闘の経験を持った者もいたろう。畿内の農民より気風が荒かったのは、容易に想像される。

ただしこの点では、良兼も将門と条件は同じである。良兼が上総を出発する時、大軍が「雲ノ如ク涌キ出デ」とあるのは、それが普段は農業に従事している伴類から成っていることを示している。ただその大部分は鎌や野刀を担ぎ出しただけの烏合の衆であり、戦意は局部的戦況の変化によって、絶えず動揺したらしい。それでなければ、将門が二倍三倍する氏の連合軍を潰走させることは出来なかったはずである。

ここに将門の個人的武勇が戦局を導く余地が生じる。大将として、常に先頭に立って戦うことによって、伴類を引きずって行くことが出来たのである。子飼の渡、堀越の渡の戦いの時、将門が病んでいたため、惨めな敗北になった理由もわかる。

こういう英雄的武将としての信望を、豊田、猿島両郡において獲得し、伴類を統御出来たことに、将門の将帥としての才能を認めなければならない。

統御が容易に得られたものでないことは勿論である。延長年間、無位無官のまま、豊田に帰った時の将門を想像してみよう。この人物は草深い豊田の土豪の子と生れて、多くの奴婢《ぬひ》にかしずかれ、なに不自由なく育ったと見なしてよい。東国の牧に育った裸馬に跨り、広江の湿地を疾駆する映画的画面を想像してみるのも悪くはあるまい。もし筑波山上で行われる嬥歌《かがい》に似たものが、豊田の春祭に行われたとすれば、早くから性的放縦のうちに育った早熟な少年を空想してもよかろう。

京へ上ることは、少年にとっては無論異常な体験であった。良兼、良持など父の代には、京都の権門の郎党となるということはなかったのだが、恐らくは中央との関係を緊密にするのが、土豪的利益に適《かな》うようになってきたのであろう。貞盛、将門の世代は、京都と関係があるという点が特徴である。

ところが彼等が京都で見たものは、政治の弛緩と官吏の腐敗であった。官職は藤原氏の占有物で、王族といっても、関東の土豪の息子には、出世の運は限られていることを、身に沁みて感じたに違いない。しかも一度内裏から外へ出れば、巷《ちまた》には行き倒れが充ち、盗賊が横行し、検非違使が巡回しなければ、王都の治安も保てないくらい治安は紊乱《びんらん》している。

京都から関東まで、二十日の旅は苦難に充ちたものであった。街道の駅制は一応整っているが、すべて老朽化し、名目化していた。駅馬の員数も不足し、旅人の宿るべき布施《ふせ》屋の軒は傾いて、雨が漏った。

目出《めで》度《た》き延喜の治といっても、それは宮廷の内だけのことであった。道真の文化政策によって、官制の復古的修正や文書の衒《げん》学《がく》的整備が行われただけで、各地の生産力の増加に対して、古い律令制の矛盾は、京都から遠ざかるにつれて著しくなった。

「兇猾党を成し、群盗山に充つ」が、武蔵以東の慢性的状態である。ただ盗賊は主に京都へ上す財物をねらい、将門のような武装した旅人を襲いはしないから、被害を受けずにすむにすぎない。

これら乱世の相をつぶさに知ったわけ知りとして、将門は豊田郡に帰ったのである。しかしロマンチックな帰郷の感傷に耽《ふけ》る暇はない。父を失った一族は、国衙の権力を背景に持つ氏の長者と、その郎党によって圧迫されている。豊田、猿島両郡の乏しい田地と牧の権利は、種々の名目の下に侵害されている。

この状態をはね返すには、一族の固い団結以外にないことは明らかである。伴類の農事を指導し、国衙に対する反抗心を植えつけねばならない。浮浪人にねぐらを与えて労働力の強化を図らねばならない。

将門が常にこういう理想的な農場主として振舞ったとは考えられないにしても、なんらかの組織の才能を仮定しなければ、彼が発揮した爆発的軍事的成功は説明出来ないと私には思われる。

当時の関東には、畿内にはない労働力が存在していた。その一つは度重なる征討の結果、強制的に内地に移住させられた俘囚《ふしゅう》、つまり蝦夷である。

今日蝦夷がアイヌであると考える人はいないであろう。大和朝廷にとって、辺境に住むまつろわぬ者の総称である。歴代の遠征は必ずしも武力討伐を意味せず、多くは交易的であった。馴致《じゅんち》して朝貢の義務を引き受けさせるだけの目的のものであった。

武力鎮圧の後には、反逆心の強い者を引き抜いて、強制的に内地に移住させるのが、現地支配の常套手段であった。遠く九州まで移住させられることもあるが、開発状態にある関東も彼等のよき収容地となった。彼等は一括して俘囚と呼ばれていたが、行く行くは口分田《ぶんでん》をあてがい、租庸調を支払うように撫育《ぶいく》するのが理想である。しかしさし当り、俘囚の飼養は各郷の負担になる。

奈良朝以来出挙《すいこ》と呼ばれた稲の貸付制度があった。国府が稲を農民に貸しつけ、収穫の一部を利子として回収するのである。桓武帝は利率を五割から三割に引き下げたが、俘囚を養う必要上維持できなかった。

経済の法則によって、出挙はすぐ元稲なしで、利子だけ取り立てられるようになる。私営田主もそれに倣《なら》ったので、実際には地方税あるいは地代に転化し、不払いの対象になる。その結果俘囚は山野に浮浪し、飢餓状態に陥り、あるいは盗賊化した。

将門の乱に先立つ二十年間に、三つの俘囚の乱が上総下総で記録されている。蝦夷地における俘囚も叛乱する。坂上田村麻呂の鎮圧以来、出羽で二度起っている。しかもその二度目は正に将門の常陸国衙襲撃に先立つこと四ヵ月の、天慶二年五月から七月にかけて起った。三回にわたって蜂起しているのである。

将門の乱をこういう俘囚の乱と結びつける見方が成立する所以だが、文献的にそれを証拠づけるものはないのが欠点である。あまり大局的に考えると誤りの入る余地が生じるが、将門がその所領の開発拡張のために必要な労働力を、浮浪化した俘囚を収容することによって得た、と推定する多少の根拠はある。

良兼に石井営所の構造を通報した子春丸の姓、丈部はすなわち駈使部《はせつかべ》であり、越《こし》の俘囚の姓である。奈良朝時代に馴化された熟夷《にぎえびす》であるが、子春丸がその子孫であったと考える必要はない。むしろ将門の所領に収容された俘囚が、同族中の名家の姓を名乗ったと見る方が自然である。こういう異分子は一般の伴類のように田畠を耕すよりは、子春丸のように「荷夫」として、営所に炭を運び、泊り番を勤めるという風に、従者化されていたらしい。事が起った時、最も容易に兵士に転化され得る分子である。

さらにこの頃、蝦夷地の叛乱、俘囚族長連合の成立により、出羽や胆沢《いざわ》の奥地から弾き出されて、関東に帰った兵士も、将門の支柱でなければならない。彼等は蝦夷の各地の柵の内外の土地を耕しつつ、防衛や討伐に従事した屯田兵《とんでんへい》であるが、俘囚と同化するのを欲しない者は、故郷へ帰って来る。

彼等の多くはもともと土地を捨てた浮浪人であるが、かりにれっきとした口分田を持った農民であったとしても、前に耕していた口分田は最早ない。彼等もまた国衙周辺を浮浪するか、盗賊と化するほかはない。両総地方の俘囚の叛乱には、こういう分子も含まれていたと想像されるのである。

将門の豊田郡の所領は、こういう分子に恰好な働き場所を提供するものでなければならない。彼等はすでに兵士として訓練を経ている上に、性はもとより剽悍《ひょうかん》で、多分にアウトロウ的性格を持っていたと想像される。

千曲川の戦いで傷ついた将門の上兵に文屋好立《ぶんやのよしたつ》の名があるが、文屋は有名な征夷将軍の姓である。それを僭称することも、将門の新体制の下では不可能ではなかった。もっとも好立の場合は、この種の浮浪分子ではなく、将門に与力した中小土豪と見なすのが適当なのであるが、いずれにしても将門の陣営に文屋が参加していることは、帰郷した屯田兵がその組下に入ることを容易にする。

無論良兼側もこれら優秀な闘士を傭うことは出来る。ただ国衙の勢力を背景とし、伴類に土地が分割し尽された山根地帯を根城にしていることが、かえって障害になる。この点将門の方は、開墾の余地の多い乱流地帯にあり、武勇の卓《すぐ》れた大将によって指導された上昇的勢力という強味がある。蝦夷地の辺境的自由に馴れた元屯田兵にとって、将門の武勇と、武将的統率は魅力でなければならない。

これらはすべて想像であるが、将門の度重なる軍事的成功の原因として、彼の個人的武勇を支える強力な軍事的組織を考えなければ、現代人は納得することが出来ない。これらの俘囚を将門に提供したという点に、将門の乱と俘囚の乱との関連を見ることが出来る。

さらにその軍事的成功を支持するものに、京都における藤原忠平の庇護がある。源護に対する裁判に勝ち、良兼追討の官符が下ったのが、摂政忠平の勢力によったことは明らかで、将門もまた下野の国衙に乱入するのを差控え、自己に有利な記録を留めさせるという官僚的方法を取ることによって、忠平の期待に応えている。この場合、将門は藤原氏の荘園の、抜け眼のない荘司として行動している。

忠平は時平の弟、朱雀天皇の伯父に当る。時平のような政治力はなく、藤原氏の既得勢力の上にあぐらをかいて、宮廷の儀式を定めるなどをしているだけである。それだけに各方面と摩擦が少なく、人望があった。日記『貞信公記』がある。貞信公はその諡《おくりな》である。

藤原氏は道長の代にいたって頂点に達する独占的繁栄に向って順当に上昇しつつあった（宮廷的な栄耀に向って下降しつつあったというべきかも知れないが）。将門の関東における成功は、藤原氏の勢力伸張の波に乗って得られたということが出来る。

しかしその軍事力には、藤原氏が拠り所とする天皇の権威の否定に向う、反逆的要素が含まれていた。将門の関東制圧が拡大するにつれて、その矛盾は顕在化し、忠平の期待を逸脱した進行を見せはじめるのである。

六

将門の騎兵隊が千曲川河原で、貞盛と戦っていた頃、桓武天皇四世の孫興世《おきよ》王が武蔵国権守として赴任してきた。正式の辞令が国衙に到着する前に、足立郡の郡司武蔵武芝の所領に入って、検閲しようとしたので、武芝がこれを拒否した。すると興世王はただちに国衙の兵仗《へいじょう》を動かして強いて入部し、武芝の舎宅や、因縁ある民家を焼き、財宝を掠奪して引き上げた。

武芝は律令以前の国造《くにのみやつこ》の裔《すえ》で、もともと反国衙的分子である。郡司は国司に対して下馬の礼を取らねばならないというような差別があったが、武芝は「年来公務ニ恪勤《カクゴ》シテ、誉《ホマレ》アリテ謗《ソシリ》ナ」きという遵法的な土豪であった。人民の撫育も行き届き、徴収した諸税を国衙へ収める期日に遅れたことはなかった。

新任の権守の越権に抗したという理由で、掠奪されたことは、一般の同情を惹いたらしい。国衙の下級官人の中に、国衙の前に落し文をした者があった。落し文は当時越《こし》の国府に起った事件に言及していたというから、類似の事件は各国で頻発していたのである。

この報を聞いた将門はただちに兵を率いて、足立郡の武芝の陣に赴いた。興世王、介《すけの》源経基は「妻子ヲ率キテ」狭服山《さやき》（狭山）に立て籠った。しかし将門の意図は仲裁だから、攻撃はかけない。武芝と共に武蔵国府（府中）に至り、興世王と経基を招いて、和解させようとした。興世王はすぐ出て来たが、経基は要心して山中に残っていた。将門が府中で酒宴を開いて、興世王、武芝と歓談している間に、武芝の後陣の者が、経基の陣を攻めてしまった。

経基は将門が武芝に使嗾されて、自分を殺そうとしたと早合点して、そのまま京に上り、将門謀叛を訴え出た。濫りに兵を動かすのは無論罪であるから、経基の訴えには十分理由があった。しかも隣国まで立ち入ったのである。さすがの忠平もこれには困って、取り敢えず実否を正すべき教書を持たせて、中宮少進多治直人助直を関東に下向させた。

多治は天慶二年三月二十八日に武蔵国府に到着した。将門はただちに常陸、下総、武蔵、下野、上野五ヵ国の解文を取り、無実を証明した。解文は五月二日をもって京に到着し、将門はまたまたお咎《とが》めなしになった。

新井白石は承平、天慶の乱の原因は、外戚の権力濫用によるか、といっている。実際には各地に生れた新興勢力の上に藤原氏が載っていたにすぎないが、とにかく宮廷は将門、純友のような叛逆者にかなり甘かった。咎めがなかっただけではない。将門叙勲が朝議に上って来た。

翌年二月、純友は従五位下西海追捕使に叙せられている。一種の懐柔策とも見られるのだが、結果はかえって純友の勢力伸張を助ける結果になった。純友は藤原北家の支族と称していた。

『将門記』にはこの時の将門の心境を次のように記している。

「彼ノ武芝等ハ我ガ近親ノ中ニ非ズ。又彼ノ守、介ハ我ガ兄弟ノ胤《スヱ》ニ非ズ。然レドモ彼此ガ乱ヲ鎮メムガタメニ武蔵ノ国ニ向ヒ相《ミ》ムト欲《オモ》フ」

常総の実力者の自信がさせる業であろうが、乱を鎮めるとはもとより大変な思い上りである。

武芝はさきに引いた『更級日記』に出ている地名である。あるいはそこが元来の領地だったかも知れないが、この頃の本拠は足立郡である。現在の東京都足立区より北へ延びて埼玉県に跨っている。大日川（江戸川）、利根川、荒川に貫かれた乱流地帯で、将門の勢力圏下総国とは大日川、流山丘陵を隔てて接している。従って将門がまず武芝の領地へ入ったのは、道順として自然といえるのだが、兵を動かしている以上、武芝への加担と見られても仕方がなかった。

　武芝がすでに将門の勢力範囲に入っていたか、あるいは同族との私闘の段階で、武芝が将門に与力していたとも考えられる。しかし武芝の名はこれまで『将門記』に見えないし、この一件後は姿を消してしまう。あるいは『将門記』の筆者になにか武芝を将門の乱と関連づけて語ることを避けなければならない理由があったのかも知れない。

　どっちにしても、これはこれまでの良兼らとの私闘とは、種類を異にした軍事行動である。それが隣接地区に向けられたのは、将門の勢力が因縁という人的関係ではなく、地縁によって拡がり始めたことを示す。今日の言葉でいえば、隣接地区への武力干渉の様相を呈しているのである。

　この頃武蔵、相模、上野三国に跨って「僦馬《しゅうば》の党」というものがあったことが、『上野国解』に見える（昌泰二年〔八九九年〕九月十九日の太政官符）。

「此国頃年強盗鋒起シ、侵害尤モ甚シ、静カニ由緒ヲ尋レバ、皆僦馬之党ニ出ヅ也。何者、坂東諸国富豪之輩、啻《タダ》駄ヲ以テ物ヲ運ブ、其駄之出ヅル所皆掠奪ニ縁ル、山道之駄ヲ盗ミ以テ海道ニ就ク、海道之馬ヲ掠メテ以テ山道ニ赴ク、爰《ココ》ニ一疋之駑ニ依ツテ百姓之命ヲ害ス、遂ニ群党ヲ結ビ既ニ兇賊ト成ル」

つまり東山道で盗んだ馬で東海道に稼ぎ、相模で盗んだ馬を上野へ廻したのである。三宅長兵衛『将門の乱の史的前提』（昭和三十九年六月『立命館文学』一一二号）によれば、『上野国解』は続けて、兇賊を隣国と協力して追討したが、党は解散して、その「類」が相模足柄坂、上野碓氷《うすい》坂から脱出してしまう、両所に関所を設けて、通行の人馬を検問したいから、その旨官符を出して貰いたい、と結んでいるという。

三宅氏は三つの点を注意すべきだという。第一は群盗蜂起に「僦馬の党」という中核があったということ、第二はその構成員が「坂東諸国の富豪の輩」であったということ、第三は彼等が馬をもって物を運ぶ、今日でいえば「運送業者」であったということである（「僦」は「雇」と同義）。

関東の群盗蜂起の最初の記録は寛平七年、つまり僦馬党の記事の四年前であるが、延喜元年に到っても、朝廷は東国群盗鎮圧を諸社に祈っている。つまり十年近い慢性的反乱だったのである。

党の中核たる「富豪」は恐らく駅長を勤めたこともある顔役的存在である。そして武相、上野三国に跨っているから、同族的結合ではあり得ず、同業的な横の結合であったことに、三宅氏は注目している。

これは将門の生れる前、祖父高望王が関東に赴任した頃の出来事であるが、事態は記録から消えたからといって存在をやめたとはいえない。当時は道真の『三代実録』を最後に、上古以来の修史精神が衰え、濫りに風説を取り入れたり、朝廷にとって工合の悪いことは書かない形式的な編年史に移行していたからである。

そして当時京都の経済は諸国から上す「物」に依存していたから、運送業者の重要性はいうまでもない。彼等はみな新興の土豪であって、駅夫を手下につけることによって、反国家的行動に出ていたのである。これらの行動が積み重なった上に将門の反乱が起きた、と三宅氏はいう。

私としては「僦馬の党」には商業的要素が優っているようだから、やがて何等かの利得が保証されることによって、鎮静に赴いたような気がする。いずれにしても将門の乱より四十年前の関東には、こういう地縁的土豪の結合が可能であったという点は重要である。将門と武芝との間にも、何か記録に現われない盟約があった、と仮定してもおかしくはないのである。

将門が養成した兵団は、絶えず出動することによって養う必要があったのではないか。武蔵に赴いた将門の軍がどれくらいの兵力であったかわからないが、恐らく武芝の営所へ行くまでの食糧を携行しただけであり、あとは仲介料として、武芝の補給を当にしていたと見ることが出来る。そして武芝自身、『将門記』に書いてあるような、理想的な郡司でなかったのは申すまでもない。

新任の興世王が武芝領内で掠奪した財物は、いずれ国衙の立場から見れば、違法な収奪に基くものであった。元来財物の一部は新任の権守に挨拶がわりに、献上すべきものであった。多分興世王にはなにか武芝になめられる理由があって、武芝がそれを怠ったという経過が考えられるのである。従って強いて立ち入って掠奪したのは、興世王としては当然のことをしたまでと思っていたのであろう。どうせ買官によって得た地位である。それくらいの役得がなくて、遠国に赴任する国司はいなかった時代である。

この際興世王は私兵を持つにいたっていないから、それを提供したのは、介源経基でなければならない。つまり実質的な掠奪者は経基だったので、将門が仲へ入ると宣言しても、興世王のように気軽に山を下りられなかったのは、当然といえる。武芝の兵が報復のために、その陣を攻める気になったのも自然である。

要するに将門の余計なおせっかいで、ほんとに迷惑したのは経基であった。武蔵のことは、武蔵でやらしておいてくれれば、興世王と二人でたっぷり甘い汁を吸えるものを、将門の局外的武力の介入によって邪魔されたのである。幸い将門の行動は国衙権力の代行の外観を持っていたので、謀叛を言い立てる口実となった。

しかし彼の提訴は忠平の勢力によって斥《しりぞ》けられる。逆に蟄居《ちっきょ》を命ぜられる。後に将門の常陸国衙占領の報が京都に達した時、始めて衆に先んじて謀叛を知らせた功が認められた。

従五位下を賜る。

七

こうして武芝の一件もまたまた将門の勝利に終ったが、朝廷でもさすがに武蔵の国が治っていないという印象を受けたらしい。この年六月、新しい国守として、百済王《くだらのこにきし》貞連《さだつら》が下向し、それまでの国守の藤原維幾《これちか》は常陸介に転出した。

維幾とその子為憲は後に貞盛に加担し、将門の国衙攻撃の原因を作った人物だが、武芝事件の段階では『将門記』に名が出ていない。恐らく遥任で京都にいたのであろう。

ところが興世王は新任の国守百済貞連とたちまち仲違いしてしまった。どうやらこの人物は性格異常者だったようである。貞連が興世王に国衙の中で、席を与えないというような、つまらないことが原因である。六月、興世王は将門の石井の営所に転がり込んで来た。

維幾は高望王の娘を妻としていることになっている。そうすると将門にとっても貞盛にとっても、姻戚である。このあたり、中央にも武蔵にも、なにか記録に表われないいきさつがあったと考えられるのだが、想像を逞しゅうする手懸りはない。

実力者将門は興世王を快く居候にした。無論武蔵権守をやめたわけではなく、勝手に任地を離れて、隣国の大親分の厄介になったのである。興世王については、ただ「世王」という名前を取っているから、伊予親王の系統らしいというほか、経歴はわからない。とにかく将門はこれで後に謀叛の参謀となる大変な人物を背負い込んだことになった。

一方常陸の土豪に藤原玄明《はるあき》なる者があった。『将門記』によれば「素ヨリ国ノ乱人、民ノ毒害」たる大変な人物であった。収穫期には民の土地諸共《もろとも》に稲穀を掠め取りながら、年貢は全然収めない。国衙の徴税吏が出張すると暴力で追い返す。新任の国守維幾はせめて官物だけでも返せと命じたが、一向にきく気配はない。

ついに官符を乞うて討伐することになった。その計画を聞いた玄明は、妻子といっしょに豊田郡に逃げ込んで来た。それだけならまだいいが、行きがけの駄賃に、行方《なめかた》、河内両郡の不動倉の穀物を掠めて来た。玄明としては、将門親分への手土産のつもりかも知れないが、不動倉とは非常用の穀倉で、それを掠奪するのは重大な国家的犯罪である。

維幾はただちに下総の国府と将門に移牒《いちょう》して、玄明の追捕を命じたが、将門の方では、逃げてしまったとかなんとか、言を左右して応じない。

それだけではない。将門自ら大軍を率いて常陸の国府(今の石岡附近)に押し寄せ、「件ノ玄明等ヲ常陸ノ国ニ住セシメ、追捕スベカラザルノ牒ヲ国ニ奉マツレ」と談判に及んだというのだから、無茶である。

国司として、こんな無法な談判に応じることは出来ない。三千人の兵を催して合戦したが、将門の率いる千人の兵に破られた。国衙を封鎖して交通を遮断され、維幾は止むを得ず「わしが悪かった」と謝った。折から国司交替の手続きの監督のため東下していた詔使藤原定遠も「御無理御尤も」といわされてしまった。将門はここで突然謀叛人となった。

将門の軍はそれから掠奪に取りかかった。国衙の財宝と女が人民に分ち与えられたのである。その状況を『将門記』は次のように描写している。

「世間ノ綾羅ハ雲ノ如ク下ニ施シ、微妙《ミメウ》ノ珍財ハ算ノ如ク分散ス。万五千ノ絹布ハ五主ノ客ニ奪ハレ、三百余ノ宅烟ハ滅ビテ一旦ノ煙ト作《ナ》ル。屏風ノ西施ハ急ニ形ヲ裸ハニスルノ媿《ハヂ》ヲ取ル、府中ノ道俗モ酷《カラ》ク害セラルル危ブミニ当ル。（一本に「之ガ為ニ死セリ」と作る）金銀ヲ彫《ヱ》レル鞍・瑠璃ヲ塵《チリ》バメタル匣《ハコ》、幾千幾万ゾ、若干ノ家ノ貯ヘ・若干ノ珍財、誰カ採リ誰カ領セム。定額ノ僧尼ハ頓命《カリノイノチ》ヲ夫兵ニ請ヒ、僅カニ遺《ノコ》レル士女ハ酷《カラ》キ媿《ハヂ》ヲ生前ニ見ル。憐レムベシ、別賀（別駕、介維幾を指す）ハ紅ノ涙ヲ緋《アケ》ノ襟ニ捫《ノゴ》フ。悲シムベシ、国吏ハ二膝ヲ泥ノ上ニ跪《ヒザマヅ》ク」

中国風の誇張もあろうが、拙《つた》ない文飾の間に、掠奪暴行の生々しさが出ているようである。将門が豊田郡に蓄積した財貨は、たとえば子飼の渡の戦いの後で良兼に掠奪された時「三千余端《たん》」と記されており（端は反。この時代、布は稲と共に貨幣である）かなりの程度に達していたのだが、国衙の富に比べると物の数でないようである。彼の伴類にとって、いかに魅力があったかは、掠奪の状況でわかる。あるいはそのように『将門記』の筆者には映った。

暴行の一日が明けた翌朝、将門は介維幾と詔使定遠を連行して、豊田郡鎌輪の営所に引き上げた。将門はますます謀叛へ深入りして行く。

十二月四日下野国府（小山附近）、十五日上野国府（前橋附近）占領、新皇即位、と謀叛の規模は急ピッチで大きくなって行く。これは常陸国府攻撃という行為の結果として自動的に起ったものだが、優秀な荘司将門はなぜ突然こんな大それたことをやる気になったか。

『将門記』によれば、万事玄明を庇護したことから起っているのだが、これだけの重大な結果を起すにしては、玄明は少し役不足の感じである。

反国衙的立場にある土豪を庇護する点で、武芝事件と共通しているが、『将門記』には、武芝をよき郡司として書いているのに反し、玄明は最初から典型的な「乱人」として取り扱われている。興世王と共に、将門に謀叛をけしかけた極悪人という予断があって、この筆誅を生んだものと思われる。

すでに見たように、『将門記』は私闘的段階の将門を終始被害者として同情的に書いている。ところが武芝事件が始ってからは、叛逆という事実が加わったためか、その筆はためらい勝ちとなり、抽象的な名分論が混って来る。第一段、つまり貞盛が将門召喚の官符を得て下向したが、国衙へ入ることが出来ず、関東に流浪し、良兼が病死するまでと、武芝事件から謀叛にいたる第二段は、時を隔てて書かれたのではないか、ともいわれる。

一体『将門記』は同族との私闘を描いた前半が卓れているという定評である。豊田、猿島両郡を舞台とする事件の記述は詳しいが、一度郡外へ出ると、具体性を欠き勝ちになる。筆者が豊田郡在住の僧侶ではないかと推察される一因だが、してみれば将門敗死後は貞盛とその一族によって支配された土地に住んでいたことになる。その点に微妙な考慮があったとも想像されるのである。筆者は貞盛に対してもかなり同情的である。

しかし結局は将門を英雄的武将として称える気持も行間に溢れている。興世王と玄明にそそのかされたという同情があるので、この筆誅を生んだと思われるのである。

将門の親分的庇護を受けた反国衙的土豪という点で、玄明は武芝と共通点を持っている。松本新八郎氏は、この二人の所領が、いわゆる山根地帯ではなく、足立郡、行方郡など、平坦の乱流地帯にあることに注目している。

将門の所領豊田郡とても同じことである。そこに地縁的な乱流地帯連合の如きものが成立し、早くから律令体制に組み入れられていた山根地帯と対立するにいたった。そこに将門の強大な軍事力が出現すれば、結集点となるのは自然であった。

しかし、かりにそれはその通りであったにしても、その結集された力が、国の出先機関である国衙を襲うというのは、やはり重大な飛躍である。なにか将門をしてそこまで踏み切らせた原因がなければならない。地縁的連合の義理があるからといって、将門が自らそういう危険を冒す必要は、少なくともこれまでの経過には見当らないのである。

新皇即位後、将門がかつての私君忠平に宛てた上書が、『将門記』の末段に載せられていることは、前に書いた。国を覆す志を抱きながら、藤原氏に対して弁解する矛盾は、古来識者の物笑いの種である。この書状は偽書ではないか、と疑う人もいるくらいだが、その点は後で検討するとして、そこには国衙襲撃につき、全然別の理由が挙げられている。

この書状によるとこの時、将門を迎え撃ったのは、国衙の兵ではなかった。維幾の息男為憲が貞盛と同腹して三千の私兵を催した。将門は自衛上やむを得ず、国衙を討ったというのである。将門は貞盛が濫りに国衙の兵庫の武器を下した点を攻撃している。

この書状は将門の立場からの弁解的なものであるから、文字通りは受け取れないにしても、貞盛は依然として関東に身の置きどころのない流浪の身の上であった。十月、「知音アル」平維扶《これすけ》が陸奥守となって下野国府を通過すると聞き、共に陸奥に下らんとしたが、将門の部下に阻止されて果さず、「山野ニ隠レ」るくらい窮迫していた。関東に将門ある限り、うだつが上らないので、新任の国司のドラ息子、為憲と語らって兵を催したということは十分考えられるのである。

形ばかりの対戦をして国衙に逃げ込む、将門が攻撃を続行し、国衙へ入れば謀叛になる、そこへ、将門を誘い込むのが、予定の行動だったという説がある。こうして将門を謀叛人とすることにより、国の力によって宿敵を滅す策略だったというのだが、これはやや結果論の気味がある。それほど先まで計算出来るくらいなら苦労はないので、戦いは一応真剣なものだったろう。三千人いれば貞盛の方が勝ったかも知れないのである。

　貞盛が催した三千の「精兵」を私兵と非難する理由はあった。諸国の軍団は八世紀末廃止されていた。国司、郡司の子弟による健児《こんでい》が国衙に附属させられたが、その数は一国につき二百人ぐらいであり、この時代にはすでに名目化していた。つまり貞盛と為憲が集めた兵は、国香、良兼の因縁に繋がる常陸平氏の伴類であるほかはなかった。それを国衙の武器で装備したのは、つまり国衙が貞盛に加担したことを意味する。将門は介維幾を、息子の為憲がその処置に出るのを妨げなかったとして、糾弾しているのである。

　しかしかりにそれがその通りであったとしても、将門が兵を国衙に入れて、掠奪するに任せた行為を正当化するものではない。貞盛と為憲は、遠く北常陸に逃亡し、この時国衙にはいなかったと推定されるからである。

　すでに書いたように、四年前、下野国府で同じような事態が将門に起っている。その時、将門は一方の囲みを解いて、良兼とその私兵に逃亡の機会を与え、国衙に事実を記録させるに止めた。なぜ今度も同じ処置が取れなかったか。

　一番簡単な答えは、通説のようにこの時将門がすでに関東を掠取する志を持っていたとすることである。玄明は国衙攻撃の口実にすぎなかったというのである。

　将門が介維幾と詔使定遠を拉致して豊田郡へ帰った時、興世王はいった。

「一国ヲ討ツト雖モ公ノ責メ軽カラジ。同ジクハ坂東ヲ虜掠シ、暫ク気色ヲ聞カム」

これは漢書か何かからの引用かも知れないが、京育ちの興世王のいいそうなことでもある。将門は答えた。

「将門ガ念フ所モ啻《タダ》ニ斯レノミ。其ノ由何トナラバ、（略）苟《イヤシ》クモ将門ハ刹《セツ》帝ノ苗裔《ベウエイ》、三世ノ末葉ナリ。同ジクハ八国ヨリ始メテ、兼ネテ王城ヲ虜領セムト欲フ。今須《スベカ》ラク先ヅ諸国ノ印鎰《インヤク》ヲ奪ヒ、一向ニ受領ノ限リ官堵《クワント》（京都）ニ追ヒ上ゲテム。然ラバ則チ且ツハ八国ヲ掌《タナゴコロ》ニ入レ、且ツハ万民ヲ腰ニ附ケム」

つまり興世王がまず関八州を領して、天下の形勢を窺《うかが》おうといったのに対し、自分は天皇の血を引く者だから、将来は日本全国を支配するつもりだ、と突然その大志を明らかにしたというのである。

これは彼が後に忠平へ送った書状と矛盾する重大な点である。『将門記』はこの辺から、事実の叙述よりも、その理由づけに熱中し始める。同時に対話体が増えて来るのが目立つ。人物の行動の原因はその心理に求めるほかはない、そこで会話をさせるという、歴史小説家の常套手段が用いられているのである。

王族としての自覚には一応の根拠はあるが、この時代の王族がどんな実状にあったかを考えると、空威張りに近い。国政は外戚藤原氏に壟断《ろうだん》されている。天皇の多くの嬪から生れる王子王女の大群の処置には、天皇家でも藤原氏でも困っていた。桓武から始った臣籍降下はその一方便である。少しあとになるが、道長は王族に対する給与を国家財政から天皇家へ移しているくらいである。臣籍に下りてから二、三代経つと、鳥羽あたりの遊女になる王女があったのが実状であり、王族だから全国に号令する資格があるなどといえた義理ではなかった。将門にその資格があるなら、貞盛にも良兼にもそれはある。いや、全国に何百人といた王族にはみなその資格があるので、名分論としても意味をなさない。

京都に攻め上るというのは、これまでの将門の行動からもその実力からも考えられないことである。このあたり『将門記』の筆者は風聞によって書いているらしく、将門の叛臣像を大きくして、誅殺を正当化し、劇的効果を増そうとしているようである。

しかも『将門記』はこの大言壮語と矛盾した内容を含む忠平宛の書状を平気で載せている。この手紙は日次の喰い違いもあり、地の文とは全く調子が違っている。無論将門の自筆ではなく、部下のうちの文章を善くする者の書いたものであろう。これまでの経過を振り返る便宜を兼ねて、全文を写してみる。

「将門謹ミテ言《マヲ》ス。貴誨《キクワイ》ヲ蒙ラズシテ星霜多ク改レリ。謁望ノ至リ造次《ザウジ》ニ何ヲカ言サム。伏シテ高察ヲ賜ハバ恩々幸々ナリ。然ルニ先年ノ源護等ガ愁状ニ将門ヲ召サル。官符ヲ恐ルルニ依リテ急然《タチマチ》ニ道ニ上リ祗候《シコウ》スル間ニ、仰ヲ奉《ウケタマハ》ツテ云ク。将門ガ事ハ既ニ恩沢ニ霑《ウルホ》ヘリ。仍テ早ク返シ遣ハス者《テヘレ》バ、旧堵ニ帰リ着クコト已ニ了リヌ。然ルニ後ニ兵ノ事ヲ忘レテ却《シリゾ》ケテ、後ハ絃《ユミツル》ヲ緩ベテ安居シヌ。而ル間ニ前ノ下総国介平良兼、数千ノ兵ヲ興シテ将門ヲ襲ヒ攻ム。背走スルニ能ハズシテ相防グ間ニ、良兼ノ為ニ人物ヲ殺シ損シ奪ヒ掠《ト》ラレタル由ヲ具《ツブサ》ニ下総ノ国ノ解文ニ注シ官ニ言上ス。

爰ニ朝家、諸国勢ヲ合ハセ、良兼等ヲ追捕スベキ官符ヲ下サルルコト又了リヌ。而シテ更ニ将門等ヲ召ス使ヲ給フ。然レドモ心安カラザルニ依リテ、遂ニ道ニ上ラズシテ、官使英保純行《アナホノトモユキ》ニ付ケテ、具ニ由ヲ言上スルコト又了リヌ。未ダ報裁ヲ蒙ラズシテ鬱包《ウツバウ》ノ際ニ、今年ノ夏、同平貞盛、将門ヲ召ス官符ヲ拳《ニギ》ツテ常陸ノ国ニ到レリ。仍テ国司頻リニ牒ヲ将門ニ送ルモ、件ノ貞盛ハ追捕ヲ脱シテ、蹐《ヌキアシ》ニ道ニ上ル者ナリ。公家須ラク捕ヘテ其ノ由ヲ糺《タダ》スベシ。而ルニ還リテ得理《トクリ》ノ官符ヲ給フ。是レ尤モ矯飾セラレタリ。

又右少弁源相職《スケノリ》朝臣ノ仰セノ旨ヲ引キテ書状ヲ送ル詞ニ云ク、『武蔵介経基ノ告状ニ依リテ、将門ヲ推問スベキ後ノ符ヲ定ムルコト已ニ了リヌ』者《テヘレ》バ、詔使ノ到来ヲ待ツ比ホヒニ、常陸介藤原維幾朝臣ノ息男為憲《タメノリ》、偏《ヒトヘ》ニ公ノ威ヲ仮リテ只冤狂《エンキャウ》ヲ好ム。爰ニ将門ノ従兵藤原玄明ノ愁ヘニ依リテ、将門其ノ事ヲ聞カムガ為ニ彼ノ国ニ発向ス。而シテ為憲ト貞盛等トハ同心シテ、三千余ノ精兵ヲ率キテ、恣《ホシキママ》ニ兵庫ノ器仗・戎具並ビニ楯等ヲ下シテ、戦ヲ挑ミヌ。

是ニ、将門ハ、士卒ヲ励マシ意気ヲ起シ、為憲ガ軍兵ヲ討チ伏スコト已ニ了リヌ。時ニ羽ヲ飲ミテ（この部分、楊守敬本に従う。「矢に射られて」の意）滅亡セル者、其ノ数幾許ナルヲ知ラズ。況ムヤ存命セル黎《レイ》庶、尽ク将門ノ為ニ虜獲セラレタリ。介維幾ハ息男為憲ニ教ヘズシテ兵乱ニ及バシメタル由ヲ過状ニ伏弁スルコト已ニ了リヌ。将門本意ニ非ズト雖モ、一国ヲ討滅セリ。罪科軽カラズ、百県ニ及ブベシ。之ニヨリテ朝議ニ候《ウカガ》フ間ニ、且ツ坂東ノ諸国ヲ虜掠スルコト了リヌ。

伏シテ昭穆《セウボク》ヲ案ズルニ、将門ハ已ニ柏原帝王ノ五代ノ孫ナリ。縦《タト》ヒ永ク半国ヲ領ストモ、豈ニ運ニ非ズト謂ハムヤ。昔兵威ヲ振ヒテ天下ヲ取ル者ノ、皆史書ニ見ル所ナリ。将門、天ノ与ヘタル所既ニ武芸ニアリ。思ヒ惟《ハカ》ルニ、等輩誰カ将門ニ比セム。而ルニ公家褒賞ノ由ナシ。屢々譴責《ケンセキ》ノ符ヲ下サル者《テヘレ》バ、身ヲ省ルニ恥多シ。面目何ゾ施サム。推シテ之ヲ察シタマハバ、甚ダ以テ幸ヒナリ。抑々将門ハ、少年ノ日ニ名簿ヲ太政大殿ニ奉リテ、数十年、今ニ至レリ。相国摂政ノ世ニ意《オモ》ハザルニ此ノ事ヲ挙グ。歎念ノ至リ勝《ア》ゲテ言フベカラズ。将門ハ国ヲ傾クル謀ヲ萌《キザ》セリト雖モ、何ゾ旧主ノ貴閣ヲ忘レム。且ツ之ヲ察シ賜ハバ甚ダ幸ヒナリ、一ヲ以テ万ヲ貫ク。将門謹ミテ言ス。

天慶二年十二月十五日

謹々上、太政大殿ノ少将閣賀　恩下」

将門が上野国府で、一昌伎《しょうぎ》の予言により、「新皇」を称したのは、十二月十五日と十九日の間であるから、ほとんど同時に上書したことになる。

露伴翁はこの手紙の終りの方には怨恨と自棄の気味があるが、天位をどうしようというような気味はない。乱暴をしましたが、同情してくれてもいいではありませんか、あなたには迷惑をかけてお気の毒だが、男子として仕方がないじゃありませんか、といった調子だと評している。

「永ク半国ヲ領ストモ、豈ニ運ニ非ズト謂ハムヤ」で、せいぜい関東一円を従える気よりなかったことがわかる。かりに版図を日本の「半国」まで拡大する気があったにしても、彼の軍が向うのは京都ではなく、折から叛乱中の出羽だったろうと思われる。

この手紙が偽書でなければ、重大なのは将門がこの危機に当って、忠平に手紙を書いたということだろう、と私は思う。「新皇」と称しながら、実際には実力者に対して、日本の「半国」を領する許可を乞うているのである。これは当時の天皇の権威の実体を示すものと私には映る。『将門記』はこのあと、朱雀を「本皇」、将門を「新皇」と書いているのだが、これは「本」と「新」に分ち得るほど、「天皇」の権威が名目的なものと考えられていたことを示すものではあるまいか。

くどいようだが書状は弁解的なものだから、これらはすべて表向きの話で、将門はひとまず摂政と和睦し、やがては実力で「本皇」の座を奪取するつもりだった、と考えられぬこともない。古来失敗した簒奪者の例は多いが、その心事はわれら日常茶飯の習慣からは推測しかねる馬鹿気た幻影を抱くものである。露伴翁は叛逆の「毒杯」といっている。薬物の理屈を越えた効果としか考えられないような行動を取ることがある。

延喜以来、諸国の国衙が襲撃され、国司が殺される例が多かった。それらはたいていい盗賊の所為と記録されているが、実際は一揆に近かったのである。中央でも対策を立てなかったわけではないが、外戚藤原氏の貪欲の赴くところ、いかんともすることが出来ない。国司はただ藤原氏のために出来るだけ多くを人民から取り上げながら、私腹を肥やすことしか考えなかった。人民の怨嗟《えんさ》の的となり、従って襲撃の的ともなった。

日夜詩歌管絃の楽しみに耽っている朝廷には、ただ諸山の僧侶をして、祈禱を行わしめるほか対策がなかった。この人勢にあって、将門の如く天より「武芸」を与えられた者が、実力をもって「半国」を従えることが出来ると考えたとしても不思議ではない。

しかし将門がそのような志を抱いたということと、それを実行に移すということは別のことである。将門の動機に情動的なものがあったのは、忠平宛の書状に窺われる。「公家褒賞ノ由ナシ。屢々譴責《ケンセキ》ノ符ヲ下サ」れたのを「恥多シ」としている。しかし武芝事件の後、将門叙位が朝議に上ったのは前に書いた通りである。将門はそれを知らなかった。もし知っていたら、常陸の国府襲撃は行わなかったのではないか、という推測は十分根拠あるものである。しかしこれは天慶二年十二月には襲撃しなかったろうというだけの話で、その後いくら将門の勢力が関東で強大になっても行わなかったということにはならない。

この頃西海に横行する海賊も、手のつけられぬ状態になっていた。既に書いたように、京都から十数里しか離れていない摂津須岐駅で、報告のため上洛途上の備前介藤原子高《たねたか》を襲ったのは、将門の叛逆の報が京都へ着く三日前であった。翌年二月朝廷は純友を従五位下に叙している。純友は将門と違って、伊予国掾という官職に就いていた。しばしば海賊追捕を命ぜられているが、承平五年から活発になった海賊の動きに、むしろ加担していたらしいということはわかっていたのである。

それにもかかわらず従五位下という位をさずけたのは、要するに懐柔策である。しかし純友はその恩典に感激した様子はなく、淡路の国府を襲って、兵器を掠奪している。二月二十二日、山陽追捕使は純友が「海に浮び、漕ぎ上りつ」と報告している。

純友の乱は将門のそれよりはるかに規模が大きかったのだが、要するに、全国的な兵乱の勢いは、首領の名目的な叙位褒賞ぐらいでは収拾出来ない段階に達していたのである。将門が武芝事件に介入したのは、実力者の自信と、私兵を養う必要からではないかと私は推定したが、玄明と貞盛のことを口実に、常陸の国衙を囲んだ時、部下の伴類と浮浪の掠奪を抑えることは出来なかったのではないかと思われる。

はじめ玄明が行きがけの駄賃に掠奪した不動倉が、近世の郷倉と同じ性質のものなら、それは農民の怨嗟の的である。そこに非常用に貯えられる米穀は、農民にとっては余分の供出物であった。しかも決して農民の利益のために使われることはなかった。それを流用、横領するのは国司の役得となり、あるいは貸付米となって、二重に農民を収奪する。

玄明が不動倉から掠取した米穀の全部を、豊田郡へ運んだとは考えられない。すでに掠奪は始っていたのであり、その大部分は所在地の伴類や浮浪によって、隠匿されたのである。

これらは幾世代にわたって国衙に収奪されていた農民の不満の爆発であった。天慶の乱が将門、純友の個人的武勇と叛逆心によって企まれたものであるとしても、それは民衆に蓄積された不満のエネルギーがなくては、顕われ得ないものであった。

八

動機と原因はなんであろうと、叛乱はそれ自身の機能によって作用し、引き返すことは出来ない。それは大抵指導者の情動的行動の外観を呈する。十二月十一日、将門の軍は下野の国府を襲った。「各々竜ノ如キ馬ニ騎《ノ》ツテ、皆雲ノ如キ従ヲ率キル。鞭ヲ揚ゲ蹄ヲ催シテ、将ニ万里ノ山ヲ越エントス」る勢いだったから、下野守藤原弘雅《ひろまさ》、前司大中臣全《おおなかとみのぜん》行《こう》はたちまち「将門ヲ再拝シテ、便《スナハ》チ印鎰ヲ擎《ササ》ゲテ地ニ跪キテ授ケ奉」った。「印」とは公文書に押す国印、「鎰」は諸倉の鍵であるから、将門は実質的に国衙の権力と財貨を握った。国衙の貯蔵米は天平十七年（七四五年）の記録で、大国四十万束、上国三十万束とある。それを農民に貸付して利子を取り、吏員の給与を賄うたてまえだが、実際には貸付は名目的なもので、地方税に転化していたことは前に書いた。

ただし将門は国守弘雅らを抑留しなかった。人馬をつけて、東山道より京へ追い上げただけである。このあたり将門はなかなかフェアに行動している。しかし弘雅の身になってみれば、有利な地位と財を奪われただけではなく、いずれは朝廷から印鎰を奪われた罪を問われねばならぬ立場にあった。「国内ノ吏員ハ眉ヲ顰《ヒソ》メテ涕涙《テイルヰ》」した。国府の内外は虜《りょ》掠《りゃく》されたので、諸民は「昨日ハ他ノ上ノ愁ヘト聞」いたことが、「今日ハ自ラノ下ノ媿《ハヂ》」となったことを知った。「堺外ノ士女ハ声ヲ挙ゲテ哀憐」したという。

十五日、上野国府（前橋附近）に至る。当時は東山道が関東陸奥への主要道路だったから、上野は関東で最も首都に近かった。陸奥経営の進展と共に、常陸国府より重要性を増していた。介藤原尚範《ひさのり》は例によって印鎰を奪われ、十九日碓氷峠から信濃国へ放逐される。将門の関東支配は完了する。「府ヲ領シ、庁ニ入リ、四門ノ陣ヲ固メテ諸国ノ除目《ヂモク》ヲ放ツ」た。

除目とは大臣以外の人事決定で、国司任命もこの中に入る。「諸国」とは無論関東諸国の意味である。興世王を武蔵権守に、玄明を常陸介に、弟将文を相模守に、という風に、親族や功臣を守や介に任じたのである。

「一昌伎」が神懸りして、自ら八幡大菩薩の使であるといった。「朕ガ位ヲ蔭子平将門ニ授ケ奉ル。其ノ位記ハ右大臣正二位菅原朝臣ノ霊魂表スラク。右八幡大菩薩八万ノ軍ヲ起シ朕ガ位ヲ授ケ奉ラム。今須《スベカ》ラク卅二相ノ音楽ヲ以テ早ク之ヲ迎ヘ奉ルベシ」

「昌伎」は「娼妓」と同義だが、楊守敬本に「カムナギ」と傍訓があり、巫女である。この時代すでに半ば遊女化していたが、シャーマンの機能を失ったわけではない。

菅原道真が流謫地太宰府で死んだのは延喜三年、その年将門が生れたという説があることは前に書いた。その年は全国的に旱魃《かんばつ》あり、翌年は疫病が流行した。七年、政敵藤原時平が急死し、八年、清涼殿に落雷あり、藤原菅根《すがね》が雷死した。これらはすべて道真の怨霊の仕業と信ぜられた。

宇佐八幡は和気清麿が受けた神託以来、皇室の信仰厚く、男山に勧請《かんじょう》されている。道真が雷神として全国的に流行するに及び、宇佐八幡の神人《じにん》達がその霊験を全国に説いて廻った。この神託は興世王や藤原玄明の演出の疑いは十分あるが、地方の巫女が巷説や俗信に基いて霊感を口走ったとしてもおかしくはない。

なお「蔭子《いんし》」とは、国家試験によらずに父の位階によって文官と任じられる資格のある子供。将門は八幡の「蔭子」とされたのだが、ここにも彼の王家意識を見る説がある。

神託を聞いて「寄人《よりうど》」つまり世話役たる興世王と玄明は喜んだ。「譬《タト》ヘバ貧人ノ富ヲ得タルガゴトシ、美咲スルコト、サナガラ蓮花ノ開キ敷クガ如」き喜び方で、将門に「新皇」の称号を奉った。

王城を下総の亭南に建て、儀橋《うきはし》を京の山崎とし、相馬郡大井ノ津を大津としようとした。これらの地名は大井のほかは現在は亡んでないが、大体将門の営所石井附近が比定されている。

左右大臣、納言参議、文武百官も定めた。ただ暦日博士だけなり手がなかったと、嘲笑的に記されている。露伴翁はこれらすべてを酔余の放言と解している。勝ち誇った野武士が国府で酒宴を催し、酌に狩り出された巫女が座興に八幡の「蔭子」だといった。それならいっそ天皇になって貰おう、そうだ、「新皇」という名がいい、玄明、お前は常陸介になれ、といった調子だったろうというのである。

王城は建設されなかったし、将門の手持ちの部下では、暦日博士だけではなく、文武百官の数に充たなかったのは確かである。しかし興世王はじめ将門の弟達はそれぞれ新しい任地で服誅しているから、国司としての支配、財貨の略取だけは実現したのである。

ただ新しい支配形態を生み出す発明も実力もなく、既存の制度を模倣するほかはなかったので、全体が猿芝居めいているだけである。将門は優秀な武将であり、農事指導者でもあったが、関八州を支配する経綸があるはずはなかった。一度謀叛に踏み切ってからは、坂を転がり出した石のように、止めようがなかっただけの話である。

将平が帝王の業は智や力をもって争うべきではないと諫《いさ》めると、延長年中契丹が渤海を亡ぼして皇帝と号した例を挙げ、「今ノ世ノ人ハ、必ズ撃チ勝ツヲ以テ君トス」と答えた。将門の反逆には、当時大陸で起った勢力交替の影響があるという説が生れたのは、これらの句に基いている。延長八年四月、契丹から使者が来て、東北の権力交替は京都に知られていた。その頃将門が京都にいたとすれば、彼が海外の事情に通じていたとしてもおかしくはないが、私としては、これが将門の知識ではなく、『将門記』の筆者たる知識人の知識であろうという説に賛成である。これまでの経過から見て、将門の権力意志は、反逆の結果として生れただけである。このような大志があったとは信じられないのである。

「凡ソ八国ヲ領セムホドニ、一朝ノ軍政メ来ラバ、足柄、碓氷ノ二関ヲ固メテ、正ニ坂東ヲ禦《フセ》」げば十分だともいった。これが追いつめられた反逆者の希望的観測にすぎなかったのは、後の経過が示している。

九

常陸国府が発した将門の乱の報は十二月二日京に届いていた。これより先関東国密告使に大中臣頼基が補佐されているが、越えて一月十九日その進発が促進される。折から西海に純友の乱あり、出羽の俘囚もまた背いたので、摂政忠平自ら、諸国の兵士徴発を奉行した。

将門の上野国衙占領は『日本紀略』によれば一月二十二日、『貞信公記』によれば二十九日、信濃国衙によって京都に報告された。隣接諸国の長官はみな「魚ノ如ク驚キ、鳥ノ如ク飛ンデ、早ク京洛ニ上」ったのである。武蔵守百済貞連は二十九日着京、太政府に出頭して、詳細な報告をした。

三日前の二十六日には、前にも書いたように、藤原純友の配下が、上洛の途中にあった備前介藤原子高と播磨介島田惟幹《これもと》に、摂津の須岐駅で追い付き、子高の鼻と耳をそぎ、その子を殺し、妻を奪って去った。

東西の異変の報が一時に京都に着いたのだから大騒ぎになった。多くの僧侶や神官が将門調伏の呪法や祓式を行った。「一七日ノ間ニ焼《タ》ク所ノ芥子ハ七斛ニ余リアリ、供フル所ノ祭料ハ五色幾《イクバク》ナラム。悪鬼ノ名号ヲ火壇ノ中ニ焼キ、賊人ノ形像ヲ棘楓ノ下ニ着ク。五大力尊ハ侍者ヲ東土ニ遣ハシ、八大尊官ハ神ノ鏑ヲ賊方ニ放ツ」という有様であった。

この間将門は相模、武蔵の国府を巡廻して、その支配を固めている。一月に入ってから、五千人の兵を率いて常陸に赴いた。名目はなお行方の知れない貞盛の探索であるが、むろん支配地の確保、あるいは、蠢動しはじめた反対勢力の鎮圧であろう。この段階で常陸掾藤原玄茂《はるもち》という者が同心しているが、名前から見て玄明の父か兄弟であろう。してみれば、玄明もまた常陸国府になにか拠り所があったのである。

なおこれまで注する機会がなかったが、五千人は恐らく誇張である。これは大体当時の蝦夷征討軍の兵力である。『将門記』全体を通じて兵の実数は三分の一以下に減らさねばなるまい。

貞盛は海道に沿って水戸方面に退却していたらしい。将門の軍は那珂《なか》川の線まで進出し、土地の藤原氏の出迎えを受けた。蒜間江《ひるま》（涸沼）に隠れていた貞盛の妻と源扶の妻を捉えた。二人は兵の暴行を受けていた。殊に貞盛の妻は「剝ギ取ラレテ形ヲ露ハニシ」ていたので、将門は衣服を与えて、本郷へ帰らしめた。

歌の贈答があった。将門の「勅歌」――

よそにても風のたよりに吾ぞ問ふ、枝はなれたる花の宿りを

これは藤原清輔の歌論『奥義抄』に引用されているくらいで、悪い出来ではない。「本心ヲ試ミムガ為」ということになっているので、貞盛の行方を問うたとも取れるが、全体として少し艶っぽい感じがある。「夫を離れたあなたの消息を、よそながら気にかけていた」という意味にも取れる。

貞盛の妻の返し――

よそにても花の匂ひの散りくれば、我が身わびしとおもほえぬかな

遠くはなれていても、便りが聞けるので、わが身がそれほどわびしいとも思えません

――すでに記したように、この妻は源護の娘であった。常陸平氏の私闘のきっかけになった「女論」の主は、現存の『将門記』による限り、良兼の娘と見るのが適当なのであるが、これらの曰くあり気な歌は、貞盛の妻をめぐって、将門と貞盛の間に何かいきさつがあったのを暗示しているようでもある。あいにくほかに証すべき個所がない。

源扶の妾《め》も歌を詠み、「此ノ言ヲ翫《モテアソ》ブ間ニ、人々和悦シ逆心シバラクヤミヌ」とある。

ここには『古今集序』の反響があり、『将門記』中唯一の女臭い条《くだ》りである。京都の俗人の筆が加わっているかも知れない、といわれる所以である。

貞盛の妻は捉えたが、貞盛自身の行方はわからない。将門の軍を接待した現地の藤原氏のいうところによれば、「聞クガ如クハ、其ノ身浮雲ノ如シ。飛ビ去リ、飛ビ来リテ、宿ル処不定ナリ」という有様であった。将門も大兵を率いて、いつまでも北常陸をうろうろしているわけに行かない。諸国から集めた兵をそれぞれ国へ帰らしめ、自らも豊田郡の本拠に帰った。

その時下野押領使《おうりょうし》藤原秀郷が常陸大掾貞盛に同心し、四千人の軍勢を催して押し寄せて来るという報せが入った。

秀郷はこの時の戦功によって、正四位下鎮守府将軍に任ぜられている。陸奥の藤原氏、下っては戦国の蒲生氏など、その後裔を唱える者が多いが、『将門記』に名が出るのは、これが初めてである。将門の陣に伺候して名簿を呈出し、臣従を誓ったので、将門は大いに喜び、酒餐を共にした。膝に落ちた飯粒を拾って食べたので、大器に非ずと見限ったという伝説があるが、これはまず信じられない話である。

なぜなら、この段階で将門の陣へ行くのは、謀叛に加担することを意味する。そんな軽率なことをするとは、考えられないし、将門の関東制覇といっても、形式的に国衙の権力を手に入れただけで、各地の土豪を物的人的に支配するという性質のものではなかった。

互いに使者を出して、挨拶を交すに止むべき筋合のものである。

下野押領使とあるが、これも恐らくは戦いが終ってからの任命、流浪の貞盛が常陸大掾と称したのは、仮りに亡父国香の官名を唱えたものか。

秀郷はもとより下野の大土豪であるが、その経歴はかなり怪しい。延喜十六年一族十八人と共に伊豆へ流されたことがあった。国衙に押し寄せるか、武装抗令ぐらいのことはしたのである。つまり将門とあまり違いはない反国衙的分子であった。

一月十一日、東海、東山両道に官符が出ていた。殊功の輩には不次の賞を加えるという簡単なものであるが、要するに将門を追討した者には、位階身分にかかわらず、賞を与えるということである。夷で以て夷を制すのが朝廷の方針である。秀郷の出兵がこの官符に応じたものであるのはいうまでもない。将門の解陣を聞き、急襲して手柄にしようと思った。将門誅殺後の褒賞で、秀郷は正四位を与えられたが貞盛は従五位下だから、指導者は秀郷であった。

反逆者の失敗の原因の一つは、体制側では彼等の行動を逐一知っているのに、反逆者の方では情報を得ることが出来ないということである。民衆の協力がないためである。体制側の動静について、詳細な情報を得ることが出来るなら、その行動は民衆によって支持されていることになる。その場合反逆ではなく革命になる。

この時豊田郡の将門の本拠には、千余人の兵しかいなかった。京から追討軍が来るにしても、時間があると、多寡をくくっていたのかも知れない。自分を討ち取って、中央で出世しようと思う人間が、地元から出て来ようとは想到しなかったのである。よしそんな人間がいたとしても、四千の大軍が関東に出現するとは、思っていなかったのであろう。

将門が率いた伴類は、農兵だから、種蒔き時を控えて、本郷へ帰さねばならなかったといわれる。この年は閏年で、二月一日は新暦の三月十七日である。しかし厳密にいえば、この点では貞盛、秀郷の軍も条件は同じで、大軍を集めることは出来ない筋合でなければならない。少しうがち過ぎのように思われる。

十一月以来、三カ月の転戦で兵が倦んだと見てよいであろう。補給は掠奪によったはずだが、本郷に帰っては無論掠奪はいけない。そこで解陣となったのだが、下総、武蔵、相模に封じた弟達にも郎党をつけてやらねばならぬ。本陣が手薄になったのは止むを得なかった。

そして一度散じた兵はもう集まらなかった。むろん伴類は乱の規模が意外に大きくなったので、不安を感じ始めていたのである。

しかし将門は窮地に立つと、再び一武将としてよく戦っている。ただちに下野下総の国境まで進出したが、先鋒の副将軍藤原玄茂と陣頭多治経明《つねあき》、坂上遂高《かつたか》（軍事組織が出来かかっていた）が相手を侮って攻勢に出、老猾《ろうかい》な秀郷の包囲作戦に引っかかって潰滅してしまった。

秀郷、貞盛の軍は、敗軍を追って進出し、未申の頃（午後三時）川口村（豊田郡水口村といわれる）に至った。

「新皇ハ声ヲ揚ゲテ已《スデ》ニ行キ、剣ヲ振ヒテ自ラ戦フ」

将門はたちまち一将軍に帰り、いつもの流儀で、自ら先頭に立って戦ったのである。兵力は、十分の一の劣勢だが、秀郷方もすでに、一度の戦いと行軍に疲れていたのであろう。「厠《カハヤ》ノ底ノ虫ノ如」き戦い振りだったので、勝敗は夕方に及んでも決しなかった。しかし動かすことの出来ないのは大勢で、将門は最後には馬首を廻らして退却するほかはなかった。

「昨日ノ雄ハ今日ノ雌ナリ」という有様で、常陸の兵は勝ちほこってその場で夜営したが、下総の兵は「忿《イカ》リ愧《ハ》ヂテ早ク去」ったのである。

秀郷、貞盛は群衆を集めて「甘キ詞ヲ加ヘ」たので、伴類の集まる者多く、兵力は倍加した。二月十三日、「堺」に到った。

将門は敵を領内におびき入れようとし、再び辛（幸）島の広江（飯沼）にかくれた。貞盛の軍は豊田の将門の館と伴類の家を尽く焼き払った。

「堺」は現在の利根川畔の「境町」に擬せられているが、少し西に偏しすぎているようである。むしろ飯沼に接した小部落逆井の方が、地勢に適っている。この時、将門方の残兵は四百余人である。猿島の北山に陣を張り、八千と予想される援兵の到着を待っていた。

二月一日から十三日まで、かなり期間がある。これまでのいきさつからいって、武蔵の武芝が出兵しそうなものであるが、それがついに来なかった。

北山の地名は亡びているが、岩井町の北に島広山と呼ばれて、平地の中に地勢が少し盛り上っているところがある。将門戦死の地として、最近まで碑が立っていた。

この日も合戦は未申の頃から始った。陽暦三月の終りで、異常に強い南風が吹いた。「暴風枝ヲ鳴ラシ、地籟《チライ》塊ヲ運ブ」という状態で、北面して陣を張った将門に有利であった。

当時の合戦は主として矢戦さであるから、『将門記』の戦闘の記録には、いつも風のことが出て来る。今日のような植林の雑木林や屋敷林はまだなかった。一望木らしい木のない草原の地平を限った筑波の山脈《やまなみ》が、眉に迫るだけである。広い関東平野を渡って来る春先の強風が、土を飛ばし草を靡《なび》かせて吹きまくる。敵味方とも姿は最初から見えているのだから、偵察の必要はない。睨み合ったまましだいに距離を詰め、矢頃に達すると戦闘開始である。

風のためこの日は「新皇ノ南ノ楯ハ前ヲ払ヒテ自ラ倒レ、貞盛ノ北ノ楯ハ面ヲ覆ヒ」用をなさなかったから、兵はみな楯を棄てて戦った。まず貞盛の旗下が将門の騎兵に蹂躙《じゅうりん》された。八十余人が討ち取られると、伴類二千九百人は、みな逃げてしまった。

最後の決戦は、騎馬による職業軍人の接戦によって決せられたのである。伴類が常に動揺したのは将門も秀郷も、結局は彼等の信頼と献身を受けていなかったことを示す。伴類を必要としたのは彼等の方だった。

貞盛方にはまだ精兵三百余人が残っていた。入り乱れて戦ううちに、三月の南風が不意に北に変ったとの説があるが、そう急に風が正反対になるはずはない。本文は「方ヲ失ヒテ立チ巡《メグ》ル間」であるから、数においてまさる貞盛方が、乱戦のうちに風上に迂回したのである。

将門はこの時北山の本陣に戻っていた。甲冑に身を固めた将門は、駿馬を飛ばして、再び先頭に出たが、この時天罰が下った、と『将門記』の筆者は考えている。

「馬ハ風ノゴトク飛ブ術ヲ忘レ、人ハ梨老ガ術ヲ失ヘリ」

「梨老《りろう》」は「李老《りろう》」。漢の将軍李陵の祖父である。要するに馬の脚が遅くなり、乗り手の手綱さばきがさえなくなったのである。貞盛が狙い定めて射た矢が、将門の顳顬《こめかみ》に当った、落馬するところを、秀郷が駆け寄って、首を掻いた、とあるのは無論功を二人に帰するための作り話で、実際は流れ矢に当ったのであろう。『将門記』には神鏑《しんてき》に中《あた》ったと書いてある。しかし「天下ニ未ダ将軍自ラ戦ヒ自ラ死スルコトアラズ」と将門の武勇を称えるのを忘れていない。

こうして関東の野の英雄は、あっけなく死んでしまった。頸《くび》は下野国府の解文を添えて、四月二十五日京に達した。

将門とその伴類を追捕すべき官符は、正月十一日に出ていた。十九日、参議藤原忠文を右衛門督《かみ》とし、征東大将軍に任じた。忠文はこの時六十八歳の老齢だったが、この時代には珍しく謹直な公卿だった。天皇から節刀《せっとう》を受けると、自宅へ帰らず、そのまま出陣した。わずかな官兵を率いて出発し、沿道の国府や土豪から兵を徴しながら行くのである。

尾張で将門服誅の報を聞き、引き返したと伝えられるが、謹直な将軍だから、一応は関東へ着いて、報告を聞き、残敵討伐を指揮したはずである。

将門の弟将頼、藤原玄茂は相模で、玄明、坂上遂高は常陸で、興世王は上総で斬られた。四月八日、刑部大輔藤原忠舒《ただのぶ》、下総権少掾平公連《きみつら》が押領使として入部し、残党を追求したが、将門の舎弟七、八人は家族を捨てて僧形となり、深山に隠れたという。郎党も尽く逃亡した。将門の乱はこうしてはかなく終った。

十

『将門記』はすでに書いたように、その巻末の記載を信じるなら、天慶三年六月、つまり将門敗北後四カ月に書かれたものである。叙述の同時的な生々しさは否定出来ないし、三月の秀郷、貞盛の叙位のことは書いてあるが、十一月の秀郷の下野守任命の記事を欠いているなど、この日付を信じさせる材料がある。

この頃から再燃した西海の純友の乱についてはなにも書いてない。対象は最初から将門にしぼられているから、当然ともいえるが、当時京都では東西の叛乱が呼応して起ったと信じて、恐れおののいていたので、多少の言及はあってもよいところである。

筆者が噂の届かない東国にいたとすれば、それらの点は解決する。しかし一方、忠平宛の書状の全文の載っていること、及び将門服誅の詳しい状況があるなど、公けの報告書を見た上で執筆、少なくとも加筆した形跡もないでもない。『扶桑略記』に「将門合戦章」とあるのは『将門記』と同じ物と見られるのだが、一方『将門誅害日記』という文献もあったらしい。これは征討軍の公式の戦闘記録と見なすことが出来る。

筆者を東国の石井附近の寺僧とするもの、在京の文人の私記とするものとの二説がある所以である。折衷説として延暦寺の僧侶が、東国の末寺の報告を基にして書いたとする、つまり合作説がある。

それらを決定するのは私の任務ではないが、文章よりみるならば、良兼の死までの前段が現地人に書かれたことは疑えないようである。土豪の私闘が、現実的に書かれており、そこに出て来る将門の像は必ずしも叛臣ではない。

後半は将門の服誅後に書き足されたというのも諾《うべな》い得る説である。将門を大義名分から断罪する筆致が急にあらわれ、具体的な事実の叙述はそれだけ少なくなっているからである。前半では良兼、貞盛が将門の対抗者として生々と描き出され、劇的効果を加えているのに対し、後半では貞盛の行動はほとんど書かれない。秀郷にいたっては、貞盛の加担者として突然出現するだけで、その経歴も人物も全く書かれない。功労者に対する遠慮があったか。「新皇」の出現と潰滅という異常事態に当惑して、筆者に動揺があったことが察せられるのである。

『将門記』の末尾に、二つの仏果論が付け加えられている。一つは「田舎の人《でんしゃ》」の報によるというもので、今は「中有《ちゅうう》」の世界に住む将門から消息があった、在世の折は一つの善行も行わなかったため、地獄に落ちている、自分を訴えるものが一万五千人、悪事は伴類共々働いたのに、一切の罪をひとりでかぶっている、というのである。

「身ヲ受苦ノ剣林ニ置キテ、肝ヲ鉄囲ノ煨燼《クワイジン》ニ焼ク。楚毒至リテ、痛ミ敢ヘテ言フベカラズ」だが、ただ生前金光明経の一部の写経を誓願したため、一ヵ月のうちに一時《いっとき》の休みがある。この世の暦では九十二年目に本願を果たすことになる。従ってこの世にある兄弟、妻子は慈悲をほどこし、悪業を救済するため、善行を尽して欲しい、というのである。

「天慶三年六月中記文」という問題の記載はこの文章の終りにある。坂本太郎氏はこれをこの冥途の消息の日付と見なし、『将門記』成立をもっと後代に推定している。

種々議論のあるところだが、なお本文には「或本ニ曰ク」として、もう一つの功験譚が附加されている。その中に「闘諍堅固《とうじょうけんご》」の如き末法思想を示す字句があるから、この方は後世の追記と見なされている。

　こういう功験譚が付くのは、『日本霊異記』や『今昔物語』にも共通した形式で、『将門記』の筆者が僧籍にある人であることは、疑問の余地がない。そもそも『将門記』全体が『今昔物語』と同じく「口語り」、説法と唱導のためのメモではなかったかという説も出されているのだが、本文が晦渋な漢文で書かれていることは、この説に対して肯定的に働く。当時中央にあって、漢文の素養のあった者が、唱導者の群に堕ちて、自分にわかる符牒的漢文で書いたとして、筋が通る。そしてこのような功験譚の存在は、将門の異常な経歴と死が、直ちに唱導の世界に組み込まれたことを示しているのである。

『三宝絵詞』は、永観二年（九八四年）十一月、つまり将門の死後四十四年目の成立である。源為憲《ためのり》の作といわれ、冷泉天皇の第二皇女尊子内親王のために、仏法僧の大意を説いたものであるが、その中にも功験譚がある。

「下総国にありし平将門は、これ東国のあしき人なりといへども、先世の功徳のつくりしむくいによりて、天王となれり」

「天台座主尊意は、あしき法を行つて、将門をころせり。この罪によりて、日ごとに、も度のたたかひとなす」

　ここには当時祈禱宗教に堕していた天台宗に対する批判がある（『将門記』の筆者も、将門は京都の六大尊が放った「神鏑」に中《あた》った、と見なしている）。

　宮廷と結びついた天台宗に反抗して、民間に専修念仏が育って来た時代である。空也上人は将門の同時代人であるが、六波羅蜜寺の寺伝によれば、上人は乱後、上総に赴いて、将門の残党の怨念を鎮めた功績があったという。少し時代が下ると、時宗二世真教上人が十三世紀に下総に遊行して、将門の後裔を改宗せしめた、ということになる。

北相馬郡守谷にある将門偽宮と称するものが後世の建築物であることは前に書いた。千葉氏は妙見菩薩を信仰し、星形を家紋とした。桔梗の前の内通が語られ、相馬の咲かずの桔梗の伝説があるのは、桔梗の五弁が星形をしているからである。将門に七人の蔭武者がつけられるのは、妙見＝北斗七星の「七」と関係があるらしい。

時宗の遊行僧は非業の死を遂げた者の怨霊を宰領すると信じられ、信者の前で怨霊の生前の事蹟を語り、演じた。将門塚が、関東、甲斐、信州など、時宗の勢力範囲に拡がる。

畏れ鎮むべき怨霊が、庶民の信仰と結びつくと、薬効その他利益神とかかわるのは、土俗迷信の中にあることである。徳川時代の農民にとって、世直し神となった形跡があることは前に書いた。

将門の誅殺者藤原秀郷も唱導化される。近江大和国境の田原郷に根拠を持つ唱導者の群れは、古代には海部に属していたといわれる、藤太というおどけた名を持つ者が多かった。彼等は秀郷の異名俵藤太を発明し、お伽草子『俵藤太物語』に定着される英雄譚を作った。俵藤太は湖南の守護大名六角氏に仕えた土豪蒲生氏（秀吉に仕えた氏郷が有名である）によって、先祖とされる。

琵琶湖底に棲む大蛇のために、三上山の百足《むかで》を退治した俵藤太は、その英雄の事業を完成するため、東国に君臨する将門を退治するために下向する。将門は七人の蔭武者を持ち、全身鉄より成るというジークフリート的悪王に成長している。琵琶湖の大蛇は恩人のために桔梗の前となって入り込み、動くこめかみだけが生身だ、と通報する。俵藤太がねらい定めて射た矢によって、将門は退治される。これは戦場の話ではなく、将門の館の不意討である。すべて英雄譚は戦いを個人的戦闘に還元して、その事業を矮小化する。大衆の前で語られると同時に、演ぜられたためである。

獄門にかけられた将門の首が幾日たっても生気を失わず、いま一戦といきまいたという『太平記』中の記事は、『今昔物語』の伍子胥《ごししょ》説話など中国種の説話と習合したものといわれる。

通行人が「将門はこめかみよりぞ切られける俵藤太のはかりごとにて」と詠むと、からからと笑って目を閉じたという。『平治物語』の流布本では、通行人は「藤六左近」という「数寄者」となっている。「藤六」の名は「藤太」と関連がありそうである。室町の滑稽譚的虚構であろう。

ただこれら民間信仰の将門像は将門を特に叛臣として糾弾してはいないことを注意すべきであろう。悪王将門は江戸時代の歌舞伎や伝奇小説によっていっそう拡大されて現代まで運ばれて来るわけだが、明治政府の文明開化政策によって、全国の淫祠邪教と共に一掃される。

生き残ったのは、もう一つの虚構、叛臣としての将門である。それは何度も書くように『神皇正統記』『大日本史』が定着したものだが、将門の没後百年の『今昔物語』からすでに現われている。『今昔物語』はその記事の大半を『将門記』から借りながら、原本の生々しい描写の多くを省き、あるいは簡略化して、叛臣像に焦点を合わせているのである。

「合戦を以て業とす」る「武士」と呼んでいるのは、『今昔』が初めてである。

「『将門』は此の如く悪行をのみ業としければ、其の近隣の国の多くの民田畠作事も忘れ、公事に勤る隙も無し。然れば国々の民此れを歎き悲しみて、国解《こくげ》を以て公に此の由を申し上げたるに、公聞こし食《め》し驚かせ給ひて、速かに将門を召し問はるる可《べ》き由を宣旨を下されぬ」

ところが、既に記したように、『将門記』によれば、最初将門が京都に召喚されるのは、源護の提訴によってであり、原告護も同時に召喚されている。こういう公事の細目においても、『将門記』の方が遥かに現実性がある。

叛臣像は唱導的怨霊譚と並行して、あるいはそれと習合しつつ運ばれて来るのである。『平家物語』『太平記』にそれぞれ「朝敵揃」「朝敵事」の章があり、将門は神武帝に抗した土蜘蛛から始る叛臣の系列の中に位置づけられる。

真福寺本『将門記』が刊行されたのは寛政年間である。塙保己一《はなわほきいち》が自ら尾張に赴いて

「抄本」との異同を考証する。『群書類従』に入れたので周知されるに到った。明治の将門復権は『将門記』の本文研究によって行われる。

『将門記』の成立当時、すでに『竹取物語』や『宇津保物語』など仮名まじり文があったのに、漢文で書かれているのだから、筆者は「物語」ではなく、将門に関する「歴史」を書くつもりであったと見なしてよい。

『史記』『漢書』など中国の史書を読むのが、知識人の教養として欠くべからざるものと考えられていた時代である。『将門記』には多くの『史記』中の人物との比較や言及がある。朝廷にはすでに『日本書紀』の批判的修史精神は失われ、便宜的な編年史しかなかったのに、『将門記』のような一代記、私史を書く精神が、野に在ったのは異とするに足りる。

　戦争はいつの時代でも刺戟的な事件である。『純友追討記』という記録が『扶桑略記』の引用によって伝えられている。『陸奥話記』は源頼義の前九年の役（一〇五一～六二年）の記録であるが、それはただ「賊軍」が「官軍」に征討されて行く経過の記述である。軍記物の系列では『将門記』に続くものであるが、戦闘の記述は「放レ矢如レ雨」「分散如レ雲」のような形式的なものである。この点『将門記』の記述は、遥かに詳しくまた現実的である。四六駢儷体による空ろな修辞もある。「猫と鼠」のような和語の対句を作って、滑稽に陥っている場合もある。しかし一方「厠底之虫」のような俗語的表現は、奇妙な現実性を持っているのである。

全体として日本人の書いた英語みたいな、一種のたれ流し的文章であるが、この奇妙な文体に一種の緊張感が感じられるのはなぜか。

この点については、読者の友社刊『将門記』に附せられた梶原正昭氏の研究「将門記の表出」がある。梶原氏は、『将門記』の筆者には、一貫して将門の武勇と行動に対する驚異の念があるという。この変則な漢文を支えるものは感動によるリアリティであるという。

合戦そのものの記述よりも、前後の事情や自然物の描出にすぐれているのである。例えば「弓袋山の戦」の章。合戦の「周辺」に対して興味が集中する点で、『陸奥話記』よりも、後世の『平家物語』と繋っているのである。

これはお手本たる『史記』『漢書』にも、『白氏文集』や『文粋』等にもなかった新しい興味であり、『将門記』の筆者の独創といってもよい。

「一代記」としても特異である。当時藤原氏には「家伝」があり、各種の名僧伝はあったが、まだ武士《つわもの》という名称が固定せず、つまり一つの階級として固定していなかった時代に、武将の一代記を書いたということである。これは将門の生涯が、当時よほど異常のものと考えられたことを示す。叛乱の規模は純友の場合の方が遥かに大きかったのだが、それについては半公式の「追討記」があっただけなのに、将門についてはなぜ現実的な『将門記』が残ったか。

多くの同族を相手に孤軍奮闘する将門の行動に対する驚異の念がうかがわれ、被害者として将門に対する同情と共感もまた見られるのである。将門は国衙の勢力と結びついた常総平氏と戦うのだが、当時藤原氏の政策に迎合して、苛酷な徴税吏と化していた国司に対する反感も、露骨ではないが、一応出ている。戦乱のため焼かれる伴類、辱められる婦女子に対する僧侶的な憐憫の情と並んで、将門を一個の英雄として歎賞する気持が表われている。「天下ニ未ダ将軍自ラ戦ヒ自ラ死スルコトアラズ」

『将門記』の筆者に西欧的な英雄の観念がなかったのはいうまでもない。文明と天皇制が同時に発生したわが国に、アキレウスやオデセウスのような自由な族長のイメージは形成されなかった。ヤマトタケルは征服された小部族の神であり、天皇への柔弱な忠誠心を示しているだけである。彼はアキレウスのように怒る自由も持っていない。

すべての民族も英雄時代らしきものを持たねばならないが、アキレウスのような単純で自由な英雄の形象はギリシャのほかには育たなかった。中世ヨーロッパはベーオウルフ、ジークフリートを生んだが、彼等も歪んだ忠誠心を持った廷臣にすぎない。わが国の叙事詩は仏教的な『平家物語』で円熟するのだが、清盛、義仲、義経もその悲しき末路によって、人の心を盛者必衰、奢者不久という怠惰な感傷に眠り込ませる効果しか持たなかった。幸『将門記』の英雄像も物神的な天皇崇拝と祈禱仏教的観念によってゆがめられている。幸い時代はそれら既存の権威が動揺した時期であった。関東の辺境に育ったこの半ば武士半ば農場主には、優雅な朝廷からは野人として軽蔑されながら、古代的な素朴さを持っていたように見える。

この人物が直ちに怨霊として土俗信仰と結びついたのは、多くの英雄と共通している。アキレウスもまたその廟を持っていた（ついでにいえば、将軍塚と同じく、その肢体の一部しか葬られていないこと、あるいは全く埋葬の主体を欠くのも、多くの英雄の廟に共通した特色である）。ただ『イリアス』のような整った文学的外被を持つか持たないかが、叙事詩的英雄になるかならないかの境目であった。

平将門は不定型な漢文でしか伝えられなかったので、その英雄像も明確でない。ただこの悪文を書いた東国の僧侶は、一種の現実感覚を持っていたらしい。将門が力を尽して戦わなければならなかった外的条件は、奇妙な生々しさをもって、われわれに迫る。英雄に対立する平凡な農場主の心事が、行間に窺われるので、その像は奇妙な自然を具えているのである。

渡辺崋山

崋山渡辺登については、すでに数え切れぬほどの伝記研究がある。日本画に西洋画の陰影法を取り入れた先覚者であり、鎖国の不可を説く憂国の士でもあった。田原藩の家老として、藩政改革を行い、天保九年の大飢饉に藩内に一人の餓死者も出さなかった。たまま憂国の情の迸《ほとばし》るに任せて書いた文章が、幕府の忌諱《きい》に触れ、藩預けとなったが、自らの存在が藩主に累を及ぼすを惧《おそ》れ、「不忠不孝渡辺登」と自書して自刃して果てた。画家として卓《すぐ》れていただけではなく、その人格に一つの欠点もなく、最後も潔い。

私の世代の者なら、小学生の修身教科書或いは少年雑誌によって、誰でも知っていたことである。私は幼時よりその数々の立志伝的逸話を愛読して、とても自分には出来ないと思ったり、その心事を推測して感慨を催したりした。いくら時代は移ろうとも、心の片隅で崋山を愛さない人はいないのではあるまいか。

もっともこういう期待される人間像的崋山像に対する反対意見もないでもない。人間渡辺登を書く試みは、特に小説家によって度々なされて来た。藤森成吉氏は品川の芸者お竹との交情を叙し、石川淳氏は隅田川畔で大酔する崋山を描いた。崋山の同郷の杉浦明平氏は優等生崋山に自虐的反撥を感じるようである。地元の農事的知識に基づき、崋山の行政的手腕を疑っている。「蛮社の獄」に遭った時の吟味係に対する応答振りから、崋山の政治的感覚を零と断じる。崋山は自分の政治的手腕に絶望して死んだ、としている。

諸家のいうところはそれぞれ肯綮《こうけい》に当る節もないではないが、一方現代の文士気質から封建の臣渡辺登を推測すると、少し間違うのではないか、という危惧もないではない。私もまた一文士に過ぎないのだが、自分とはよほど違った精神構造を持った人間として、愛する崋山を描くことが出来るか出来ないか、ためしてみたい誘惑にかられる。

崋山の逸話は数限りなくあるが、私に一番印象深いのは、幼時溝へ落ちた時の話である。泣くでもなく、もがくでもなく、いつまでも落ちたままの姿勢で、じっと空を眺めていたという。七、八歳の頃というから、少しおくてだったに違いない。幼児の行動はその精神構造よりは、肉体的体質を示すとみるべきだろうから、ここに崋山の後年の行動の原理を見ることは出来まい。しかし精神はやはり体質に支配されるのである。

私自身同じようなおとなしい子供であった。思春期に達して親の眼には狂暴と見えるようになった時、「あのおとなしい子が、どうしてこんなになったのか」と母はいつも嘆いていた。私の幼時の漠然たる記憶には、溝へ落ちてもじっとしているような感覚が残っているのである。

天保十年「蛮社の獄」で崋山が逮捕された時、七十歳の旧師松崎慊堂が、累が身に及ぶ危険を顧みず奔走したことは美談の一つに数えられている。閣老水野忠邦への上書中「その人謙譲にして、誰人に対しても、一向に家老風など少しも顕わさず」とある。崋山は儒学を修め、身を持すること廉直であった。藩政改革に当っても、藩主にも領民にも身を治める必要を説いていた。現代の政経思想からは迂遠といわれるものであるが、すべては崋山のおとなしい体質から出たと私には見える。

藩吏の探索書にも「逢（応）対静かにして、一度逢い候もの親み深く相成」とあるくらいである。もっともこの観察はそういう人間であるから、たやすく徒党を組み、藩政批判団体の首魁となったという誹謗的動機が含まれているのだが、その言動の事実を否定するものではない。

このおとなしい少年が、十二歳の時、日本橋で、他藩の行列の供先に突当ってなぐられ発憤した、というのも有名な挿話である。それは岡山の池田侯世子の行列で、駕籠に乗っていたのは、彼と同年輩の少年であった。

「同じ人間にて、天分とは申しながら、発憤に堪えず、今より何なりと志し候えば、いかがなる儀にても出来申すべしと存じ云々」

これは天保九年四月、つまり幕政批判を咎《とが》められる一年前に書いた「退役願書」の中にある文章である。当時彼は江戸詰家老であると共に、画家及び学者として江戸の名士であった。国許に帰って飢饉対策を講ぜよとの藩主の内命に接した時、病気を理由に辞退し、ついでに退役を願い出た文書である。

そこには家が貧なるため、八人の弟妹の中に、口べらしのため三人を寺奉公に出し、貧死せしめなければならなかった苦衷が語られている。家は戸障子あるのみで、家具は一切なく、夜具も足りないので、母は着のみ着のままで、炬燵に入ってゴロ寝したという。今日の家庭電化時代には考えられないような貧窮が、側用人として八十石取りの崋山の父の家を襲っていた。

田原藩一万二千石は、渥美半島の中心部にある譜代の小藩である。譜代は将軍家の藩屏《はんぺい》として幕政に参与する資格あり、威張ってもいたのだが、それは酒井、井伊のような大藩の話である。田原のような小藩では、軍役の重いのが却って負担になる。最初から家臣の数も多かったので、寛文四年（一六六四年）この地に移封された時、町の商人から百二十両の借金をしなければならなかったくらいである。その後京大坂の商人からの借金は増える一方であった。

宝暦十一年（一七六一年）以後は、高利貸商人に収納の全部を与えるのを条件に、藩の必要支出を請負わせるという策が固定していた。このため藩士には徹底的な引米を行わねばならなかった。八割引きを強行しても間に合わず、文化年間（一八〇〇年代）になると、無勤のものに対しては、三十俵以上は二人扶持、二十五俵以下は一人半扶持にきめられた。

登の父定通は、側用人物頭に上って、役料十八人扶持を賜わったが、実収は一日四升ぐらいである。これでは一家九人が食い、格式を保つことは不可能に近い。しかも病身で殆ど寝たきりだったから、薬代もかかる。殆ど不可能を可能としながら一家は生きていたので、家内がスラム化するのは避けられなかった。そもそも藩単位の財政というものが成立たなくなっていたのである。維新後、版籍奉還が順当に行われたのは当然であった。

発憤して勉学に努めたが、藩儒となったところで、一家の貧困をとても救えそうもない。生れつき画がうまかったので、画を習うことにした。江戸の町人のために、灯籠絵などを描いて家計を助けるためである。しかし師匠への謝金は、滞り勝ちだから、一年経つと断わられる。藩侯の縁故を辿って、素人画家金子金陵の許に入門する。金陵は当時画壇の大御所谷文晁《たにぶんちょう》について南画を学んでいた。登の境遇に同情し、その画才を認めて、筆墨を恵んだりした。

崋山は儒学の師鷹見星皐《たかみせいこう》の命名である。はじめは草冠であったが、後、同名の画家が増えたので、中国五嶽の名を取って、崋山と改めた。文化十三年（一八一六年）二十四歳の年には「書画家番付」の上位に出るようになっていた。三年後には単独で画会を開くまでになった。

このように崋山の経歴は、当人の努力もさることながら、藩侯や先輩の庇護がなければ成立たなかった。おとなしい彼が、画家として名をなしてより、幾度か退職して画業に専心しようと志しながら、藩侯の慰留に会うと果さなかったのは、恩義を忘れることが出来なかったからである。

八歳の時、世子亀吉のお伽《とぎ》役を仰せつけられる。十二歳の時から月俸を賜わる。亀吉が夭折すると新しい世子元吉のお伽役、元吉が家督を継いで十二代三宅康和となるに及んでその近習となる。文化十一年二十二歳の時納戸役、同十二年刀番兼務を命ぜられ、供頭を勤めた。

渡辺家は元来三宅の譜代の臣ではない。もと越後藩で八百石を取っていた田代氏で、三宅侯四代康勝の時、百石五人扶持で江戸で召抱えられた。いわば現地採用の臣である。渡辺は母方の姓である。

代々今日の三宅坂付近の藩邸にあり、たまに藩侯に供御するほかは、田原へ帰ったことはなかった。彼の後日の藩政改革もこういう江戸育ちの家老の迂遠策といわれることがあるが、現代の東京住まいの文士が、郷里の事情に暗いのと同視することは、恐らく実情に合っていない。やり繰り算段を続けなければならなかった田原藩にあっては、江戸と田原の間には文書や使いによる緊密な連絡を要求されたと見做すべきだろう。

給金が碌に渡らないのであるから、自然藩の風紀もゆるむ。縁組の媒介や書画骨董の周旋、遊芸の伝習などを副業とする者がある。病気といつわって、藩主の供を拒んだり、脱藩して転業する者も出て来る。崋山も灯籠絵を描いていたのだから、あまり他人のことばかりいえた義理ではないが、文政元年二十七歳の時には藩政革新の意見書を書いたりしている。

崋山の藩士としての仕事のはじめは、文政十年、十三代藩主康明が死に、継嗣問題が生じた時である。康明は財政難のため婚礼を行うことが出来ず、子がなかったから、異母弟友信を急養子にするのは、前々からの申合せ事項であった。しかし当時の田原藩は一ッ橋御門番という公役を抱えており、持参金つきの養子を迎えて、財政危機を乗り切ろうという案が、重役の間に優勢になった。木綿の専売によって裕福であった姫路侯酒井忠実《ただみつ》の六男稲若が候補者であった。崋山は児島高徳以来の名家の血統が絶えるとしてこれに反対し、友信擁立派の中心となった。

ここに崋山の儒学的名分論を見ることも出来るのだが、むしろ幼児から代々藩公の側近に仕えた彼の人間的親愛感を見る方が当っていよう。結局財政的必要の前に崋山の派は敗れる。飲酒に耽ったといわれるのはこの頃である。しかし彼は結局友信に侍妾《じしょう》を進め、男子仙太郎《しんたろう》を生ませて、それを新藩主の娘と結婚させるのに成功する。

このように崋山の活動は、まず藩内の優等生として顕われるのだが、そこにはおとなしい情愛の深い人間の姿もまた出ている。苦心経営のうちに、一種の憂愁が画には現われて来る。それは特に文化十二年の春の作といわれる「野鹿図」に著しい。岩と野菊のある斜面に、片足を挙げて立ち上った鹿の図であるが、顔はこっちを振り向いた形になっている。

るのである。

その鹿の眼は、見れば見るほど人間に似ていて、なんともいえない悲哀の色をたたえているのである。

崋山二十三歳、まだ『一掃百態』で自分の道を自覚する前の作品である。若々しい筆致と共に、崋山の人間が、眼を蔽いたくなるような露骨な表現となって、あそこにいるのである。

崋山は恐らく画家としては未成品で、その作品には多くの傑作に見られる神韻縹渺《しんいんひょうびょう》たる趣はないのだが、こういう切実さにおいて無類である。彼には蕪村など大家の作品を遊びとする認識があった。現実を重んじる風は、彼の学問と施政同様、その作品を支配している。当時のおとなしい官僚武士や学者の真実を現わした卓れた肖像画も残しているのだが、一方有名な猛虎図や立原翠軒像稿にある気迫を愛する人もいるだろう。これは遠く宮本二天の水墨画にも通じるもので、芸術の領域にまぎれ込んだ人間的な、あまりにも人間的な要素である。

「心、手計り自由に相成候とて、それにて画出来候と申すには参り申さず、胴体四肢治《おさま》り申さず候ては、机に向い腹より溢れ出候ように存じ込み申さずては、出来申さず候」

これは前に引いた天保九年の「退役願書」中の言葉である。画道と治道に二理はないはずである。画のことは内職ながら少しは知っているが、政事の方はおぼつかない。その上病気になってしまった。病気の者が上にあっては上下一体内外一致もかなわぬ故、この度の家老の重職は辞退したい。しばらく休養したい、というのである。

この願書は実際に呈出されたかどうか明らかではない。文章の始めの部分はむしろ自叙伝の体をなしていて、退役願として適切ではない。恐らく普通の願書を書こうとしたのだが、万感胸に迫って、感懐が迸ったものであろう。

従ってこの画論が画道と治道をむりにこじつけた趣があるにしても、崋山の真意を疑う必要はないと思われる。

「野鹿図」の少し後で成った『一掃百態』の序文以来、崋山が自分の独特な画法について確信を持って進んで来たことがうかがわれる。とにかくこれは当代随一の透徹した知性の持主であったことは、その画と同じくその行動にも窺われるのである。

この退役願を書く少し前の三月十五日、彼はその蔵書五百五十余冊書画二十余点を藩主に献じている。オランダ貢使の甲比丹《カピタン》ニイマンと西洋事情について問答した、手控え『鴃《げき》舌或問《ぜつわくもん》』を草した。前年の十二月、幕臣羽倉簡堂が伊豆七島及び無人島（小笠原諸島）の調査に赴くと聞き、同行の許可を藩主に乞うたが許されなかった。

羽倉の渡航はイギリスに無人島占領の計画があるというオランダ人よりの情報に基づいたものであった。同じく天保八年六月二十八日（旧暦）一隻の外国船が江戸湾に入って来た。これは米船モリソン号で、わが漂流民数名を乗せていた。その送還をきっかけに、わが国と通商関係に入ろうとしたのであった。長崎以外の海岸に近づく外国船は用捨なく打払えという文政の打払令はまだ生きていた。浦賀奉行支配の平根山備場は直ちにこれに砲撃を加えた。モリソン号は紛争を避けるため武装していなかったから、野比村沖に退避した。翌日未明再び砲撃を受けて湾外に去る。鹿児島湾に立ち寄って、漂流民を上陸させようとしたが、薩摩藩の砲台からも砲撃されたので、遂に断念してマカオに帰った。

崋山は天保三年年寄役に任ぜられると共に、海岸係を兼務していた。洋学の研究を始め、江戸藩邸の近くに住む洋学者高野長英、小関三英に扶持を与え、蘭書を翻訳させた。隠居友信に蘭語の学習をすすめ、蘭書を購入させた。その蔵書は現存の兵書だけでも二百十九冊ある。崋山自身は蘭語を習わなかったが、長英らの翻訳によって、外国の地理、風俗、軍事組織を研究した。藩医鈴木春山を長崎に派遣して蘭語を学ばせ、『兵学小識』を訳させた。これは長英の有名な『三兵《さんぺい》答古知幾《タクチイキ》』に先立つこと十余年、わが国最初の三兵（騎、砲、歩）戦術の紹介書である。

崋山の天保九年の退役願は、その藩政改革案に関して、藩重役と衝突したことが直接の動機だったかも知れない。藩務多忙のせいで病気になったのは事実だが、対外状勢が緊迫した時に当り、藩の束縛を脱して自由な活動を望んだと思われる。画におけると同様、海外事情と兵術の知識においても、天下の人になろうとする。そして蛮社の獄に遇うのである。

いわゆる「蛮社の獄」については多くの小説が書かれている。悪役鳥居耀蔵は、江戸湾測量について、江川英竜《ひでたつ》と功を競って敗れたことがあった。江川を陥れるため、彼と親交のある崋山、長英ら洋学者に、無人島渡航、外国交際の陰謀ありと誣告《ぶこく》した。江川も崋山も無人島一件に無関係であることは判明したが、崋山の家から押収された『慎機論』その他に幕政を批判し揶揄した文字があったため、崋山は有罪となる。長英も『夢物語』によって同罪。

これは大体長英が後に書いた『蛮社遭厄小説』にある記事で、大体の筋書はこれでよいのだが、長英はやはり市井の蘭学者に過ぎなかった。鳥居、江川の確執の経緯や、幕閣の方針については、風聞や当推量を出ていない。幸い最近佐藤昌介『洋学史研究序説』など詳細な研究が出ているので、それらに拠って、事件の輪郭を考え直してみよう。

モリソン号の江戸湾侵入は幕府にとって衝撃だった。イギリスの極東進出が積極化したことについて、幕府は長崎に入航するオランダ人から情報を得ていた。天保九年はアヘン戦争の一年前である。嘉永、安政年間のイギリスの対日政策は和平開国であるが、それはアヘン戦争の教訓により、兵威をもって屈服させるのは、必ずしも利益にならないことを悟ったためである。天保年間には江戸湾を封鎖して諸国よりの廻米を絶ち、幕府を屈服させる案が実際に検討されていたのである。

天保九年六月オランダ商館長はシンガポール新聞の記事によって、前記モリソン号渡来の顚末を伝えた。これは船籍をイギリスと誤ったほかは、ほぼ正確な情報であった。長崎奉行久世伊勢守は漂流民をオランダ船に託して連れ帰らせるよう取計うべきか、との意見をつけて情報を幕閣に伝えた。

モリソン号再来の可能性があるので、閣老水野忠邦は勘定奉行内藤隼人正、儒役林述斎大目付神尾山城守等の意見を徴する一方、評定所一座にも諮問した。内藤隼人正、林述斎は長崎奉行の意見に賛成したが、評定所はモリソン号が再来すれば打払えばよい、という強硬意見を主張し、大小目付がこれに賛成した。

結局水野閣老は十二月に到って、漂流民のオランダ船委託を指令するのであるが、十月頃評定所の強硬な答申書の内容が記録方芳賀市三郎から崋山らに洩れた。

崋山は前述のように天保三年以来西洋事情を研究し、長英らに扶持したくらいで、「蘭学にて大施主」といわれていた。「蛮社」とは長英の小著から出た後世の通称で、実際には「尚歯会」という紀州藩士遠藤勝助が主宰する懇談会があったにすぎなかった。飢饉対策について、意見や情報を持ち寄る建前であるが、そのメンバーには、崋山、長英、小関三英のほか、幕臣としては使番松平伊勢守、勘定吟味役川路三左衛門（聖謨《としあきら》）、代官江川太郎左衛門（英竜）、同羽倉外記《げき》、伊賀者内田弥太郎、増上寺代官奥村喜三郎、諸藩士として薩摩藩士小林専次郎、古河藩家老鷹見忠常、松江藩士望月兎毛《とも》らが加わっていた。これらは幕府の探索書にあげられた名前で、必ずしもその尽《ことごと》くが常連というわけではなかったろうが、とにかくいずれも洋学に興味を持つ開化主義者であるから、議題は自然、凶荒対策から時局一般に拡がって行ったらしい。またそういうグループとして、儒役林家出の目付鳥居耀蔵の注意を惹いていたのであり、そして芳賀市三郎は席上、幕府の対外政策の内容を洩らしたのであった。

モリソン号という船名を、イギリスの東洋学者モリソンと思い違いしたのは、崋山、長英ら在野の知識人のおつむの弱さを示すものとして、嘲笑されることがある。長英の『夢物語』崋山の『慎機論』(崋山全集収録のものを指す。これについては後に述べることがある)には、多少モリソンなる人物について知識を誇る気配がないでもないが、これは必ずしも彼等の不明を示すものではないと私は思う。オランダ人の情報が、シンガポールの新聞記事を出ていず、従って多くの誤報の入る余地があることを崋山らは知っていた。(現にアメリカ船をイギリス船と間違えている)

もしモリソンが正使となって連れて来るのなら、イギリスとしても相当の覚悟の上のことであるから、文政の打払令に従ってやみくもに打ち払うのは、彼等に戦いの口実を与えることを惧れた。しかも漂流民送還というのであれば、道義的な名目は彼にある。(林家が穏健策を唱えたのも「仁」の見地からであった)

防備が全然出来ていない今、直ちに力を以て打ち払うのは亡国の危険を冒すものである、という主張は、当時のイギリスの極東政策の認識に基づいた正論であったといえよう。

実際は船名だったのだから、崋山らの憂慮が滑稽の外観を呈して来るだけで、幕府としてもモリソンが人名である可能性を考慮するに越したことはなかったはずである。すでに書いたように、イギリスの積極政策は一年後にはアヘン戦争となって実現するので、日本侵略もすでに予定に組み込まれていたからである。

こうして長英が書いた諷刺書『夢物語』が知友の間を回覧され、筆写された。長英が訳し、崋山が執筆したらしいという風聞が、鳥居の耳に達していた。当時幕府の方針として、しかるべき筋を通すなら、諸士の時局に関する建白を許していた。その手続を取らず、民間で政治を私議するのを許さなかっただけである。

一方崋山は『鴃舌或問』を、後に鳥居に買収された花井虎一に見せるなど、軽率な行動を取っていた。長英や三英に聞いたところの西洋事情をまとめたもので、無害の内容のものだったから安心していたのであろう。安積艮斎《ごんさい》の家での漢学者の集まりで、西洋事情について一席ぶったりした。崋山は儒学を佐藤一斎に学び、林家一統と考えられていた。蘭学の後援者風を吹かせ出したのは裏切りと見られたかも知れない。蘭学の禁は吉宗以来解かれていたが、対象を天文暦数医術に限るのが建前である。崋山、長英のように地理、政治、兵法を研究する者が出て来るのでは考えものだ、ということになった。

江戸湾測量を巡って、江川と鳥居の間に争いが起らなくても、崋山、長英らは弾圧される原因を作り出していた。

モリソン号事件によって、閣老水野忠邦は江戸湾防衛の強化の必要を感じ、天保九年十二月四日、目付鳥居耀蔵、韮山代官江川英竜に、湾周辺の備場巡見を命じた。通説ではまず鳥居が拝命し、江川の参加を申請したことになっているが、その事実はないそうである。二人は同時に拝命し、種々打合せを行っている。

ただ最初の対象は相州備場だけであったのに、鳥居は安房、上総、伊豆下田辺まで巡見する必要を進言し、忠邦の内諾を得た。江川は怒って自分も安房、上総をやるといったところ、評定所の、恐らくは川路聖謨の慰撫によって、鳥居同様一応伺書を出すことにした。ところがそこに江川は伊豆大島への渡航の項目を追加した。この辺から二人の反目確執が生じたのが真相で、少なくともこの前年までは二人はむしろ昵懇《じっこん》だった形跡があるそうである。

鳥居はこの後高島秋帆を陥れ、水野忠邦の天保改革に当っては江戸町奉行として、違反者の摘発に辣腕を振い、転じて水野の失脚に力を藉《か》すなど、酷吏の面目を遺憾なく発揮するのだが、その父は林述斎である。述斎は大学頭《だいがくのかみ》として業績もあり、幕閣に顔が広かったから、能吏江川はその存在を無視することは出来なかったのである。

江戸湾備場見分の任務には、既存のものの拡張、新設計画と位置の選定が含まれる。当然海岸の測量が必要とされる。江川はひそかに手代斎藤弥九郎を崋山のもとに遣って技術者の推薦を乞うた。（斎藤は有名な武芸者で、幕末の実用的剣法を考案した。崋山は田原藩剣術の体質改善のため招いたことがあった）

江川は申すまでもなく、後日幕府の兵制改革をした先覚者で、川路と共に崋山のグループに属していたが、恐らく会合などにはあまり出席しなかったであろう。しかし天保八年来、崋山個人に対してはむしろ師礼を取っていた。

その任地が海岸に面していたため、海防と洋学に志した点でも崋山と共通点を持っている。崋山は江川宛書簡で火砲、火薬、船型など、海防関係の情報を多く与えている。またひそかに風流や絵画に飽きたような口吻を洩らしたりしている。自分の抱負を江川を通じて実現しようという密かな願望を持っていたと思われる。

江川の慫慂《しょうよう》に答えて、十二月二十三日増上寺御霊屋付代官奥村喜三郎、伊賀組同心内田弥太郎を推薦した。これらはみな「蛮社」に属する人物であり、卑役であったので、鳥居が随行に支障を申立てる。奥村は江川の雇手代の名目で参加するが、その素姓を鳥居に嗅ぎつけられ、房州洲ノ崎で帰府を命ぜられたりしている。

崋山は江川の要求に従い、遠眼鏡、測量器なども送った。使いが始終、出先と江戸の間を往復したので、鳥居は崋山を怨むに到った。

江川と鳥居は翌十年一月九日出府した。約二カ月の予定である。江川の人数十五人に対し、鳥居の人数は三十七人、測量は小目付小笠原貢蔵が行った。ところがこれが甚だ杜撰であったため、鳥居は大恥をかき、ますます崋山に対する怨恨がつのったというのも、ありそうなことである。しかし佐藤昌介氏の研究によると、江川と鳥居の対立はもっと根深い。江戸防衛計画全体の中にあるのである。

二人は房総の備場を見分した後、浦賀に渡り、三崎、城ヶ島を廻った後、藤沢、小田原、根府川を経て、二月末日下田に着いた。鳥居はそれから伊豆西海岸を見分したのに対し、江川は三月六日大島に渡り、九日帰着、十五日江戸に帰った。内田弥太郎はずっと浦賀に止って海岸を測量し、四月一日帰府した。

鳥居の江戸湾防備に関する復命書は三月中に提出されたが、江川の方は四月十九日までかかっている。ひそかに崋山を招いて、意見を徴し、復命書に添える予定の外国の事情に関する書付の執筆を依頼した。三月二十二日『諸国建地草図』一冊、『外国事情書』二冊、ほか一冊から成る稿本を江川に送った。

このうち『外国事情書』は崋山全集所収の『西洋事情答書』とほぼ同じ内容のものであるが、『答書』の方が初稿である。内容過激にわたったので、江川の要求によって書き直し、四月十日か十一日江川の使者斎藤に渡したらしい。この『事情書』の下書きが崋山の家に残っていた。これが『慎機論』と共に押収され、文中の「井蛙管見」「聾者の雷を避ざるに帰し申す可く」などの句によって、崋山は有罪となるのである。

『諸国建地草図』は全集未収の文献で、佐藤氏が戦後江川家で発見されたものである。これは絵図十枚と本文より成り、崋山の江戸湾防衛私案である。江川が、これを参照して書いた復命書を提出したのが、四月十九日、『西洋事情書』と内田弥太郎作成の絵図面は、少し遅れて提出されるはずであった。

鳥居耀蔵が殿中において、水野忠邦指図といつわり、小人目付小笠原貢蔵、大橋元六に崋山、長英等の探索を命じたのが、同じ四月十九日。彼は江川が帰府後も崋山と連絡を取っているのを知っていた。

小笠原貢蔵の手控えによればこの時鳥居が命じたのは、

一、イギリス国人モリソンの事。

一、夢物語と申、異国を称美し、我国を譏《そし》りし書物、著述いたし候者。

薩摩　正庵か

町医師　玄海

三宅土佐守家来　渡辺登

右取調可申聞事、越前守殿より。

鳥居がはじめは崋山を『夢物語』の関係で陥れようとしていたことがわかる。英人モリソンのことが付加されているのは、『夢物語』中の記述に基づき、一応の疑念を抱いたにすぎないであろう。

小笠原の探索復命書は二十三日に提出されたが、『夢物語』については長英の解、崋山の執筆の線を出している。その他『鴃舌或問』を筆写させたこと、ロシヤ、イギリスの旗印蔵版頒布のことを挙げている。

ただし復命書には鳥居の指命になかった常州鹿島郡鳥栖村無量寺住職順宣らの無人島(小笠原諸島)渡航計画のことが加わっている。花井虎一の通報によるものらしいが、計画は結局投機的なもので、政治的なものはなく、また崋山らと無関係なことは始めからわかっていたのであるが、鳥居の手にかかると、崋山はその使嗾者《しそうしゃ》であり、さらに別途渡航の計画を持ち、漂流といつわってアメリカへ渡ろうとしていることになる。使番松平伊勢守、代官江川英竜、羽倉外記、伊賀者内田弥太郎らは、崋山、長英に師事、外国の事情を探索、夷狄《いてき》を尊信していたことになってしまう。

さらに崋山が前年大坂で乱を起した大塩平八郎と通信した形跡があることを、ついでに告発したのだから、ひどいものである。

要するに鳥居の告発は露骨に崋山を目標としていたのである。小笠原の復命書には崋山に師事した者として鷹見や望月等諸藩士が挙げられていたのだが、それらをすべて抹殺し、幕臣だけを挙げているのは、幕僚間の対立に関係があることを示す。内田、奥村の名は無論浦賀測量にからんでいる。

鳥居はこれをすべて花井虎一の密訴によるとして、閣老水野忠邦に告発したのである。水野はひそかに部下に再調査を命じ、その結果江川ら幕臣の嫌疑は晴れた。内田、奥村も容疑リストから除かれたのは、事件が鳥居のでっち上げ臭いと察したからであろう。五月十四日、北町奉行所に召喚された崋山に対し、町奉行大草が「其方意趣遺恨ニテモ受ケ候者コレアルヤ」と訊いたのは、大草にもその辺の事情はわかっていたからだろうといわれている。しかし無人島渡航計画はとにかく大事件であるから、一応の取調べをしないわけに行かなかった。

十五日、崋山と順宣らと突合せて吟味が行われ、無関係なことは明らかになった。その他の容疑事項についても、一応の弁明が立った。ただこの間崋山の私宅で押収した反古の中から、『鴃舌小記』『慎機論』及び『西洋事情書』の書き損じが発見され、政治私議について、新しい証拠が出たことになった。二十四日、三十日、六月十四日の三度、崋山は厳しい追及を受けることになる。

崋山を政治的無能力者と考えている杉浦明平氏は、崋山の取調べの状況を次のように面白おかしく描写している。

崋山「『慎機論』は書きかけの反故で、乱れ書きのままで読めないようなしろものです」

役人「そんなことはない。このとおり、ちゃんと読めるではないか。（と清書したものをつきつける。崋山はまず一本とられたのである）これみろおかみのことを『井の中の蛙』だの『盲が象をなでる』だの書いてあるぞ」
崋山「ハア（おそれ入る）まったく書き流しで、じぶんの気のつかぬ疎忽《そこつ》失言もあり、文末が恐れ多い文勢となってしまったようでございます。恐れ入ります」
これでもう一本取られたのだ。その次の取調べのさい、さっそく口書（自供書）がつくられた。（略）
役人「さてそういう憂国のあまり、おかみのことを（略）恐れ多いことをもしたため、おかみの御政治を批判致したのだな」
崋山「いっそ、自問自答のつもりで書いたもので、また下書きのままで、他見はゆるしておりませんし、批判などは……」
役人「何をいうか。先回の取調べにおいて、おまえは文章が勢いに乗って、不敬の言辞に走り、恐れ多い、と申したではないか。前回の速記を読み上げてみろ、ほら、はっきり恐れ多いといってるではないか。そう言わなんだか」
崋山「はい、恐れ多いと申しました」（略）
役人「それでは口書を取るぞよ」
そして「右始末、公儀を憚《はばか》らず、不敬の至り、重役相勤め候身分、別して不屈の旨御吟味を受け、申しひらきなくあやまり奉り候」という自供書となって、政事批判の罪、不敬罪を犯したことを承認してしまった。つまり有罪をみずから認めたことになる。この自供書に基づいて、有罪ときまり、崋山は国元送りで蟄居《ちっきょ》、長英も連累者として、終身牢を受けなければならなかったのである。

右の問答は獄中書札として藤田茂吉『文明東漸史』（明治十七年）に載っているものに拠っているらしく、実際こんなものだったろう。ただ崋山の自供のため長英が断罪されたとしているのは如何。

崋山も長英もモリソン号に関する評定所の答申を洩らした芳賀市三郎のことはいわなかった。長英はこの点につき、『蛮社遭厄小説』で次のようにいっている。

「瑞皐（長英）若し芳賀を出して其証とせば、必ず刑を免るべき説を唱うるもの多し。然れども、朝廷（幕府）のこと、その職に非ずして論ずれば、昔より罪とす。況や其密議をや。夢物語、諸方に伝播するは、密議を漏すに準じ、且其説朝議に反すれば、自ら官を誹謗するの議を免れず、故に瑞皐、仮令芳賀を出すとも、必ず小刑に座すべきなり」

昔の志士はその罪をよく知っていたのである。長英は『海国兵談』を著した林子平の例によって、永牢を処せられた。崋山は藩の家老職にありながら、幕閣を誹謗したのであるから、重罪に処すべきところ、従来の藩政における功績を認められて、押込蟄居ですんだのである。彼等はそれぞれ自分が何の罪に当るかをよく知っていたので、自供するかしないなど枝葉の問題である。

「裁判所でこんな駆引きに負けるようでは、一かどの政治家とはいえまい。崋山もそのときじぶんの政治家としての無能力をはじめてさとったようである」

と杉浦氏は続けて書いている。崋山が藩政改革や凶荒対策において理想家であって、理論倒れであったことは認めずばなるまい。しかし法廷の駆引きでは、長英と共に芳賀の名をいわなかっただけではない。押収された反古が江川英竜の上申書の下書きであることを隠すために、己を不利な立場に追い込むこともいとわなかったのである。

　押収された反古は、獄中書簡によれば、次の三つであった。

一、「慎機論ト申モノ」浄書一枚。

二、「モリソンノ事ヲ認メカケ候モノ」乱稿十三枚。

三、「西洋事情答書ト認ムルモノ」マタハ「（西洋）事情書」八枚。

右のうち「モリソンノ事ヲ認《シタタ》メカケ候モノ」が全集所収の『慎機論』に当ると考えられているので、本来の『慎機論』はたった一枚しかなかったことに注意したい。（或いは全集本『慎機論』のはじめの部分がそれに当るか）

　崋山は獄中書簡で一と二が、三とは別物であると書いているにも拘らず、吟味の役人にはこれを肯定する答弁をしているのである。

「嘉右衛門（与力中島）云、此慎機論は右二書と見ゆる、左様かと申され候間、左様にて候と答え候」

町奉行大草の問い「一体事情ト云ウハ『モリソン』ノ事ヲ認《シタタ》メ候草稿原本ト見エ全ク八枚之レ有リ、慎機論ト申スモノ浄書（ト）見エル如何」に対しても肯定的な返事をしている。慎機論浄書一枚は、いわばかくれみのの役目を果していたのである。

崋山の有罪の決定したのは七月の末であるが、八、九月の交に到り、江川に密書を送った。

「（略）私宅より出で候書物は、三月中半紙に認め上げ候〝事情集〟と申す初稿にて、あまり過激に付恐れ入り、差上げ候わず物に御座候、尤も此過激の文にて大罪を得候え共、例の書とは大いに違い候故、決して御案じ下されまじく候。且例の書図とも滞りなく御納相成候哉、御見合せに相成候哉、誠に小人の讒《ざん》天を烘《や》き候勢、天命致方なく、先は御案否窺い此くの如くに候、拝首」

崋山は自分の下獄によって、江川の『外国事情書』の上申が挫折するのを憂慮していた。もっとも彼はこの少し後で江川の用人斎藤弥九郎に、もし上申せず不要となったなら返してくれと頼んでいる。新書が出たならば、「反古は反古ならずとも申訳は立ち申すか」とも書いているので、或いは未練とも取られようが、刑の決定が永びくにつれ、崋山死罪のうわさが流れたので、さすがの崋山も藁でも摑む気になったのかも知れない。しかし彼は結局この件については、減刑釈放に奔走してくれた椿山に対しても沈黙を守り、すべては江川の裁量に任せているのである。

一方鳥居は五月二十七日、江川に書を送って、『外国事情書』の上申を催促している。末尾に崋山の逮捕を昨日聞いたように書いているが、鳥居の告発は五月六日水野の用人小田切要助から、崋山に洩れていた。崋山は逮捕の直前、それを江川に告げたと察せられる文献があるから、江川は無論鳥居の手紙を脅迫と取った。勘定所からの督促によって、五月二十五日『外国之事情申上候書付』一冊を提出しているが、崋山の書付と比べものにならぬ短文で、内容も概念的なものであった。無論江川は不要になったものを崋山に渡しはしなかったであろう。

モリソン号問題は文政の打払令廃止に関するから（これは次の年実現する）、当時幕府の極秘事項に属していた。それを私議する挙を敢てした崋山、長英が結局自殺に追い込まれたのは不可避の結果であったかも知れない。

江戸湾防衛の具体策についても、江川＝崋山と鳥居ら守旧派は対立する。要するに問題は江戸湾周辺に十万石以上の大藩を配すべきか、幕府自ら奉行すべきかに分れる。江川＝崋山は林子平と共に、大藩を配すべしとの意見だが、移封の結果はどこかにそれだけ空洞が出来ることになる。崋山は表高二、三万石でも実収五、六万石の大名はいくらでもいるから、それらを起用すればいいという折衷案を出しているが、いずれにしてもこれは幕府の諸藩配置の組替えを要求する改革案である。

鳥居らは強力な兵力と兵器を分散するのは幕府の権威を危うくするという説である。江川と鳥居の復命書は、測量の巧拙のような枝葉の問題よりも、この大綱において対立しているのである。そして鳥居が崋山を陥れ、江川の上申を妨げるのに成功したのは、結局幕閣内に守旧派の勢力が強かったからだ、と『洋学史研究序説』の著者佐藤昌介氏はいう。

水野忠邦の天保改革は財政立直しの内政問題として論じられるのが普通だが、水野にはイギリス侵攻に対する危機意識があった。それは奢侈《しゃし》禁止令による国民精神振興に繋がり、江戸大坂十里四方を幕府直轄とするという上地令にも繋がる。周知のように上地令は財政改革の必要なステップだったのに、それが実現出来なかったのが、水野の命取りになるのだが、国防の見地からすれば、モリソン事件の際の鳥居案と同じ線にある。水野はそういう狂信的幕府絶対主義者と手を繋ぐ一方、江川や川路らを登庸して、軍備の充実を図っている。失敗した印旛沼開鑿《かいさく》は、江戸湾と鹿島灘を結び、湾口を外国船に封鎖されても、江戸の補給に支障のないようにするためだったといわれている。

天誅

一

　文久三年八月十七日（一八六三年陽暦九月二十九日）、土佐浪士吉村虎（寅）太郎ほか六十数名が、元侍従中山忠光を擁して、大和五条に挙げた討幕の兵には、「天忠組」「天誅組」二様の名称が行われている。

「天忠組」は兵の崩壊後、伴林光平《ともばやしみつひら》が郡山の獄中で書いた『南山踏雲録』の中の自称に拠っている。天はすなわち天子の天であり、「天に忠なる組」として尊王の意に適《かな》う。それに参加した者がいっているのだから、これほど確かなことはないはずだが、一方同じく同志の一人、半田門吉の書いた『大和戦争日記』には、

「鷲家口《わしかぐち》に差かかり、日も暮れければ、惣勢『天誅』の二字を合詞《あいことば》にぞ定めける。この称《とな》えは先頃より誰の云うとなく、味方のことを天誅組天誅組と唱え、敵も味方も唱えける故、合詞に用いし由」とある。

　彼等は五条代官鈴木源内を殺した後、桜井寺においた司令部を「御役所」「御政府」あるいは「皇軍総裁所」と称し、自らを「天忠組」とも「天誅組」ともいっていない。

後日討伐に赴いた紀州藩の記録に「天誅組」、高野山文書に「天朝浪人乱妨筋」とあり、別の写本に「天地組」と記されているという。いずれも伝聞の間に、くずれたものであるが、「天誅組」が敵味方の別なく、一般の間から自然に起った名称という半田の記述を信用してもよいであろう。そして彼等はいくらかそう呼ばれる根拠を与えていた。

兵を挙げた翌日、村人に与えた布告文に「今般被㆑仰候趣意、天誅へ加度者有㆑之候ば、苗字帯刀御免被㆓成下㆒、其上五石二人扶持被㆑下」云々の文字があるからである。この場合の「天」は、神あるいは正義の宿る場所としての大空の意であり、直接朝廷を指さない。「天に代りて誅を加える」あるいは「義軍」の観念は、すでに先秦時代より中国にあった。そして幕末に江戸や京都で流行した暗殺は、大半「天誅」の名によって正当化されたのであるが、しかしそのすべてが正義から出たとはいい難かった。あるいは伴林光平はこれらの徒の一連の行為と、自分等の行動とを同視されるのを懼《おそ》れて、「天忠」の文字を選んだのかも知れない。

天誅組の軍事行動は、八月十三日孝明天皇が発した大詔に基いている。

「為㆓今攘夷御祈願㆒、大和国行幸、神武帝山陵、春日神社等御拝、暫御逗留、御親征軍議被㆑為㆑在、其上神宮行幸之事」

つまり幕府に攘夷実行の意志なしと見切りをつけ、天皇自ら橿原《かしはら》神武陵に戦勝の祈願をされた後、伊勢に向われるというのである。これは天皇自ら尊王各藩の兵力を掌握して、東に向うこと、つまり討幕親征を意味する。

吉村が激派の公家、元侍従中山忠光を擁して、京都を発したのは、大詔の発せられた翌日十四日夜であった。皇軍の先駆けとして、まず五条を占領して兵を募り、鳳輦《ほうれん》を橿原に迎え奉ろうというのである。五条は橿原へ一日行程にあり、代官所には代官以下数名の書記がいるのみである。これは幕藩体制で軍事的に、最も脆弱《ぜいじゃく》な部分であり、一握りの浪士の集団によっても容易に占領され得た。

大和行幸の詔《みことのり》は容易に得られたものではなかった。孝明天皇には一貫して公武合体によって時局を穏和に収拾しようという意図があり、江戸城にある皇妹和宮の一身にも慮《おもんばか》りがあった。勅諚《ちょくじょう》は三条実美《さねとみ》等いわゆる激派の公卿が、長州の策士の使嗾《しそう》によって、強いて得たものであった。

計画は兵力の裏付けのない空想的なものであった。京都守護職松平容保《かたもり》には、天皇を海路長州に移そうとの長州の陰謀と映ったようである。五日後の十八日には、会津薩摩の連合によるクーデタが成り、いわゆる七卿落《しちきょうおち》の政変を生む。三条以下激派の公卿は長州へ亡命し、大詔は偽勅とされる。五条の兵は名分を失って孤立し、やがて出動した隣接各藩の兵によって討伐される。

しかしその精神は、戦争中『南山踏雲録』を評注した保田与重郎によれば、維新の大業の根本に繫がるものである。事実これは勤王の武装蜂起の最初のものであったから、五条は維新発祥の地である、と少なくとも土地の人は考えている。

文久三年は一八六八年の明治維新に先立つこと、五年にすぎない。この前後、状勢の変化のめまぐるしかったのは、日本の歴史に例がないかも知れない。乱の後も公武合体の機運は続くのであるが、慶応二年孝明天皇の崩御によって、幕府は最後の拠り所を失い、機先を制して、大政を奉還する。しかしなお全国に四百万石の天領を持つ徳川家は、新政府にあっても、勢力を失わないはずである。またまた宮廷クーデタが起り、領地返上を迫られるに及んで、慶喜は軍を起こし鳥羽伏見の戦争となる。幕府より土地人民の支配権の収奪は、早く久留米の神官真木和泉守の討幕要綱の中にあった。天誅組がまず天領を襲ったのは、戦略的に慶応の討幕軍の模範を示したものといわれることがある。

二

しかし前述のように「天誅」は元来個人の殺傷を意味する。流行の始まりは万延元年（一八六〇年）三月の桜田門外の井伊大老の暗殺である。さらに文久二年五月、安藤対馬《つしま》守が坂下門に襲撃される。しかし安藤は供回りを強化していたから、手傷を負っただけで、決死の志士は尽《ことごと》くその場で斬殺された。以来「天誅」は警備の人数を持たない下っ端の個人に向けられる。

京都における天誅は、文久二年七月二十日の島田左近が早い。島田は親幕派の九条関白の臣で、井伊直弼《なおすけ》の臣長野主膳《しゅぜん》に、朝議の内容を通謀していたことが洩れ、かねて志士の憎しみを買っていた。『官武通紀』に、「出生は美濃国神主の子供にて、初は糸地商人伊勢屋東兵衛と申者之所へ手代奉公に相出で、商人不得手にて宮家書士奉公仕り、追々九条殿へ取入り、御同殿御老女千賀浦聟養子と罷成《まかりな》り、島田左近と名改め、彦根様御在職中御出入に罷成り、六位之諸大夫に昇進仕り、公辺へ御目見被㆓仰付㆒、重き拝領もの等仕り、永々御扶持三十人分被㆓下置㆒、二十人分は其身一代被㆓下置㆒、彦根様よりは永々百俵御五人扶持被㆓下置㆒、随っては不㆓一方㆒分限者と罷成り、御当地にては今太閤と唱居候者之由」とあり、蓄財十万金以上と伝えられた。

井伊の暗殺後は京都を離れ、中国や彦根に潜んでいたが、文久二年六月伏見に現われた。七月二十日夜、京都木屋町二条下ル山本ゆう所有の寮で、妾の君香《きみか》と夕食の膳に向っていたところを、薩摩藩の田中新兵衛、鵜木《うき》孫兵衛、志々目《ししめ》献吉の三人に襲われ、首を取られたのである。

二十三日、加茂川筋四条から一町半ほど上った先斗《ぽんと》町川際に、青竹に貫いた首が東向きに梟《さら》されてあった。

島田左兵衛大尉《だいじょう》

此島田左兵衛権大尉事、大逆賊長野主膳へ同腹いたし、奸曲を相巧み、不レ可レ容二天地一之大奸賊なり。依レ之加二天誅一、令二梟首一者也。

島田の同僚宇郷玄蕃《うごうげんば》は気を付けて、九条家の門を出なかった。二カ月たった閏八月二十二日、その自宅へ魚屋が岡持を運ぶのを、張り込み中の浪士に見つかった。刺客が乗り込むと、宇郷は妻子と雑談中であった。ただちに斬り伏せた。子供は布団をかぶって、

「お母さん、坊はこうしてれば、大事ないか」

と言ったので、さすがに哀れを催した、と後に刺客の一人はいっている。翌日、首は加茂川筋松原から半町ばかり上ったところに、梟されていた。

島田が天誅に会った時、いっしょに酒を飲んでいた君香という女は、大衆小説でお馴染の目明《めあか》し「猿《ましら》の文吉」の養女である。

文吉は洛北御普提池《みぞろ》村の百姓の子で、博徒の群に投じ、各地に流れているうちに、目明しになった。君香を島田に献じてからは、島田の引き立てでいい顔になり、安政の大獄に際して、志士の検挙に猿《ましら》のごとき活躍をした。

金儲けにも抜目なく、二条新地に妓楼を経営し、高利貸をやって、大尽風を吹かせていた。浪士の間だけではなく、一般の評判もよろしくなかった。

文吉が殺されたのは、宇郷の天誅から七日後の閏八月二十九日である。土佐の五十嵐幾之進の談話が残っている(『史談会速記録』)。

八月末日の晩の、目明し文吉の絞殺一件、これには少し私も関係して居ります。瑞山《ずいざん》先生(土佐勤王党の組織者武市《たけち》半平太)の木屋町の宿所に集りまして協議をしましたが、斬りに行くという人が多くて仕方がない。そこで鬮《くじ》取をしてきめますと、清岡治之助、阿部多司馬《たじま》、岡田以蔵《いぞう》の三人(いずれも土佐藩士)が当りました。島村衛吉が、「あのような犬猫同然の者を斬るのは刀の汚れである。絞め殺すが宜しい」と申しますと、皆、夫《それ》がよいということになりました。扨《さて》、絞めるには行李を結える細《ほそ》引《びき》がよろしいと云うことになりますと、私と上田宗児(土佐藩士、天誅組に加わり、中山忠光と共に脱出、鳥羽伏見の戦闘で討死)が、其の買手に選ばれました。皆のものより一足先に出て、或る店で、細引を買い、待って居ますと、清岡などが参りましたから、細引を渡したのであります。此時に細引の絞め方に付て色々詮議がありましたが、絞めるには、結んでは決して絞まるものではありませぬ。ただ廻した儘《まま》で、両方から引張れば、夫でよろしいとのことでありましたが、果してそうした相《そう》であります。三条河原へ無理に引張って来て絞め殺し、柱を三本立て、夫へかの細引を結びつけて、晒《さら》しました。

目撃者の書いたものによると、丸裸にして木綿晒屋の杭に、下腹胴中を男帯でくくりしめ、首と両腕を細引でしばりつけてある。明け方にはまだ眼を開けていたそうだから、全くの嬲《なぶ》り殺しで、斬られるよりは辛かろうとある。高札の罪文は次の通り。

高倉通押小路上ル町
目明し文吉事

右之者先年より島田左兵衛へ随従いたし、種々姦謀の手伝いたし剰《あまつさえ》戊午年以来種々姦吏之徒に心を合し諸忠志之面々を為ㇾ致二苦痛一、非分之賞金を貪り、其上島田所持候不正之金を預り、過分の利足を漁し、近来に至り候迚《とて》も、様々の姦計を相巧み、時勢一新之妨に相成候間、如ㇾ此加二誅戮一、死骸引据にいたし候。同人死後に至り、右金子借用之者は、決して不ㇾ及二支弁一候。且又其後迚も、文吉同様之所業働者有ㇾ之候ば、高下に不ㇾ拘、随時可ㇾ令二誅戮一者也。

文久二年は井伊が殺されてから二年目で、幕府の浪士対策は緩和されていた。八月松平容保が京都守護職として入京以来、町奉行にも因果を含め、安政の大獄で腕を振った与力を斥《しりぞ》け、勤王派のシンパとして逼塞《ひっそく》していた与力を復職するなど、浪士の感情の融和に努めた。しかしこれらの処置はかえって彼等を増長さすだけだったようである。

島田左近や目明し文吉等の天誅は、復讐の私刑であるが、しだいに「見せしめ」の意味を持ちはじめる。さらに死体を持ち廻って有力者を脅迫する具に供し、政治を動かそうとする。

儒者池内大学は大獄によって刑せられた頼三樹三郎《らいみきさぶろう》や梅田雲浜《うんぴん》の同志であるが、中追放にしかなっておらず、名を退蔵と改めて、大坂に蟄居《ちっきょ》していた。文久三年一月二十二日、難波橋上で殺され、その耳は一つずつ、京都の正親町《おおぎまち》三条実愛《さねなる》と中山忠能《ただやす》（共に大納言）の邸内に投げ込まれた。添状に、「戊午以来、千種《ちぐさ》、岩倉と同心し、若州侯（所司代酒井若狭守）を輔《たす》け、屢々《しばしば》内勅を下されし罪あり。三日の間に其職を解かせられずば、此耳の如くし奉らん」

脅迫は功を奏し、三日後両卿は辞職した。

「浪士風情に脅かされて、重職を退かれるのは、朝威に関わる」

と硬論を吐く者もあったが、髪の毛の付いた血腥《ちなまぐさ》い耳を見た公卿はおびえ切っていて、

「冤罪《えんざい》とはいえ、斯様な辱しめを受けるのは、結局は職を汚す訳であるから」

と理屈をつけて退いた。

同じく一月二十八日の夜、千種家の雑掌《ざっしょう》賀川肇が、下立売《しもたちうり》千本東入《ひがしいる》の自宅で、五人の浪士に踏み込まれた。賀川はあらかじめこのことあるを予期し、床の間の壁を二重にしてあったから、急いでそこへ隠れる。

浪士達は「ありかを言え」と妻のあいを責めたが、黙っている。次に下女の竹に刀を差しつけたが、

「御主人様が殺されるとわかっていながら、ありかを申すわけには参りません」

殺されても言わぬとがんばる。かなり折檻《せっかん》を受けたと見え、太股、面部に痣《あざ》があったという。浪士は持て余して、弁之丞という十一歳の子供を引き据え、

「賀川がおらぬとあれば、腹癒《はらい》せに小倅の首を持って行こう。奸賊の片われだ」

と大声に呼ばわりつつ、刀を構えた。賀川はたまらず、壁の中から出て来た。

「子供に罪はない。私が殺されればいいんだろう。首を打て」

と言いながら、庭に出て坐った。

「どうしてお父様を殺すのか」

と叫びながら、浪士の袖にからむ子供を一人が押えつけている間に、賀川の首を打ち、両腕を切り落した。

　奉行所への届書には、壁に残された罪文の写しが添えられていた。それは当時の京都の政治的状勢と共に、この種の浪士の心的傾向を表わしていると思われるから、煩雑をおそれず写してみる（括弧は細字を示す）。

一、此一条に付町内へ迷惑を掛け申間敷様可レ致事。

一、献毒之事。
一、叡山僧へ咒詛之事。（乗与也）
一、若州引留に付（関東より被レ召候節）三浦七兵衛、藤田権兵衛示談之事。
一、両嬪の事。（献毒、島田之事）
一、近衛殿老婆之事。（島田妾近衛様御奉公）
一、岡本肥前守之事。（典薬頭）
一、手先文吉之事（目明し）賀川之罪状は総て文吉白状致候旨を以て、罪を不レ問候事。
一、与力加納繁三郎、渡辺金三郎と始終申合候事。
一、正月十五日前両嬪二奸再出之内願書差出候処、御下げに不二相成一候事。
一、十二月二十九日夜、大炊頭殿千種殿内意にて、高畠式部女宅へ参候事。
右に付加二天誅一者也。
此家の下女某なる者、以レ死主人之在宅を隠候段、感之至也。
小児有二志操一。（親之罪を尋申候）

安政年間、条約勅許問題が沸騰した時以来、幕府は孝明天皇を廃そうとしているとか、毒殺の計画があるなどの風説が、浪士の間にあった。井伊上洛の噂が出た時、天皇は御宸《しん》翰《かん》中「上京候えば最早地獄と存候間、鬼のこぬ間に逃げ出たく存候」と、退位の内意を洩らされたくらいであった。有名な盲人学者塙保己一《はなわほきいち》の息子次郎は、廃帝の故例を調査したという疑いで、文久二年十二月二十一日江戸で天誅に会っている。

賀川は両嬪《りょうひん》（寵妃、少将の局典侍今城重子《いまきしげこ》、及び岩倉具視《ともみ》の妹、右衛門内侍堀川紀子《もとこ》）と謀って、主上に毒を献じようとし、比叡山の僧へ調伏を依頼したとされていたのである。近衛殿老婆、島田、典薬頭の名がごたごた並べられているのは、すべてこの献毒のことに係《かかわ》り、それは目明し文吉の死際の白状によって明白であるという。

加納、渡辺は安政の大獄に際して活躍した与力で、ひそかに江戸へ引揚げようとしたが、浪士団に追跡され、江州石部の駅で殺されている。

安政の大獄の時、所司代酒井若狭守は井伊の朝廷に対する圧迫が度をすぎるとし、職を辞する意志があった。しかるに賀川は酒井の用人、三浦、藤田と謀って引き留めた。すなわち「若州引留」の罪である。

賀川の主人千種有文《ありふみ》は岩倉具視、富小路敬直《とみのこうじひろなお》と共に三奸と呼ばれた。前年の秋、浪士の圧迫によって辞職し、蟄居謹慎中のところ、この年に入って、出仕が宥《ゆる》されるという噂があった。賀川は嘆願書を差出したり、暮夜女官の宅を訪れて、画策したというのである。

二月一日の夜、賀川の左腕は岩倉家へ、右腕は千種家へ、油紙に包んで、浪士が持参した。添付の脅迫状はさらに陰惨な嘲笑の調子を帯びて来る。

一、此手は国賊賀川肇の手に御座候。肇儀は岩倉殿久敷《ひさしく》御奸謀有レ之、別して御親敷候事故、定めて御慕わしく可レ有レ之、依て進上仕候。直ちに御届可レ給候。
一、昨夜踏込及二拷問一、実状承届候。且少将衛門復職の事世間之取沙汰有レ之、万一左様之筋取沙汰候様にては、不レ得レ止屹度処置可レ仕候。此旨両嬪へも早々御届可レ給候。
以上。

目明し文吉の死際の自白と称するものによって、賀川を責め、賀川の白状と称するものによって、岩倉、千種の罪を鳴らす——この言いがかりの連続は、なんとも下品である。どっちの場合も拷問する暇がなかったのはまず確実である。

しかしこれらの死体持ち廻りによる脅迫の結果、同月十三日岩倉等は重謹慎の刑を追加され、両内侍は剃髪を命ぜられたから、浪士はますます付け上るばかりであった。

賀川の首級《しるし》は奉書に包んで片白木に載せ、東本願寺の鼓楼の上においてあった。ここは折から将軍に先がけて上洛した後見職慶喜の宿舎であった。添付の書面には、開港通商について勅許を得ようとしても無駄であること、早く攘夷期限を決めるように勧告してあった。

三

いくら有和が守護職会津中将の政策であるとはいえ、こういう乱暴をいつまでも手を拱《こまね》いて見ているわけには行かない。ことに三月には将軍家茂《いえもち》が上洛の予定である。京都の治安がこの状態では、守護職の面目が立たない理である。

この時の町奉行は、西が滝川播磨守具挙、東が永井主水正《もんどのしょう》尚志《なおゆき》であり、それぞれ相当な幕吏であった。殊に永井は軍艦奉行から抜擢された優秀な少壮官僚で、後大目付から若年寄に進み、箱館まで落ちて行って官軍に抗戦している。

しかし何分部下の与力同心は多く京都土着の人間で、井伊が殺されてからは、浪士におどかされ通しである。目明し文吉殺しの犯人を捕えることも出来ず、この年に入って、大宮通御池上ル目明し勘助、姉小路大宮東入ル同じく文吉の家が、浪士に踏込まれ、家財を取りこわされても、なんの手を打つことも出来ず、泣寝入りの状態であった。

二月二十日夜、伝奏野宮定功《ののみやさだいさ》、四条隆謌《たかうた》の邸へ、二十人ずつ浪士が押し寄せ、「将軍上洛を機に政権を奉還させろ」と迫った。抜刀して門内の松の木を切ったり、竹竿で槍の型をして見せたりなどした。野宮はこの少し前、朝命として、

「先きに輦轂《れんこく》の下に於て、猥りに人を殺害し、或いは奇妙な所行を為すは厳に之を禁じた

るにも拘らず、今猶暴行止まず、宜しく糺索して厳に之が処置をなすべし」という書面を守護職へ下した人物である。
ついに二月二十六日、容保は行動を起すのであるが、その機会は、奇妙なことに、生きた人間の天誅ではなく、木像の天誅であった。
二月二十二日夜、洛西等持院へ一群の浪士が来り、寺僧を脅かして、本堂に安置してある足利十五代の木像の尊氏以下三代の首を取り、位牌を持ち去った。翌日左の咎書と共に三条磧《がわら》に梟してあった。

逆賊　足利高氏
同　義詮
同　義満

名分を正うするの今日に当り、鎌倉以来の逆臣一々吟味を遂げ、誅戮すべきの処、此三賊巨魁たるに依て、先ず醜像へ天誅を加うるもの也。

足利氏は申すまでもなく幕府を作った点で徳川氏と共通している。すでに上洛の途上にあった家茂に対するいやがらせである。京童は「等持院では、この夏虫干にもう一遍やって貰いたい言うてるやろ」と囃し立てたが、守護職ではこの時、弾圧に出る方針をきめていたから、笑いごとですます気はなかった。一味九人の名前はすぐ知れた。会津の間諜大庭恭平が加わっていたからである。二十五日夜、町奉行に対し、連累を含め十八名の浪士逮捕の命が下った。

　東町奉行所与力平塚瓢斎《ひょうさい》は、会津の宥和政策によって、復職した穏健派の与力であるが、逮捕の決意を知って、志士世古格太郎に「皆に用心するよう言ってくれ」と内通した。世古はこれを一味の一人中島永吉に告げると、中島はただちに瓢斎の家を訪れ、

「事件の関係者は、在京の者だけで、三、四百人はいる。今町奉行がこれに手をつけると、大騒ぎになり、恐らく会津の兵力を以てしても、圧《おさ》え切れまい」

と脅かして、暗に町奉行を牽制した。

　世古自身は三条実美の邸に駆け込み、その使者の資格を獲て、守護職の本陣に赴き、顔見知りの公用人野村佐兵衛に会い、

「児戯に等しい小事であるから、事を荒だてないように、との中納言の御趣旨です」

と申し入れたが、野村は承知しない。かえって世古の口裏から、瓢斎の内通が知れ糺問された。申し開きが出来ず、瓢斎は切腹しようとしたが、同僚にとめられて思い止った。役を解かれただけですんだというのだから、呑気なものである。

　二十六日夜、東西両奉行所の与力同心に、白紐小袴に抜身の槍を下げた会津藩士が付き、法皇寺門前町の野呂久左衛門の家を襲ったが、野呂は情報を得て、他の同志一名と共に江

州に去った後であった。一隊は転じて二条衣棚下ルの伊予松山の三輪田綱一郎の寓居に向う。

三輪田は留守だったが、居合せた高松趙之介《ちょうのすけ》と仙石佐多男が刀を抜いて抵抗する。しかし高松は会津藩士の槍にかかって重傷、仙石は二階に上って腹を切った。ほか二名が縛につき、仙石の首は会津藩士が布に包んで、槍の柄に通して荷って帰った。

他の一隊は祇園の妓楼の奈良富《ならとみ》を包囲し、会津藩士が槍を連ねて乱入する。間諜大庭恭平が一味全員を集めておく手はずだったのだが、そううまくも行かず、三輪田ほか数名がいたにすぎなかった。

「町奉行の腰抜け役人が、我々に手をつけられるものか」

とおだてられ、飲めや歌えの騒ぎの後、泥酔して寝込んだところを、手易く押えられてしまった。怪我人は三輪田一人、布団の上から槍で突き起された時負ったもので、足に浅手一カ所であった。

これは最早警察権の発動ではなく、暴に対して暴を以て報ゆ、警備武力が暴力をもって、志士の弾圧に乗り出したということである。

なおこの事件を惹起したのは、いわゆる勤王三藩の浪士ではなく、京都や近江の町人を混えた一団である。彼等は国学者平田篤胤《あつたね》没後の門人と自称する思想グループ中の行動派であった。容保としては安心して逮捕することができたので、弱い者いじめの気味がある。

翌朝、容保は伝奏を通じて、次のように奏上した。

「夫《それ》足利氏に対しては、世間議論あるを免かれないが、当時朝廷は大政を委任し、官位を賜う。これを辱しむるは即ち朝廷を侮辱するものである。加之《しかのみならず》、彼等は口に足利氏を藉《か》り、擬して以て幕府を侮辱し、上、朝憲を蔑視し、下、臣下の本分を失う。故に不日厳罰に処すべし」

孝明天皇は北朝ではないか、足利氏を国賊とするのは、最も誤っている、という町の識者もいた。三条実美等は寛典を主張したが、こん度は守護職としても、最初から決意をもって臨んでいるから頑として応じない。

この事件に当って、天誅組の中山忠光と吉村虎太郎が働いている。忠光はその甥に当る祐宮《さちのみや》（明治天皇）の侍従として宮中に召された者であるが、岩倉具視の天誅を主張した実績がある激派で、国事寄人《よりゅうと》として、政治に関与していた。当時学習院が浪士の下意上達機関になっていたが、その中に新たに評定所を設け、政治犯の裁判権を幕府から取り上げようという案を立てた。三条、姉小路等有力公卿の間を説き廻り、伝奏を通じて守護職に伝えしめた。

一方、吉村は長州の入江九一、山県小輔（有朋）と連署で、長文の嘆願書を、学習院に提出した。三月三日、両伝奏を通じて浪士の処分猶予を、四日には「浪人ども正義の聞えあらば」即日赦免せよと通じて来た。

き、

三月六日、会津藩士広沢富次郎、秋月悌二郎《ていじろう》等四十余名が、麻上下の礼装で学習院に赴き、

「暴徒若し正義の士ならば、之を捕えた者は、不正ならざるべからず。願わくば正不正の区別を明らかにせん」

と言ったので、参政寄人も大いに困窮したという(『徳川慶喜伝』)。

一説には「もしこれらの浪士を許せば、今後堂上方に対して、どんな非礼を加うる者が出ないともかぎらない。それでも構わないか」と質問したのに対し、「構わない」と答えた。「そんなら我々は脱藩して、貴公等に対し、なにをするか受け合いかねるが、それでもよろしいか」と詰め寄った。

この時会津藩士に応対したのは、忠光だったという説がある。互いに激昂して、乱闘が起りそうな形勢だったので、壬生《みぶ》、三条西両卿は忠光を抑える一方、急いで使を守護職の本陣に走らせた。容保も驚いて用人外島《とじま》機兵衛を派遣して、若侍を取りしずめ、引き取らせた。

この頃は激派の公卿も浪士達も少しいい気になりすぎていたから、この談判は逆ねじを取られた形である。こうして木像梟首《きょうしゅ》関係浪士の赦免の朝旨も沙汰止みとなり、無論学習院に評定所開設の議も立ち消えになった。六月二十三日にいたって、やっと預り以下の軽罰が決定した。

三月三日にはすでに将軍家茂が上洛して二条城にあり、列外警備の名で、江戸の浪士剣客二百余名が、壬生村に分宿していた。まだ新撰組の名はなく、その中には清河八郎のような勤皇方の策士もいて、後日のような旗幟鮮明ではなかったが、浪士の暴力に対して非公式の暴力をもって応ずるという、幕府の方針が露骨になり出していた。

半年後天誅組を起した吉村虎太郎は土佐脱藩の浪士であるが、これら個人的天誅に加わった形跡はない。文久二年八月二十日、越後浪人本間精一郎の暗殺（これは普通の天誅とは違い浪士間の勢力争いの結果である）の下手人に擬せられることがあるが、『武市瑞山在京日記』は下手人が薩摩の田中新兵衛、土佐の岡田以蔵以下であったことを暗示している。

田中新兵衛は「人斬り新兵衛」として、大衆小説の人気者である。五月二十日姉小路公知《あねこうじきんさと》が宮中より帰る途中、朔平門《さくへいもん》外で暗殺された時、現場に落ちていた刀が田中の差料《さしりょう》であったため、町奉行所で取調べ中、いきなり脇差を抜いて自殺してしまった。

田中は事件後、しばらく行方不明であった。その時「真裸体になって菰《こも》をかぶり、乞食に化けて」その居所を探偵したのが吉村だということになっている。しかしこの種の大衆小説的行動は吉村のその他の行動と一致しない。

彼の名が最初に文献に出て来るのは、文久二年四月のいわゆる有志義挙である。これは島津久光が一千の兵力をもって上洛するの報を知り、田中河内介、平野二郎、藤本津之助、清河八郎、安積五郎等が語らって、久光の一行を大坂で待ち受け、ただちに錦旗を箱根に進めて、幕府の罪を問い、攘夷を行うべし、とするものだったが、久光は公武合体論者で、志士等の言には耳を藉さなかった。

吉村らは折から来坂した真木和泉と語らい、有志の兵力をもって九条関白と所司代酒井若狭守を討ち（当時はまだ守護職は設置されていない）彦根城を攻略して、関東征討の軍を起そうとする。

薩摩藩にも有馬新七以下三十余人の同志があった。四月二十三日深更を期し、京都の長州屋敷の有志と呼応して、蹶起《けっき》の予定のところ、同日夕刻、伏見寺田屋に着いた有馬等は、久光の近習に上意討される。他藩の者も巧みに薩摩藩邸に誘導監禁され、計画は挫折した。

土佐に送り帰される船牢中で吉村が書いた陳情書に曰く。

「当時の勢、何分干戈《かんか》を以て不レ動ば、天下一新不レ致、雖レ然干戈の手初は、諸侯方は難レ決、即ち開レ基者、浪士の任なり」

慶応三年の討幕は結局薩長の兵力によって行われたのだが、文久三年「天誅組」の大和挙兵は、吉村のこの理論に基いたものであった。

姉小路暗殺

一

姉小路公知《あねこうじきんさと》が朔平門《さくへいもん》外猿ヶ辻で暗殺されたのは、文久三年五月二十日（一八六三年七月五日）である。いわゆる尊攘派の勢力が京師を圧していた時で、姉小路は三条実美《さねとみ》と共に、少壮激派の公卿の双璧といわれていた。その姉小路が、尊攘派の勢力の最も盛んな時に、しかも御所内で殺されたのであるから、朝野に与えた衝撃は大きかった。

現場に落ちていた刀から、下手人は薩摩藩士田中新兵衛と推定され、町奉行所へ連行されたが、取調べ中、いきなり脇差を抜いて自殺してしまった（証拠の刀を突きつけられた時、その刀を取って切腹したともいわれる）。死人に口なし、真相は今日にいたるまで解明されていない。

古来大きな暗殺はとかく迷宮入りする場合が多い。慶応三年の坂本竜馬の暗殺などもその例である（明治に入ってから下手人が出た）。それだけに題材として面白く、明治以来無数の小説が書かれている。「誰が姉小路を殺したか」について、解釈は大体次の四つに分れる。

㈠は田中新兵衛を犯人とするものである。疚《やま》しいことがなければなぜ自殺するのか。当時京都の尊攘運動は長州の手で推進され、公武合体派の薩摩は振わなかった。姉小路を除くことによって、長州の勢力の減退を図ったとするものである。

同夜、同時刻に御所から下った三条実美も、行列を窺《うかが》う怪しき人影を見たといっているし、翌日学習院に三条を脅迫する貼紙があったことによって、この説は裏打ちされているように見える。

しかし結果から見れば、下手人が薩摩藩士とされたことによって、薩摩には何の得もなく、九門警備からはずされて、失寵《しっちょう》の度を加えたに止った。

㈡は現場に落ちていた新兵衛の刀を、擬装と見ることから出発している。下手人を薩人と見せかけることによって、薩摩の勢力を京都から駆逐しようとする、長州の陰謀だというのである。

田中新兵衛のような暗殺の名人が、現場に刀を残すようなへまをするはずがない。彼自身、事件の前、三本木の料亭で刀をすり替えられた、といっていた。彼の自殺は、それを恥じた結果であるというのである。

尊攘派は優勢といっても、公武合体派の策謀は中川宮、近衛前関白、薩摩の連繋《れんけい》の下に進められ、常に抗争状態にあった。

事件の十日前の五月十日には、長州は下関で外国船打払いを強行している。攘夷を全国的な方針とするため、公武合体派の完全除去のために、打った謀略である、とするのである。しかしただそれだけの目的のため、姉小路のような有力な尊攘派の公家を犠牲にする必要があるかどうか、という点でこの説にも無理がある。

㈢もやはり下手人長州説であるが、ただその理由を姉小路の変節におく点が違う。姉小路は四月末、幕艦順動丸に乗って、摂海《せっかい》(大阪湾)の防備を巡視している。軍艦奉行勝麟《りん》太《た》郎《ろう》が同乗し、海上を自由に走り回る軍艦に対し、陸地に砲台を築いて防備することの無意味さ、つまり攘夷実行の困難を、十分吹き込んだ。その結果姉小路が軟化したので殺されたというのである。しかし姉小路が実際軟論(当時の流行り言葉でいえば、因循説)を吐いた証拠はない。

㈣もまた下手人長州説であるが、ただ理由が事件後十日に起った、老中小笠原図《ず》書頭《しょのかみ》の率兵上京にありとする。

将軍家茂《いえもち》は三月三日以来すでに三ヵ月滞京を余儀なくされていた。幕府は前年秋、安政の対外通商条約を破棄し、鎖港を断行せよとの勅旨を、呑ませられていた。将軍上洛はその具体策言上のためであるが、朝廷は口実を設けて、将軍が江戸へ帰るのを許さない。いわば攘夷実行のための人質の形になっていた。

折から、江戸では生麦《なまむぎ》事件の償金支払期日が迫っていた(生麦事件とは前年十月、横浜附近の生麦で、島津久光の供先が英人を斬った事件である)。攘夷を断行するなら、なにも十万ポンドなどという法外な金を払う必要はないわけであるが、外国の威力を直接感じている幕府には、もともと戦争をする気はなかった。外交交渉から、ぼつぼつやって行くつもりである。払うべきものは払ってから、という口実で、五月九日老中格小笠原の独断の形で支払ってしまった。

その報はただちに京都に達し、尊攘派の憤激を買っていた。小笠原は将軍に直接弁疏《べんそ》すべきことありと称し、軍艦に乗じて五月末大坂に上陸、六月一日には進んで淀に至った。横浜の幕艦三隻のほかに米商船二隻をチャーターし、千六百人の兵を連れていたのだから、これはただの弁解のための上洛ではない。尊攘派一掃のクーデタ計画であったことは、後に明らかにされている。

計画は二条城にあった将軍及び老中筆頭水野、板倉によって阻止された。もともと実現困難な計画だったのだが、失敗の原因の一つに、小笠原が公卿の間に手蔓を持たなかったことが挙げられている。小笠原は姉小路と姻戚関係にあり、斡旋を頼むべき唯一の人物であった。内々、運動が行われていたという。姉小路暗殺は、この手蔓を断つために行われた、とするものである。

これが最もうがった解釈であるが、やはり姉小路の言動にそれを裏打ちするものがないのが難である。運動に従事したと自称する松平某の「史談会」における証言、小笠原と共に上洛した通訳田辺太一の残した回想記に、「某家の秘記」によって事実を確認した、とあるのが根拠である。しかしそれがどこの秘記であるか、現物は勿論、その名も知られていない。

その他、京都守護職会津容保《かたもり》が、薩長離間のため行ったとする説、公家間の私怨によるとする説がある。暗殺の翌々日の二十二日、公家は総参内することになったが、滋野井《しげのい》、西四辻《にしよつじ》の二人だけ出なかったと、噂された。さては真犯人の逃走か、とさわがれたが、後には、いなくなっていたのはその家の次男坊三男坊だ、ということがわかった（『東西紀聞』）。

その他、前関白九条説、岩倉具視《ともみ》説、大原卿説もあり、噂は田中新兵衛が逮捕されるまで消えなかった。これらにもなんの証拠もないのであるが、案外馬鹿にならない点があるように思われる。その理由は追い追い述べるが、一応暗殺の経過と現場の模様を検討するのが順序である。

二

猿ケ辻は内裏《だいり》の東北隅である。丁度鬼門に当るので、日吉《ひえ》山王の神使、木彫りの猿が祭ってあった。その蔭に刺客が隠れていた、と見られている。

五月二十日の夜、御所ではおそくまで会議があった。小笠原償金支払いの報は、十八日京都に届いているから、その対策を議したのかも知れない。姉小路が西側の公卿門から退出したのは、亥刻《いのこく》すぎ（午後十時頃）であった。

姉小路家は内裏の東側に並んだ公家屋敷の一番北にある。刀持ち金輪勇《かなわいさむ》、従者中条右京らを従えて、徒歩で内裏の北を廻り、邸へ向った。

その頃御所の四方は今のような広場ではなかった。蛤《はまぐり》御門、中立売《なかだちうり》御門など、いわゆる外門の内は、一条家、近衛家など、摂関家の、広大な邸で占められていた。それらの邸と内裏の築地の間を北に上り、右折して朔平門前を過ぎて、猿ヶ辻の曲り角にさしかかった。

格闘の様子は従者の中条右京が生き残っているので、各種の文献は大体一致している。中でも、最も正確と思われる中条自ら家郷へ出した手紙を、引用することにする。

以二書面一申上候。追日暖気之節に相成候処、弥御安泰珍重奉レ存候。然者、当月二十日夜、四ツ半（午後十一時）之頃、主人少将殿義、御参内之御退出掛、有栖川宮様北之方、女御殿之角廻り掛之処、こまよせのかげにて侍三人隠れ居候。少将殿御供之者、尤下部提燈持壱人、右に下拙、左に御太刀を持金輪勇と申相士《あいさむらい》、其頃より下部仕、くつ持壱人、都合弐人と下部弐人、四人之御供の処、侍一人抜身を以、主人少将殿へ切掛候処、下部二人共雲霞に逃さり、相士金輪勇と申者、主人之御太刀持乍、下拙同様に逃行候。少将殿へ一太刀切附候えば、少将殿扇子にて御うけ被レ遊候に付、下拙直に侍一人切附候処、一人之侍雲霞に逃行、追かけ候と致処に、又二人少将殿へ取掛候様子にて、又跡帰にて二人の者共へ向候処二人共拙者へ取掛候故、拙者一二間程跡へ寄候えば、又少将殿へ取掛候様子にて、拙者又主人少将殿之方二人者へ切附申候。一人之者之刀一腰、拙者共と少将殿と二人にて奪い取候処、直に一人之者雲霞に逃行、其内一人者へ下拙共右之脇之下へ切附候所、直に一人者共雲霞に逃去、拙者追かけ候処に、少将殿御義切きず六ヶ敷様に候間、少将殿を御かいほうし、直に姉小路殿内へ主人と共に、二人かかえ合せて帰り候。尤戦之節、下拙共は、一人侍之為、刀抜身面に投附られ候処を身を振かえてのがれ候、其流れ右足へ刀之切先たち候得共、少し之傷にて相済候。養生之処、追々宜候間、御安堵可レ被レ下候。主人少将殿御義、御大病之処御切被レ致候間、此段申入候。拙者共之処、諸藩共に、姉小路殿御一門方にて御祝被レ遊、実に拙者の心中は充分に忠義立候様に奉レ存候。敵の者共を討取候わぬ段は、何共恐入候得共、諸人共に拙者をほめくれ候間、此段は御歓び可レ被レ下候。

　奪い取候処へ敵之刀一腰之長さ三尺三寸。並に銘は、奥和泉守忠重と有レ之、ふちは鉄にて無地に銘「藤原」と有レ之、頭も鉄にて無地に「鎮英」と有レ之候。右之段取敢えず申入候。右忠義之処、御一門様方思召に依て、何れ御褒美も可レ被レ下候処、猶又後日可レ被レ下候。尤あいさつの印迄にと思召、御一門様より金五百疋並仙台ひらの袴一枚、尤御前へ御召し也、並かたびら一枚並かたきぬ一ツ、右之通被レ下候。依て申入候。尤戦之節、ひとえ物並袴かたきぬ共、血しおに相成、頭面も亦血大に附、実に申ト方なき次第に御座候。

前書之通、取あえず申入度、早々　謹言

五月二十二日　　　　　　　　　吉村熊太郎右京基好

吉村はこの時二十一歳（十九歳ともいう）、太刀持の金輪勇が逃げ去ったのに引き替え、意外の働きは上下こぞってのほめものであった。

吉村は出石《いずし》藩の下士、剣技をもって、召しかかえられたばかりであった。中条右京は姉小路から貰った名である。功によって、二人扶持加増、用人格に取り立てられた。その働きは叡聞《えいぶん》に達し、金銀五枚を賜わっている。五カ月後の生野《いくの》の変の時、主将沢宣嘉《さわのぶよし》が姉小路の叔父だったので、その従者として加わって死んだ。

この頃の志士の手紙には、とかく明治になってから同郷の有志や遺族が作ったものが多く、困りものなのだが、この手紙はまず信用していいように思う。主人の死をいたみながら自らの褒美を誇っている点も、中条の身分として自然である。

伝記などに、姉小路が素手で敵の太刀を奪い取ったと書いてあることがあるが、この手紙を見れば、曲者《くせもの》が逃げる前に投げつけた刀であったことが判明する。一応姉小路といっしょに奪い取ったと書いて、主人に花を持たせたところも自然である。姉小路公知はこの時二十四歳、気性は激しかったが、丈は五尺に足らない小男で、無論剣術など知りはしない。傷は重く、玄関で「千代滝」と侍女の名を呼んだまま（あるいは「枕」といったという）、意識を失った。

二日後の吉村の手紙に「御大病」と書いてあるのを不審に思う人がいるかも知れないが、この日付で姉小路の家来から出た手紙としては、これでよいのである。二十一日付で、死んだ公知の名をもって、療養中の届出が出ているからである。

医師の届書によると、傷は三ヵ所である。鼻下に長さ二寸五分、頭に斜めに深さ四寸、頭蓋骨些《いささ》か欠損、胸部左鎖骨部に長さ六寸、深さ三寸の傷があった。「連日半身入浴、縫合術相行い、針数二十八」とあるが、二十一日丑の刻（午前二時）には死んでいた。

『官武通紀』によれば、姉小路は事件の前から、こっちもわるくすると殺される、といっていたという。そのため今弁慶といわれる剣客金輪勇を太刀持に雇ったのだが、これが一番先に逃げ去ったのではどうにもならない。その夜は附近の公卿の邸内にかくれていたが、翌朝茫然として帰邸した。しばらく長州藩の手で監禁されたが、後に新撰組の手によって殺されたといわれる。その理由はわからない。

事件は上下に大きな衝撃を与えた。当時京都では「天誅」と称して、暗殺が流行していたが、公卿がその対象になったのはあとにも先にも、姉小路一人である。

当夜は三条実美もねらわれていたらしい。彼は姉小路より少し先に退出したのであるが、輿《こし》に乗っていたし、従者の数も多かったので、襲撃されなかったのだろうといわれる。御所の築地に添って、二、三人の怪しい人影が動くのを見た、という。

翌二十一日、学習院の門扉に次の貼紙があった。

転法輪三条中納言

右之者姉小路と同腹にて、公武御一和を名として、実は天下の争乱を好み候者に付、早速に辞職隠居致さざるに於ては、旬日を出でず天誅に代り、殺戮すべき者也。

この文面には少し変なところがある。三条はずっと前から最も尖鋭な攘夷派で、公武合体を唱えたことなんか一度もなかったからである。天誅はそもそも乱を好む者の所為である。そのため天誅を加えるというのでは、筋が通らない。これは後に書くところに関係して来るから、憶えておいていただきたい。

三条は貼紙に怯えたという嫌疑を避けるためか、その言動はいよいよ過激の度を加えた。

三

当面の問題は犯人の捜索と御所内の警備である。蛤門など外門のほか、建春門、唐門など内門の警備に、各藩の人数が出た。夕刻より外門の潜門までしめ切りとし、出入の商人までいちいち名乗らせた。

禁門警備はもともと京都守護職会津中将容保の担当であるが、会津一手に任せるのは諸藩が承知しなかった。まず疑われたのは、幕府だったからである。最初は固めから除かれていたくらいだが、これは面目上容保が承知しなかった。結局蛤門のほか、唐門、清所御門、准后《じゅごう》御殿御門の三つが任せられた。

幕府としては、犯人を探し出さねば、天下の疑いを晴らすことが出来ない。在京諸藩に対し、家来の末々まで聊《いささ》かでも手懸りの筋があれば、申し出るよう通達した。

中条右京の申し立てによれば、刺客の一人は怪我をしているはずである。町奉行から洛中町方の医師に触れを廻して、治療に来た怪我人の氏名を届け出させることにした。二十三日、特に安芸、米沢、長州三藩に、事件の捜索を命じた。

田中新兵衛の名が浮びあがって来たのは、事件後五日目の二十五日であった。『京都守護職始末』によれば、その日の深更、伝奏坊城俊克《ぼうじょうとしかつ》から黒谷《くろだに》の会津の陣屋に使者が来た。

犯人は田中雄平（新兵衛）だから至急逮捕せよという。用人外島《とじま》機兵衛が証拠はあるかと聞くと、問題の刀は田中がこの月五日まで差していたのを見た者が、長州と土州にいるという。浪士の中から出た情報なのであった。

姉小路遭難の日、土佐の土方《ひじかた》楠右衛門、肥後の山田十郎等は、会議の模様を聞くために、姉小路邸で退出を待っていた。あまりおそいので、一旦宿舎に帰ったが、急を聞いてただちに馳けつけた。長州藩士の来る者もまた多く、その後連日浪士が出入して、悲憤慷慨していた。その中に刀に見覚えがある者がいたのである。

田中の名を指したのは、土州の那須信吾《なすしんご》だという説がある。彼は前年四月、国許で藩政吉田東洋を斬って脱藩して以来、ずっと薩邸にかくまわれていた。人前に出られない体なので、二日目の夜窃《ひそ》かに姉小路邸に来たのだが、刀を見て田中の差料だといった。

薩摩に恩義がある那須が、薩摩に不利なことを言うのも不思議の一つである。無論大義の前に、少しくらいの恩義は無視すべきだという見方も出来る。那須は後天誅組の乱に加わって死んでいるから、死人に口なしで、真相はわからない。

田中は薩邸にいなかった。その居所をつきとめるために土州の吉村虎太郎（これも天誅組で死んでいる）が、乞食に身をやつして、東洞院蛸薬師《ひがしのとういんたこやくし》下ルの田中の寓居の軒下に潜んで、その所在をたしかめたという。しかし当時、田中のような乱暴者は、みな藩邸外に住んで、暗殺に耽っていた。その住居は決して秘密ではなかった。薩摩がそのために買った町屋の一つである。これらはみな『土佐勤王史』だけにある記事で、恐らく功を土州人に帰するためである。

薩摩の上士仁礼源之丞《にれげんのじょう》とその家来藤田太郎が同宿していることもわかっていた。三人という人数も合い、同類の疑いがあるので、いっしょに逮捕することとした。会津の物頭安藤九右衛門が組の全員を率いてこれに当り、別に井深茂右衛門の隊を備えとした。用人外島機兵衛、松坂三内、広沢安任《やすとう》も出張したのだから、会津も大事を取ったのである。

この頃は幕威衰え、守護職とはいえ、勝手に他藩の士を捕えることは出来なかったのだが、今回は伝奏よりの指令であるから、勅命の名目があった。家の周囲を固めておいてから、安藤自ら内に入り、田中らに勅命を伝えるという形で、無事逮捕をおえた。

伝奏坊城俊克は、三人の身柄は守護職の陣屋で預かれといったが、外島機兵衛が辞退した。犯罪の取調べは守護職の任務外であり、容疑者を預かる牢はない、といった。

結局、町奉行の手に渡すことになったが、与力同心が薩摩藩士の襲撃を畏怖するので、守護職の人数で、奉行所まで警護した。

東洞院蛸薬師は、錦小路の薩邸から一丁しか離れていない。会津の人数が来たと聞いて、薩摩藩士の集まる者が多かった。内田仲之介が黒谷の会津陣屋に怒鳴り込んで行ったが、用人外島が十分をもって遇すると約束して、納得させた。幕府にとって仇敵同様の薩摩藩士を捕えるのである。会津藩士の態度が粗暴に及んだので、内田が心配したのであった。

士分として遇する、とは縄をかけず、拷問をしない、ということである。町奉行永井主水正《もんどのしょう》が直々取調べに当った。田中は最初は身に覚えはないといっていた。それでは刀が落ちていたのはなぜか、と問い詰めると、ではその刀を拝見しましょうという。刀を見せると、その刀で咽喉を突いて死んでしまったという。

これは長州側の記録『忠正公勤王事蹟』にある記事だが、抜身を容疑者に渡すというのは、少しおかしい。この時の町奉行永井主水正は、軍艦奉行を勤めたこともある優秀な幕僚である。後に若年寄に進み、榎本武揚《たけあき》といっしょに箱館へ行って抗戦した硬骨漢である。京都の治安が乱れたから、前年京都町奉行に転補《てんぽ》されたばかりであった。永井はこの手落ちによって、ただちに差控え謹慎を命ぜられたが、彼としてはちょっと考えられない手落ちである。

前に書いたように、田中が咽喉を突いたのは、問題の刀ではなく、自分の脇差だったという説もある。しかしいくら士分をもって遇するとはいえ、帯刀のまま取り調べるとは考えられない。あるいは小柄《こづか》を懐に隠していたともいう。こういう風に話がもっともらしく変って来るのは、ますます怪しい。

無論永井が田中を殺したという説もある。死骸の首は肉一つで胴とつながっていただけだった、という噂があった。この場合姉小路の暗殺は、幕府の手で行われたことになる。なんらかの手段で、田中の刀を手に入れ、わざと現場に残しておけば、浪士の中から、その刀を見知っているものが出て来るのは、当然予想出来ることである。そこで田中を捕えてひそかに殺し、自殺したことにすれば、事件は一応片付いてしまう。

しかしこの謀略説には決定的に不利な点が出て来た。田中の死骸を塩漬けにして、刺客と戦った中条右京に見せたところ、当夜の曲者に違いないといったのである。

しかし目撃者の認知が、たとえ当事者であっても、どんなにあてにならないものか、東西の裁判事件に例は数え切れぬほどある。暗夜の斬り合いで、顔形が見分けられたかどうか。死顔はひどく変るものだ、いくら実直な中条の言葉といえども、にわかに信じ難い、という人もいる。

なお『肥後藩国事史料』によれば、二十一日付姉小路家から出た届書には、刺客の服装について、次のように附記があったという。

壱人、納戸色着用白衣、哂《さらし》ハチマキタスキ。

壱人、花色袴股タチトリ罷在《まかりあり》、哂ハチマキタスキ。

壱人、不相分《あいわからざる》よし。

着衣について、詮議があったかどうか、文献には出ていない。奉行所の調書類は、慶応三年（一八六七年）幕軍の京都撤退の際、一括焼却されたのであろう、残っていない。

四

はっきりした事実はこれだけしかないのだから、事件が迷宮入りしたのは当然といえよう。結局刀という物的証拠と目撃者の証言があれば、たとえ自殺の状況は少し疑わしくとも、一応捜査機関を信用して、田中新兵衛を犯人とするのが、裁判の常識である。しかしそうすると、またいろいろ矛盾が出て来るのである。

事件によって、誰が利益を得るか、を考えるのは捜査の初歩である。この場合、最も有力な容疑者は、薩摩藩か幕府ということになる。

前に書いたように、当時京師における薩長の争いは激化していた。薩摩はこの事件から三カ月後、長州を蹴落すために、会津と手を握ったくらいで、手段を選ばないとも考えられる。

では薩摩藩が田中新兵衛以下の刺客を放って、三条と姉小路を一挙に除こうとしたと仮定してみよう（この場合、三条の供廻りの人数が多かったため、手を出さなかった、というのは、少しおかしくなる。薩摩隼人《はやと》が怖《お》じ気《け》づいて、任務を怠ったとは考えられないのだが、それはしばらく不問とする）。

計画はまず成功し、姉小路に致命傷を与えることは出来た。しかし残った中条右京に対して、なお一対三でありながら、それを討ち洩らしたのはなぜか。なぜ証拠になる刀を投げ付け、そのままにして来たか。

もっとも藩命による組織的暴力とはいえ、末端ではからざる不手際が出ることはある。これも起り得ることにしよう。しかしそれなら、なぜ刀の持主田中を、ただちに国許へ送り帰すなり、切腹させるなりして、処分してしまわなかったか。事件の五日後まで、公然、藩邸外の宿舎において、会津に逮捕させるに任せたか、という疑問が生じる。

当時、藩主久光は鹿児島防備のため国許に帰っていたが、京都には重役小松帯刀《たてわき》がいた。小松は前年の久光の率兵上京以来、朝廷との折衝を担当していたベテランである。これこそ不手際の極みではないか。

しかも田中が犯人と見られたことによって、薩摩は乾門《いぬいもん》の警備を解かれ、藩士の九門内通行禁止になってしまった。利益を得るどころか、大きな不利を招いたのである。たとえ田中が真犯人であったとしても、藩命によるものではなかったことは、確かと考えられる。

田中は鹿児島の薬屋の次男で、暗殺がうまいというだけの軽輩である。口に尊王を唱え、暗殺を行うことによって、在京の志士の間に重宝がられたので、むしろ藩から離れた存在になっていた。彼は土州の武市半平太《たけちはんぺいた》と義兄弟の縁を結び、武市の指導する刺客団に加わっていた。九条家の用人島田左近や、賀川肇などを斬った実績があり、その行為はむしろ薩摩藩の漸進主義に反している。

姉小路暗殺についても、むしろ他藩の浪士と共謀して、刺客となったということが、考えられるのである。奉行所に連行されてはじめて、自藩に迷惑のかかることをさとり、隠し持った小柄で自殺したという方が、むしろ筋が通る。

下手人でないなら、つまり刀が盗まれたのであったなら、なぜ堂々とその由を申し立てないか。武士として刀を盗まれたのを愧《は》じたのだ、という弁護もされているが、無罪ならば、自殺する前に、真犯人の手懸りを与える陳述をすべきである。それの方が勤王の正義に適い、自藩を嫌疑から救うことにもなるではないか。

もっとも田中はそんな思慮のある男ではなく、熱血漢のただの殺し屋だったという証言もある。「その情の切なる時は、潜然として流涕《りゅうてい》して止まず（略）常の言にも、死すべき時に当りては、潔く死して人に見せばやとて、死を見る帰するが如く」（小河一敏『王政復古義挙録』）であったという。

当時、姉小路家へ出入りしていた吉田某が後日「史談会」で語るところによると、事件の四、五日前、田中に会ったら、

「姉小路卿の議論は過激すぎる故、少し改めるように言上してくれ。人の嫉みを受けてためにならない」

と言ったという。下手人ならば卿の身辺に危険の迫っていることを教えるはずはない、と

吉田はいう。またその二、三日前、三本木の料亭茨木屋で、差料をすり替えられた、といったとも伝えている。維新後、会津や薩摩では大体この吉田説を採っている。ここで長州犯人説が浮び上って来る。

関博直述『姉小路公知伝』は、伊予小松藩士近藤真鋤の言として、次のような事実を伝えている。

近藤が事件後少したったある日、洛北の茶亭で休んでいると、隣席へ会津の藩士が二、三人入って来た。大声で話しているのを、聞くともなく聞いていると、

「ほんとうの犯人は薩人ではない、長人だ」

という者がいた。三人はそれから低声になったので、あとはよく聞き取れなかったが、当時犯人は田中新兵衛と信ぜられていたので、変な気がしたという。

前に書いたように姉小路は事件の前月の二十五日から五日間、幕艦順動丸に乗じて、摂海を巡視した。当時軍艦奉行として兵庫にあった勝麟太郎（海舟）が案内し、兵庫、堺、加太（紀州）、由良（淡路）を廻って砲台を見学、実弾射撃を見た。

勝はこの間に海軍の増強の要を主張し、高野長英訳の兵書『三兵《さんぺい》答古知幾《タクチイキ》』やセバストポール砲台の図面などを献じた。勝ははじめて自説を理解する人物を、公卿の中に見出して喜んでいる（『海舟日記』）。一行には、長州の佐々木男也《おとや》、桂小五郎、肥後の山田十郎、紀州の伊達五郎（陸奥宗光）ら七十人の有志が随行した。後で姉小路の攘夷の鋭鋒が鈍っ

た、と触れ廻ったのは伊達だったといわれる。

姉小路と前後して将軍家茂が同じコースで巡視しており、姉小路は帰途、大坂城に立ち寄って、家茂の饗応を受けている。幕府としては当然の儀礼的処置であろうが、こんなことから姉小路が幕府に丸めこまれたと邪推する向きもあったらしい。しかしそのため、長州が刺客を放ったと結論するのには、少なからぬ無理がある。

公家が衣冠のまま軍艦に乗るのは、異例のことである。「朝臣《あそん》知勇のほど、予これを知らずといえども、これ天魔横行の世なり」と穏和派の公卿中山忠能《ただやす》（明治天皇の生母一位局の父）は書いている。軍事は武家に一任というのが、平安時代から、朝廷の一貫した方針だから、いかにこれが異様破格の巡視であったかがわかる。

しかしこの一大異変を実現させたのは、ほかならぬ長州藩主慶親《よしちか》の建白であった。長州はこの頃、下関で外国船打払いを実行しているが、軍艦の必要を知らなかったわけではない。八方手を廻して、外国船を買いあさっている。姉小路とても同じことである。いくら激派の堂上といえども、一回の巡視で、意見が豹変するほど薄弱な根拠から、攘夷を主張していたわけではあるまい。

巡視に先立ち、姉小路は鷹司《たかつかさ》関白に建言した。目下各大名は国許防禦《ぼうぎょ》のため帰国しているが、どのようなことをしているか、はなはだ心許ない、よろしく監察使を派遣すべきである、と。十八日侍従滋野井公寿、大夫西四辻公業が、関白に届け放しにして西国に出発したのは、姉小路の指示によるものといわれる（この二人が事件の翌日家にいなかったので、逃亡と噂されたのであった）。

一方長州では、攘夷実行のため、藩主父子は勿論、久坂義助など暴れ者はみな国許に帰っていた。京都には支藩主吉川監物《けんもつ》や桂小五郎のような穏健派しかいなかった。彼等が公卿の暗殺の如き、大事を断行出来たとは考えられない。

かりにものの調子でそれが出来たと仮定しよう。するとその第一歩は、田中新兵衛の刀を、謀略用にすり替えておくことでなければならない。田中と親しい志士の証言は、その月の「五日頃」まで、彼がその刀を差していたという点で一致している。吉田某の証言でも、盗られたのは、十二日より前ではあり得ない。

姉小路が京都へ帰ったのは、五月二日であった。ただちに参内して、主上に巡視の結果を報告し、意見を具申している。

姉小路が豹変したとしても、噂が広まるのに、二、三日を要したはずである。それから罪を薩摩になすりつける謀略と定め、実行に移すにしては、準備期間が短すぎる。しかも吉川監物は同月二日着京したばかりであった。

第一、公卿というものは、それほど強力な存在ではなかった。実際には、朝議における雄藩の代弁者の値打しかなかったので、暗殺しないでも、発言を封じる道はいくらでもある。

それに天皇の親任厚い公卿を殺すということは、大変なことである。もし露顕したら、それだけで長州は永久に京都で発言権を失うばかりか、うっかりすると討伐されかねない。この重大事が、首脳部が留守の京都藩邸で決定されたとは、とうてい考えられないのである。

この場合にも、暗殺は藩の指令ではなく、田中新兵衛のような藩籍不明の志士のはね上りと見るほかはない。しかし、前述のように、長州のその手の連中は、攘夷実行のため大挙して下関に行っていた。京都には暗殺の計画者も実行者もいなかったということになる。

五

小笠原図書頭の率兵上京と結びつける説は、この点で無理がない。この場合、下手人は薩長に限る必要はなく、土佐、肥後を加えて各藩の藩籍不明の乱暴者であっても差し支えない。ただ前にも書いたように、姉小路小笠原連繋の根拠が極めて薄いのが難点である。

小笠原は事件当時は江戸にいたが、前年末からしばしば上京し朝幕の間を周旋していた。幕臣松平忠敬《ただのり》の証言によれば、その頃彼は小笠原の密命を受けて、姉小路の門に出入し、京都より尊攘派一掃の運動を起そうとしていた。それが志士の間に洩れたのだという。

しかしこの種の明治になってからの幕臣の証言は、少し信用がおけない節がある。これらの証言は明治新政府で幅を利かしていた薩長を、犯人名簿から除くという役割を果しているのである。

小笠原のクーデタ計画は、外国の援助をかりた大懸りなものであったが、在京幕閣と会津容保の反対によって、挫折したのである。これは当時幕府内の慎重な上層部と急進的少壮官僚の争いである。姉小路の力によってどうにもなるものではなかった。

第一、この場合、天誅の常識としては、志士達が覘うべきは松平忠敬自身であり、またそれで十分なはずであった。公卿を直接手にかけるということは、軽輩の志士になかなか出来ることではない。

同じ理由によって、会津容保も容疑から除くことが出来る。彼の一貫した尊王の態度から見て、主上に信頼厚い公卿を暗殺するということは、その職務上からも、個人としても考えられない。

六

しかし五月二十日夜姉小路公知が三人の暴漢に襲われ殺されたのは、まぎれもない事実である。そして事件の取調べは新兵衛の自殺をもって終ったわけではなかった。しかしその経過には、考えようによって、少し変なところがある。

町奉行に任せておけないというので、朝廷では改めて容保のほかに芸州藩世子紀伊守、米沢藩主上杉斉憲《なりのり》に取調べ方を命じたが、いずれも辞退した。新兵衛といっしょに捕えられた仁礼源之丞と藤田太郎は、米沢藩に預けられていたが、五月二十九日暁、番人の油断を見すまして逃走してしまった。

彼等は今日でいえば、共同正犯の容疑者である。無罪ならば新兵衛のアリバイを提供すべき重大な同居証人である。新兵衛が二十日夜外出していたかどうか、あるいはその前後の行動について、何か証言があったはずだが、それが何一つ残っていないのである。仁礼は維新後まで生き延び、子爵を賜わっているが、思い出話なんかしなかった。

六月二十日中川宮家来山田勘解由《かげゆ》、伊丹蔵人の両名が、町奉行の手で逮捕された。宮の代参として湊川神社参拝という名目で、京都を離れたのを、各藩の志士が追っかけて捉えた。そして姉小路殺害の容疑者として、町奉行所に突き出した。

中川宮は青蓮院宮《しょうれんいんのみや》と呼ばれることもある。伏見宮の庶子だが、先帝が猶子《ゆうし》とされ、親王に列せられた。青蓮院門跡となっていたのを孝明天皇の思召しによって、この年の始め還俗《げんぞく》され、政務補佐として朝議に列せられた。僧形では天皇と対面できない宮中の慣わしだったので、還俗したのである。宮は無論、主上の意を受けて、公武合体派である。従って薩摩藩と関係が深く、御所内の邸は薩摩の人数で固めていた。

事件後、宮は薩摩の兵はもとより、会津の兵を近づけないほど要心された（無論、嫌疑を避けるためである)。あるいは攘夷先鋒として、自ら西国に下って戦死しよう、と宣言したりして、尊攘派の鋭鋒をかわそうとしたのだが、長土の宮に対する嫌がらせは続いた。宮に皇位をうかがう下意がある、という風説が流された。九月、すでに七卿落《しちきょうおち》の政変によって長州の勢力が京から大きく後退した後にも、男山八幡の僧如雲が天誅に会った。これは宮の意を受けて、天皇呪殺の密法を行った嫌疑によるものであった。

こういう嫌がらせをしなければならないほど、尊攘派の名分論は無力だったのである。長州の外国船打払いも、最初商船を無警告砲撃している間は景気がよかったが、やがて各国の軍艦が来襲するに及んで、敗戦になった。

このあせりの表現が、八月十三日の「大和行幸、天皇親征」の構想であった。しかし十八日には早くも薩会連合が実現し、中川宮の深夜参内によって、計画は瓦解する。政局は大きく転換し、もはや姉小路暗殺の下手人が誰であったかを、気にする人間はいなくなった。

こうして姉小路暗殺は謎として残ることになった。これは結局歴史の流れの水面に描かれた小さな渦のようなもので、重大性に乏しいだけに、その動機、下手人について、徹底的に追及されなかった。

私はそれが薩摩や長州の藩命によって行われた可能性は少ないことを実証したつもりである。くどいようだが、藩としても、また藩籍不明の志士にしても、なかなか公卿に手を出せるものではないのである。

ここで再び犯人公家説が登場する。当時の激派の公卿の一人東久世卿は、犯人は大原卿の手から出たのではないか、と後でいっている。大原は前年秋、久光といっしょに江戸に使しているが、久光の意を迎えるために、勅書の一部を改竄《かいざん》した咎《とが》により、この年三条らの策動によって、追罰を受けたばかりであった。

田中新兵衛が捕えられるまで、京都の風説は、九条前関白、岩倉具視を指していた。あるいは滋野井、西四辻の失踪を取り上げ、「姉小路と従兄弟の間柄にて、深く御怨みありたる由」（『東西紀聞』）などとあって、専ら公家間の内紛と考えられていたことに注目しよう。

これらは無論、根拠なき噂であるが、庶民の感覚は案外間違っていないものである。公家を殺すのは、公家しかいないというのは、京都市民の常識だったのだ。暗殺の翌日、学習院の門扉にあった貼紙の文面を思い出して貰いたい。

「右の者、公武御一和を名として、実は天下の争乱を好み候者云々」

この言葉の高飛車な、しかも少しピントのはずれた調子は、よほど当時の政治の実状にうとい者、政局を離れた公卿かなんかの調子である。

この場合、和宮御降嫁を推進した罪により、当時落飾《らくしょく》蟄居《ちっきょ》の罰を蒙《こうむ》って岩倉村に隠棲、しかし虎視眈々として、再起の機をうかがっていた岩倉具視の名が浮び上って来る。

しかしこれとても、後に岩倉が薩長と組んで、慶喜討伐の大芝居を打ち、維新を実現させた実績から見て、そう思われるだけで、当時の情勢では、隠棲中の彼に躍らされて動く浪士はいなかったのではないかと思われる。

最も推理小説的なのは、主謀者は三条実美である、という説である。彼の供廻りがその夜刺客を見たという証言に、少しあやふやな節がある。真犯人が嫌疑を避けるために自らを被害者に擬装するのはよくあることである。第一、そう仮定すれば貼紙の文面のピントが外れていることも辻褄が合って来る。三条は尊攘派の首領、姉小路は副首領格であるが、摂海巡見、攘夷視察使派遣の建白など、この頃は姉小路の活躍の方が目立っている。

そこに田中新兵衛の同志に洩らしたという嫉妬が生じる余地はある。姉小路の攘夷困難の意見を捉えて、当時最も多くの浪士の手駒を持っていた三条が、暗殺団を組織するのは容易である。しかしこの陰惨な想像には、有力な同志を失う不利という決定的な障害がある。三条は公卿として身分も中の上で、朝廷内に有力な敵をたくさん持っていた。彼の地位には支えが必要であった。

公卿が主謀者の場合、下手人は田中新兵衛であっても、差し支えないことに注意しよう。不意打の暗殺はうまくとも、斬り合いはそれほどでもないのが、この頃の殺し屋の常であり、若い中条右京に斬り立てられてもおかしくはない。ただし証拠となるべき刀を投げ付けて去るという剣法は、いかにしても変である。故意に罪を田中になすりつけるための行為としか考えられない。

ここで田中が生前、差料をすり替えられた、といったという、いくつかの証言が生きて来る。三人は薩摩院外団の殺し屋であって差支えない。ただし田中の武市との共同の天誅が、やがて藩に累を及ぼすのを怖れ、姉小路を除くと共に、はね上りの田中を除こうとの策謀に出た場合があり得る。

同居人仁礼源之丞、藤田太郎は逃亡し、仁礼は維新後子爵になっている。そして一生沈黙を守った。ここにも孤立する新兵衛の姿が見られる。

長州藩は重役の大部分は留守だったが、薩摩には小松帯刀がおり、武市らと連絡のある藤井良節もいた。かれらで暗殺団を組織し、田中に罪を着せる証拠を残した。

そして優秀な町奉行永井主水正が、取調べの経路で、背後に公卿がいることを知り、また田中の言動からその経緯を知った時、自らの責任において、彼を自殺させて禍根を絶つのは、能吏として、十分考えられる処置である。彼の差控えも三カ月後には解かれている。

仁礼源之丞を逃した米沢藩も、七月に入って、勅命によって、その罪を許された。薩摩も同月十一日、九門内通行自由となった。もっともこれは肥後の宮部鼎蔵《ていぞう》らの抗議によって、すぐ取り消されたが。

これら一連の動きには、薩摩藩は表向きの犯人でしかない、という暗黙の了解が、一部にあったことを語っているように思われる。

ただしもし永井主水正が政治的理由によって、田中を自殺せしめたとなると、黒幕は岩倉や三条では少し役不足である。中川宮あたりまで行かないと、ピントが合わない。

事件後、一ヵ月たって、中川宮の家来が、姉小路殺害の嫌疑をもって、町奉行所に突き出されたことを思い出そう。これは長土肥の志士による嫌がらせであるが、尊攘派の疑いが、中川宮を指していたことを語っているようである。

中川宮は、関白の仲介なく、孝明天皇と親しく話することの出来る唯一の人物であった。そして疑いもなく、公卿を「乱を好む」理由によって処罰出来る唯一人の人物もまた、天皇であった。

賢明な孝明天皇が三条、姉小路ら激派をはなはだしく忌んでいたこと、しかも彼等を退けることの出来ない無力を嘆いておられたことは、当時の宸翰に明らかである。

叡慮を察して、中川宮が薩摩に命じたとすれば、姉小路暗殺の謎は一応解ける。

挙兵

文久三年八月十七日（一八六三年九月二十九日）、大和五条代官所襲撃に始まったいわゆる天誅組の騒擾《そうじょう》は、近接四藩の兵約一万（実数五千）を動かしながら、鎮圧に四十日を要した。

一

最初に事を起したのは、主に土佐浪士より成る六十余名の小集団に過ぎなかったが、十津川郷士農民一千の徴募に成功し、天川辻《てんのかわつじ》の険に拠って抗戦したため、これほど手間取ったのである。幕府にしてみれば、僻地に孤立した「浮浪の徒」の「一揆」にすぎず、制圧は時日の問題にすぎなかったにしても、京大坂では「死武者《しにむしゃ》なればなかなか手強《ごわ》く」などと同情的風聞が行われ、叛徒は四千人に達したとか、「西国筋の出生にて、切支丹の魔法を使い候者之れ有」とか、誇大の流言蜚語《ひご》が飛んで、幕府の威信失墜を手伝った。

同年十月、平野二郎（国臣・次郎）等の生野《いくの》銀山の代官所占領は、これに呼応して計画されたもので、幕府直轄のいわゆる「天領」を目指した所に、共通点がある。

大和五条は今日の五条市、吉野川下流右岸の小台地上の町である。当時の人口推定五千

(明治三年調べ)の山間の駅であるが、吉野、宇智、宇陀、葛上、高市の各郡百五ヵ村七万一千余石を支配する代官所の所在地であった。天領支配に自信のあった幕府は、代官所には兵力を附属させなかった。代官は勘定奉行支配に属し、その下で手附、手代と呼ばれる数名の軽輩が徴税事務を取るにすぎない。事故があり、代官の請求があれば、近接の諸藩に兵を出させる方針であった(享保十九年八月の通達)。

わずか六十名の浪士の急襲が成功し、代官鈴木源内以下五名を斬り、陣屋を焼き払って、一時附近一帯に号令することが出来たのはこのためであった。

天誅組はなぜ八月十七日という時点において、特に大和五条に襲撃の目標をおいたか。一味の行動は維新の先駆たる「義兵」として、明治二十年代以来顕彰され、久保田辰彦『いはゆる天誅組の研究』(昭和七年)、原平三『天誅組挙兵始末』(昭和十二年『史学雑誌』第四十八篇第九、十号)等、すぐれた研究がある。

今日新しく附加すべき資料はほとんどないのであるが、彼等の行動の意味について、現代の小説家の心中を去来する様々の想念がある。

彼等がこういう突発的行動に出た動機は、八月十三日孝明天皇が大和行幸、攘夷御親征を仰出されたことにある。攘夷か開国かは安政の条約締結以来、国を挙げて争われた政治的トピックであった。そして攘夷が京都のいわゆる激派の公卿や、西南雄藩によって、倒幕の口実とされたのも、周知のことである。

文久三年三月将軍家茂《いえもち》の上洛を機会に、三条実美《さねとみ》、姉小路公知《あねこうじきんさと》等激派堂上は、幕府に攘夷実行の意志がないのを知りつつ、その期限の決定を強いた。幕府が五月十日という言質《げんち》を与えたのも、ただ当面を糊塗《こと》する方策にすぎないのは明らかであったが、長州はこれを故意に本気に取り、下関海峡を通過する外国商船に発砲して、既成事実を積み上げようとする。しかし各国軍艦の来襲を受けるにいたって敗戦となった。長州は敗戦の理由を、海峡対岸の小倉藩の非協力に帰し、挙国攘夷の促進を朝廷に訴える。島津久光が神奈川で起した英人殺傷、いわゆる生麦《なまむぎ》事件の後始末を抱えている幕府は長州の妄動を非難する。生麦事件について独断で十万ポンドの償金を支払った。

これら一連の幕府の「違勅」行為、及び他に攘夷実行に出る藩がないのに焦慮した長州は、この上は天皇御親征の名目によって国論を統一する以外、馬関を守る手段はないと判断するにいたる。八月十三日の大和行幸の詔《みことのり》は、長州が激派堂上を動かし、公武合体により穏和な推移を望んでいる孝明天皇に迫り、その意に反して得たものであった。

もっとも御親征あるいは御親政は、すでに攘夷と関係なく、久留米の神官真木和泉等急進イデオローグによって、つとに弘化年間より唱えられていた。王政復古による一新以外には、諸弊山積した幕政を改める方策はないとするもので、倒幕が第一義であり、攘夷は名目にすぎない。これは各藩の下級藩士、急進的な豪農商層の利益にかなっていた。幕府の持つ四百万石の天領、あるいは諸鉱山を収めて、新政府の財源にあてようとする。それは後に薩長連合の兵力によって実現したものであり、明治六年の地租改正によって、完成したとされている。

天誅組の五条代官所襲撃、平野二郎の生野銀山占領の企画も、この意味で真木等の方策に添うものといえるのであるが、天誅組の行動が、三条実美ら激派公卿の大和行幸に直接連結したものであったかというと、そうも言えない節がある。

天誅組の首領元侍従中山忠光、土州浪士吉村虎太郎（重郷・寅太郎）等三十九名が、京都を出発したのは、大和行幸の詔の下った翌日の八月十四日の夜であるが、あらかじめ三条や真木等としめし合わせた形跡はないのである。

天誅組は行幸に先駆けて、現地に赴いて義兵を募り、鳳輦《ほうれん》を橿原《かしはら》に迎え奉ることを標榜していた。忠光はその趣旨を出発に際し、書面を以て三条等三人の同志に届けている。しかし三条は十七日代官所襲撃の報を聞いて、学習院出仕に任ぜられたばかりの平野二郎を特派し「親征既ニ近キニ臨ミ、妄《ミダ》リニ暴動スベカラズ、却テ妨害ヲ醸《カモ》スニ至ルヲ怖ル、故ニ速カニ鎮撫シ、以テ鳳輦ヲ奉迎スベシ」と言わしめた（『七卿西竄始末』）。過激な行動は、かえって計画の実現の邪魔になるというのである。行幸の期日は八月二十三日、あるいは二十五日に予定されていたという。

会津の広沢安任《やすとう》は後日「凡ソ此ノ謀ニ与《アヅカ》ルモノ、多クハ長州邸ニ養ウ所ノ浮浪ニシテ、学習（院）ニ在ル者ハ相通ズルコトアルヲ知ル」と記しているが、彼は利害の反する守護職容保《かたもり》の股肱《ここう》であるから、その言は恐らく風聞を出ないであろう。

中山忠光の父忠能《ただやす》は大納言、姉は祐宮《さちのみや》（明治天皇）の生母慶子《よしこ》である。祐宮が成長して中山家から宮中に移るに及び、侍従として出仕し、後に国事寄人《よりゅうど》になった。その思想行動は著しく過激で、三月十八日無断で長州に走って、馬関戦争に参加する。その咎《とが》によって侍従の職を解かれ、七月二日京都に帰った後も、洛北中山家に家居謹慎させられている。しかし真木和泉、吉村虎太郎、長州藩士久坂義助《よしすけ》（玄瑞）、寺島忠三郎等の訪問を受け、画策をやめなかった。彼が久坂や寺島に計画を知らせたのは十七日、五条で事を挙げた後である。「過日は入来《じゅらい》之事御願申入候処、所労の由にて中村来《きたり》候処、其の砌《みぎり》申入候覚悟之処、少々次第延引に相成候云々」つまり打ち明けるつもりでいながら、果さなかったと、言いわけしているのである。

『天誅組挙兵始末』（一九三七年）の著者原平三氏は、この間の事情を、忠光と久坂や真木等との、政治的見解、戦術上の意見の相違から、説明している。

真木等の計画は、もう少し規模が大きい。特に真木には薩長連合の構想があったという。大和行幸は少なくとも、長州一藩の兵力を背景とするものであるが、浪士による蜂起「つまり義徒挙事」は「危くして用うべからず」としているのである（文久元年十二月『義挙三策』）。

つまり天誅組の蜂起の計画は、事前に真木等にはかれば、むしろ阻止される怖れがあったと考えなければならない。無論大和行幸は忠光等にとって、千載一遇の機会であり、奉勅の名目がなければ、五条代官斬殺に成功した後、桜井寺においた司令部を、「御政府」「皇軍総裁所」などと称することは出来ないわけであった。しかし少なくとも八月十三日の状勢においては、王政復古は軌道に乗りつつあったのに、なぜこのような「却テ妨害ヲ醸スニ至ル怖レ」のある過激な行為に出なければならなかったかという疑問が残る。

原氏はその理由を前衛党中の戦術の相違に見出している。氏によれば天誅組の名目上の首領は、侍従中山忠光であり、人心を収攬《しゅうらん》するため「薄化粧して、鉄漿《てっしょう》をつけ」五条に乗込む必要があったのであるが、実質上の首謀者は土州浪士の吉村虎（寅）太郎である。

吉村は「干戈《かんか》を以て動かずば、天下一新致さず」という点で、真木と一致している。前年の文久二年四月、寺田屋事件によって挫折したいわゆる「有志義挙」の蜂起計画に、真木も参画している。ただ「干戈の手初めは、諸侯方は決し難し。則ち基を開くは、浪士の任なり」（これらは吉村がこの計画に敗れて、土佐に送り帰される船上で書いたと伝えられている書付にある）という点で、真木と異なっている。原氏はこの相違を、運動の内部で二人のおかれた位置の相違に帰している。

同じ脱藩浪士であっても、真木和泉は当時すでに五十二歳の長老であり、長州藩、堂上の間に信望が厚かった。しかるに吉村はまだ二十七歳の若年であり、武市半平太《たけちはんぺいた》の土佐勤王党の一員であるにすぎない。しかもこの年隠居山内容堂の帰国以来、藩論は公武合体に傾き、藩士平井収二郎、間崎哲馬等は切腹させられている。あくまで勤王倒幕の素志を貫かんとする者は、脱藩して長州に頼るほかはなかった。事実彼は六月、同藩の浪士土居佐之助、池内蔵太《くらた》らと共に、長州に赴き、藩主敬親《たかちか》父子に拝謁している。

七月二日帰京後、五条に赴くまでの間に中山邸の訪問回数は、『中山忠能日記』に記されているだけでも五回あり、これは真木、久坂、寺島等の中で、一番多い。八月十四日忠光と共に、京都を発した諸藩の有志三十九名のうち、十七名が土佐浪士である。

吉村が再び脱藩した三月以降、その活躍の範囲はこの十八歳の激派の堂上忠光一本にしぼられていた。この動乱期に何事をか遂行しようという熱意に燃える志士、しかも藩論の不利というハンディキャップを背負った土佐浪士は、大和行幸の計画に追随するを潔しとせず、忠光を擁して別働隊を組織し、実績を作ろうとの野望を抱くに到ったと見ることも出来る。

この頃京都を横行した浪士の中には、激越の論をぶつことをもって、衣食と遊興の資を得る手段とする者がいたのは事実である。あるいは勤王によって、出世の緒《いとぐち》をつかもうという一旗組もいて、それらは天誅組の同志の中にもまじっていた。吉村もとにかく一方のボスであったから、少し気の変な十八歳の公卿をそそのかして、暴発したという観察も出来ないでもない。しかしそれを決定するには、もう少し事件の経過をよく見なければならない。

二

八月十四日、午後二時を期して吉村等、同志三十九名が会したのは、京都方広寺道場であった。ここには吉村の手配によって、かねて多少の武器が集められてあった。『土佐勤王史』によれば、吉村が人を介して、彦根藩の家老岡本半輔に運動し、彦根藩の武器をここに預けさせたものであった。入用の時は貸して貰う約束まで、取りつけてあったという。

彦根では直弼《なおすけ》が殺されて後、一部尊攘派の藩士がひそかに京都の勤王志士と交わって、自藩の勢望の回復に努めていたようである。しかし藩の武器をこんなところに集積するとはまず考えられないことである。史談会で岡本の弟渋谷騮太郎が語ったところでは、兄の意を受けた領内の有志郷士が醵出《きょしゅつ》したものだったという。

吉村は大坂の骨董屋にも武器を預けており、大和へ赴く途中立ち寄って受け取ったことになっている。大和行幸仰出の次の日には出動という迅速な行動に出ているので、予め準備された一挙であったのは確実だが、吉村が個人で集めた武器は多寡の知れたものであろう。

忠光の父忠能の日記、十四日の項に「忠光出門」とあり、細字で「木屋町三条下ル土藩吉村寅太郎吟味候」と注されているので、中山家でも吉村が忠光の接触者という見当はついていたのである。

これより五条にいたるまでの経過は、後日同志半田門吉が書いた『大和戦争日記』の記録が、最も簡潔且要領を得ている。

「亥秋八月十四日、義兵ノ総大将中山前侍従卿、暮頃ヨリ京師ヲ御脱発ニツキ、諸藩有志相随ウ面々ニハ土州吉村寅太郎（略）上下都合三十八人ナリ。甲冑《カッチュウ》兵器ノ類ハ兼テヨリ吉村寅太郎窃《ヒソカ》ニ取調《トトノ》エ置《オキ》タルコトナレバ、同夜直《タダチ》ニ淀船ニ積込ミ各大坂ヲ進発ス。

同十五日四ツ時（午前十時）、前後ノ勢追々大坂土佐堀常安橋ヘ着船、坂田屋ト申ス宿屋（土佐藩の舟宿である）ニオキテ支度ヲ調エ、夫《ソレ》ヨリ玉薬、早合ノ類相揃エ、早船二艘ヲ借受ケ、急ニ御用ノ筋有之、長州下ノ関ヘ勅使差建テラルルノ先手トシテ罷越《マカリコ》スニ付、早々早船致スベシト、厳重ニ船頭ヘ申聞セ、暮前ニ出帆、天保山ノ下ヘ至ル頃、俄ニ泉州堺表ヘ御用有之、急々同所ヘ船ヲ著クベシト申聞セ、船ノ向キヲ改メ、順風ニ真帆ヲ引揚ゲ、二艘ヲ繋合セテ、其ノ走ルコト矢ノ如ク、船中ニ於テ同志中盟《チカイ》テ天下ノ為ニ死スベシトテ、各髪ヲ切テ海中ニ投ゲ、モトドリヲ結ビツカネニシテ後ニ振紊《フリミダ》シ、実ニ勇壮ノ有様也。夜半頃既ニ堺ニ著船、上陸、各々甲冑ヲ帯シ、宿屋ニ命ジ、飯ヲ食イ、直ニ河内ヘサシテ発向ス。

同十六日四ツ時北河内狭山ニ著ス。寺院ニ陣取リ、領主北条相模守ヘ逢ワレ度キ旨（申）入、相模守病気ノ趣ヲ以テ、家老両人罷出《マカリイ》デ、忠光卿ニ謁ス。卿ノ曰、方今時勢切迫、既ニ恐多クモ、御親征仰出ラレタリ。依之大和路ニオキテ義兵ヲ募リ、鳳輦ヲ迎エ奉リ度、先達トシ相模守儀出陣相応候有之度、返答之儀ハ今夜富田林《トンダバヤシ》郷士水郡善之助（祐）方ヘ止宿致スノ間、同所ヘ可二申出一旨仰聞セラレ、総勢出発ス。水郡宅へ八ツ時（午前二時）著陣」—

水郡善之祐《にごりぜんのすけ》は当時三十八歳、富田林在甲田村の豪農で、代々大庄屋を勤めた家の出であった。この地が神戸《かんべ》藩領であったため、その代官をしたこともある。彼がいつから計画に参画していたか明らかでないが、同地の富農数名、五条までの人足等の農民を併せると、約三十名近い人数が即座に整っているから、彼が前日京都にて吉村の命を受け、先発して準備していたという説（東野善一郎『天誅組天誅録』昭和四年）は肯《うべな》うべきかも知れない。

狭山の北条は小田原の北条の直系であるが、一万石の小藩で、一行の取り扱いに困った。助勢して後日幕府に睨まれるのも困るけれど、勅命を笠に着た談判であるから、返答次第でどんな禍を受けるかはかり難い。相模守病気と称して、家老が会い、首途《かどで》の祝いとして、甲冑十領、槍十五筋、ケーベル銃十挺に米を差し出し、食塩百俵を追って大和五条へ送ると約した。

彼等はこのほか白木村石川若狭守《わかさのかみ》、小山村戸田土佐守の陣屋へも赴き、武器馬具等も借りている。要するに河内の諸小藩はこの突然現われた自称奉勅の浪士の一隊の応対に困惑し、将来大勢がどっちに傾いても、大して怪我のないような処置を取ったのである。これが初期の天誅組の行動を、一応の成功に導いた第一の理由であった。

大坂より堺に至る間に、党主忠光から、次のような軍令書が発表されたことになっている。

一、此挙元来武家の暴政、夷狄《いてき》の猖獗《しょうけつ》によって、庶民の艱苦《かんく》限りなく候を、深く宸襟《しんきん》を悩され候事傍観に堪えず、止事《やむこと》を得ざる処なれば、仮令《たとえ》敵地の賊民といえ共、本来御民の事なれば、乱暴狼藉貨財を貪り、婦女子を奸淫し、猥《みだ》りに神社堂宇等放火致し、私に降人を殺すに有レ之間敷《まじき》事

一、軍事は号令厳ならざれば、一軍の勝負にかかわり候間、忠孝の本道に遵《したが》う所は、聊《いささ》か違背有るべからず、若し違背する者は、軍中の刑法歩を移さずと云事《いうこと》、兼て心得可レ申事

一、恐多き事に候え共、諸軍毎朝、伊勢大神宮並に京都禁裡御所に向い遥拝致し、報効の一点、不レ挟二私心一候段、可レ奉レ誓候事

一、火の元用心第一に可レ致、夜八ツ以後は、諸小屋共火を消し可レ申、但鉄砲隊長の処にては、火縄の用意格別の事

一、合図は出陣の度毎に変り候故、総裁職より差図致し候条、別言と交らざる様心掛専用の事

一、行軍中又戦場にては、たとい数歩の中に大利大害有レ之候共、鼓に進み、貝に止り、鐘に退く約束堅く相守り、猥りに動揺不レ可レ有候事

一、武器並に衣食等は、自他乱雑無レ之様、始末第一之事

一、陣中、私用にて他の小屋へ往来すべからざる事

一、陣中、喧嘩口論酒狂放歌等、総じて高声談話等、不レ可レ致候事

一、敵の強さ、味方の不利を談じ、兵卒の気をくじき候儀致す間敷事

一、戦場に於て、仮令私の遺恨有レ之とも見捨申間敷、元より味方の勝敗に拘り候えば、可レ為二厳科一事

一、敵地往来は勿論、我親族たりとも私に文通致し候儀、堅く禁制たるべし、若し敵中より書状差越候わば、封の儘其部将共に見せ、監察方にて、開封の上、事実窃に言上可レ致事

一、進退言語互に礼節を守り、僭上不敬、我意を推立、功を争い、名を競い、不和を生じ、果し合等致候儀は、其害其罪、賊に準ずべし

右の条々相守可レ申候、此外敵に利有て味方に害ある事致し候わば、其罪不レ可レ藉《ゆるす》者也

一、一心公平無私、土地を得ては天朝に帰し功あらば神徳に属し、功を私する事有るべからず、我等若し此儀に違い候わば、則、皇祖天神の冥罰を蒙り、民人親族共に離れむ。汝等若し此儀に違いて私する所有レ之に於ては、又兇徒に異なる事なし、神典皇謨《こうぼ》に依り

て忽ち天誅神罰を行わん、汝等宜敷此儀を存じ、其罪を犯す事勿れ、此に、皇祖天神に誓い、総軍士卒に告ぐ

軍令の筆者は、吉村と共に総裁の任に就いた松本奎堂《けいどう》といわれる。奎堂松本謙三郎は刈谷藩士、少年時、槍法の稽古中左眼を傷つけてより、学に専念したという。選ばれて昌《しょう》平黌《へいこう》に学び、帰国後侍読《じどく》と教授職を兼ねたが、激越な論が藩に悦ばれなかったので、職を辞して、名古屋、大坂等で私塾を開いた。殊に大坂の双松岡塾は志士文人の間に名高かったが、文久二年四月京坂の形勢が逼迫《ひっぱく》すると共に、幕吏の圧迫が厳しく閉鎖した。それより京都に移って、吉村等と交わり画策した。この時三十四歳であった。

軍令書は一握りの浪士の集団には勿体《もったい》ないほど、内容格調共に整っている。もう少し後、天誅組の組織が整ってから発せられたものかも知れない。観心寺で一行に参加し、総裁になった文人画家藤本鉄石の筆も加わっているだろうといわれる。少し片苦しいところがあるにしても、とにかくこれは天誅組の挙兵の精神を、鮮明に示したものである。

大和五条在柏田久治郎氏所蔵の『浪士組姓名事蹟風聞書』に、

「謙三郎儀軍略に通ず、謀策、皆同人より出る処の由、これまで蠟燭売或いは鉄縄売と身を変じ、度々五条表へ入込候由、尤も同所細川屋喜助という旅籠屋にても三度許《ばかり》止宿いたし候趣」

とある。奎堂はかねてこの日のあるを予期し、五条、十津川辺の地勢民情をひそかに調査していたというのである。

文久二年伏見の「有志義挙」の時にも、十津川の険に拠ることをすすめ、予め大和に潜行したと伝えられる。これらの奎堂の行動と、天誅組が後十津川の郷士農民を動員した事実を睨み合わせ、天誅組があらかじめ十津川の郷士に通報して、五条に挙兵したという説がある。

しかしこの仮説には、右風聞書の記事及び奎堂が以前十津川に遊んだという事実のほかに、特にそれを実証する史料はない。原平三『天誅組挙兵始末』によれば、むしろそういう予謀がなかったことを推定せしめる証拠の方が多いのである。

三

十津川渓谷は五条の南、紀伊山塊中の別天地で、賀名生《あのう》に吉野朝の皇居跡あり、忠義の由緒ある地域とされていた。近世では関ヶ原の陣には徳川に党《くみ》し、その功により年貢御免になり、五条代官の支配に属していた。しかし時代を経ると、こういう恩恵は忘れられ勝ちである。幕末には木材の搬出路、つまり十津川下流の新宮と吉野川下流橋本に、紀州藩が番所を設けて課税することに対する怨みが積っていた。

現状打開に利益を見出すと共に、古い勤王の記憶が甦る。安政年間から五条在住の儒者森田節斎の農兵調練の実績があり、文久三年京都で御親兵設置の議が起るや、真先に七十名の兵を差出していた。

原氏が事前連絡を否定する根拠の一は、この御親兵の中から一人も参加者のなかったことである。吉村等が予め十津川の郷士農民の協力をあてにして挙兵したのであれば、この御親兵に働きかけるのが、最も手取り早い道だからである。

もっとも強力な証拠は、在京の親兵隊士の斡旋で、さらに百余名の郷士が、八月十一日に出郷、十二日五条一泊、大坂経由で十五日に入京していることである。これは天誅組と正にすれ違いである。少なくとも在京者及び新しい上京者に対して、計画が予め告げられなかったか、あるいは告げられても、無視されたことを示している。天誅組の募兵に対し、郷士野崎主計《かずえ》以下千名が応じているが、それはもう少し後の話である。

予め計画に組み込まれていたのなら、十七日代官所攻撃後ただちに連絡があるはずなのに、吉村虎太郎が募兵に向ったのは、四日後の二十一日である。そしてその間に、天誅組には、十津川の郷士の援助を求むべき強力な理由が発生していたのであった。

三条実美から慰撫の意を受けた平野二郎は、江戸の浪士安積五郎を伴って、十七日京都を発ち、十九日朝五条に着いた。

沢宣一、望月茂共著『生野義挙と其同志』（昭和七年）に引用された結城蓄堂『錦の旗風』によれば、平野が本陣の桜井寺にいたり、玄関で草鞋《わらじ》の紐を解いているところへ、忠光が太刀持の侍士を連れて、出て来た。急ぎの用かと訊かれ、平野が式台に平伏して、三条公の命を伝えると、忠光は変な顔をして、それより京都の変の模様はどうなのだ、と言った。平野は驚き、京都の変とは何事でございますか、と伺うと、十八日会津薩摩の兵が連合して堺御門の長州の兵を退けたという注進があった。しかしその後の消息が知れないので訊いているのだ、との答えに、「事ノ意外ニ互ニ相見テ茫然タルノミ」とある。

この平野が聞いた京都の変とは、彼が出発した十七日から十八日の払暁へかけて行われた会薩連合のクーデタである。深夜中川宮が近衛前関白等と共に参内すると共に、朝議一変、大和行幸の儀は取止めとなった。三条以下の議奏、国事掛の公家十九名が禁足の上、他人面会禁止、長州藩は堺町御門の警備の任を解かれた。

十八日中、三条等は関白鷹司《たかつかさ》の邸に集まって協議したが、会薩連合の兵力に対抗すべからずと判断して、十九日未明、長州兵に守られて離京した。いわゆる「七卿落《しちきょうおち》」の変である。

淡路の古東《ことう》領左衛門は状勢を探る任を帯びて、京都に残った同志であるが、この政変の初期の状勢を知って、十八日中に早駕籠《はやかご》で五条へ急行した。平野が到着した時、忠光が変があったことを知っていたのは、このためである。続いて起った軍議について、各種の記録、懐旧談が混乱しているが、平岡鳩平《きゅうへい》（男爵北畠治房《はるふさ》）の手記等によると、平野はこの挙を無謀とした、三条の意見を繰り返した後、軍を解いて長州へ落ちることをすすめたという。しかし平岡等は言った。われわれは固《もと》より大事が成らないのを知っていたのだ。今京都に兵力はいくらある。佐幕の兵の十分の一に充たないではないか。大和行幸が成功しないのは当然である。われわれは元々主上を煩わし奉る気はなかった。勝手に事を挙げたのである、と。

北畠の懐旧談は多くの結果論を含み、明治になってから天誅組の名声が挙がると共に、種々相手の意に応じて、話を替えた形跡がある。右の「手記」に見られる天誅組の真意と称するものも、すでに十八日の政変を踏まえた結果論である。しかし私には案外これは真実の一端を暗示していると思われる。

それは吉村らが詔《みことのり》が発せられると、堂上や長州藩士に相談なく決行したこと、多少の武器弾薬は準備があったらしいこと、河内で武器人足の調達をしていること、猶予なく代官所焼討の直接行動に出たこと等と一致する。この「暴挙」が大和行幸の実現に「妨害ヲ醸スニ至ル怖レ」を吉村等が持たなかったとは、まず考え難い。しかも敢てこの挙に出たのは、大事の成らざるを予見していなかったまでも、詔を得るまでの無理な経過に鑑みて、反クーデタが起るかも知れないという危機感は持っていたと見なしてもよいであろう。彼等がただちにその本陣を「御政府」「皇軍総裁所」と称したのは、自分達だけでも、すでに皇軍であるという自覚があったからではないだろうか。

単なる先鋒ではなく、本軍であるという自覚があったと考えれば、彼等の行動の幾つかは、容易に理解され得る。京都を発した三十余名の有志はいわば将校団にすぎない。一軍の力を得るには兵を要する。ところで当時存在した兵は、各藩の藩兵だけである。藩の組織的兵力に対抗する力は浪士団にはない。頼りにするのは、天領で募り得る農兵だけである。幸い代官所は無防備に近いから、浪士団にも制圧可能である。地域の支配権を手に入れて、兵を募る。彼等が罪もない代官以下を斬殺梟首《きょうしゅ》しただけではなく、代官所を焼き払ったのは、行き過ぎと見なされるのであるが、募兵には政府の権力の象徴まで一掃する必要があったと考えれば、筋が通る。彼等は実際ただちに布告して、士分に取り立て、扶持するのを餌にして、志願兵を募っているのである。

　行幸の行先に大和が選ばれたのも、論議の結果であった。最初長州は大坂を、公卿方は男山八幡を考えたが、大坂は大坂城の兵力、石清水は京都の守護職の兵力に急襲される惧れがある。大和はそれらの脅威から遠いという理由から選ばれたのであった。在京の各藩に行幸の扈従《こしょう》が指令されていたが、各藩が従うかどうか、たしかではなかった。「天誅組」が、鳳輦を迎える唯一の兵になるかも知れないと、彼等は考えたはずであった。

　京都を出る時吉村が郷里の母に送った手紙。

「再度の尊書、難有拝見仕候、仰の趣承知仕候得共、人に後れては、家を捨て、国を去り候申訳無㆓御座㆒と奉㆑存、此度天朝の御為め、中山公を大将として義兵を揚げ候間、追々御承悦可レ被二仰付一《おおせつけらるべく》、何卒人を御恨み被遊間敷、御機嫌能く、千年も万年も御長寿の程、只々祈上申候、久万弥（吉村の弟）をば文武出精仕候様、不レ断御教諭希上候、出陣がけ右而已申残候、恐惶百拝」

　前田繁馬が大坂の宿から、郷里の三人の妹に宛てた手紙。

「お前たちは早くから父母に死別れ、この兄一人を杖とも柱とも頼んで、並々ならぬ困苦の中に育って来たが、今またその一人きりの兄にも死別れようとしているのである。兄はお前達の今後の苦労を察すると、誠に腸も千切れるように悲しいが、これも天朝の御為めに捧げる命であるから、それをセメテモの慰めとして、行く末永く、無事で暮してくれ、これが兄の最後の頼みである。終りに家の取片付万端のことは伯父に相談してよきように計って貰え」（東野氏の著書にある現代語訳）

　死地に入る覚悟は出来ていたと考えてよい。七卿落の政変を聞いても、抗戦を継続したのは当然であった。すでに代官を斬り、引き返すことが出来なかったからだけではあるまい。

　孤軍の唯一の望みは、義軍が諸方に起って、天川辻が楠公の千早城と変ずることであったが、文久三年では生野のほかには立つ者はなかった。敗軍のうちに、彼等はいろいろのことを知らなければならなかったのである。

吉村虎太郎

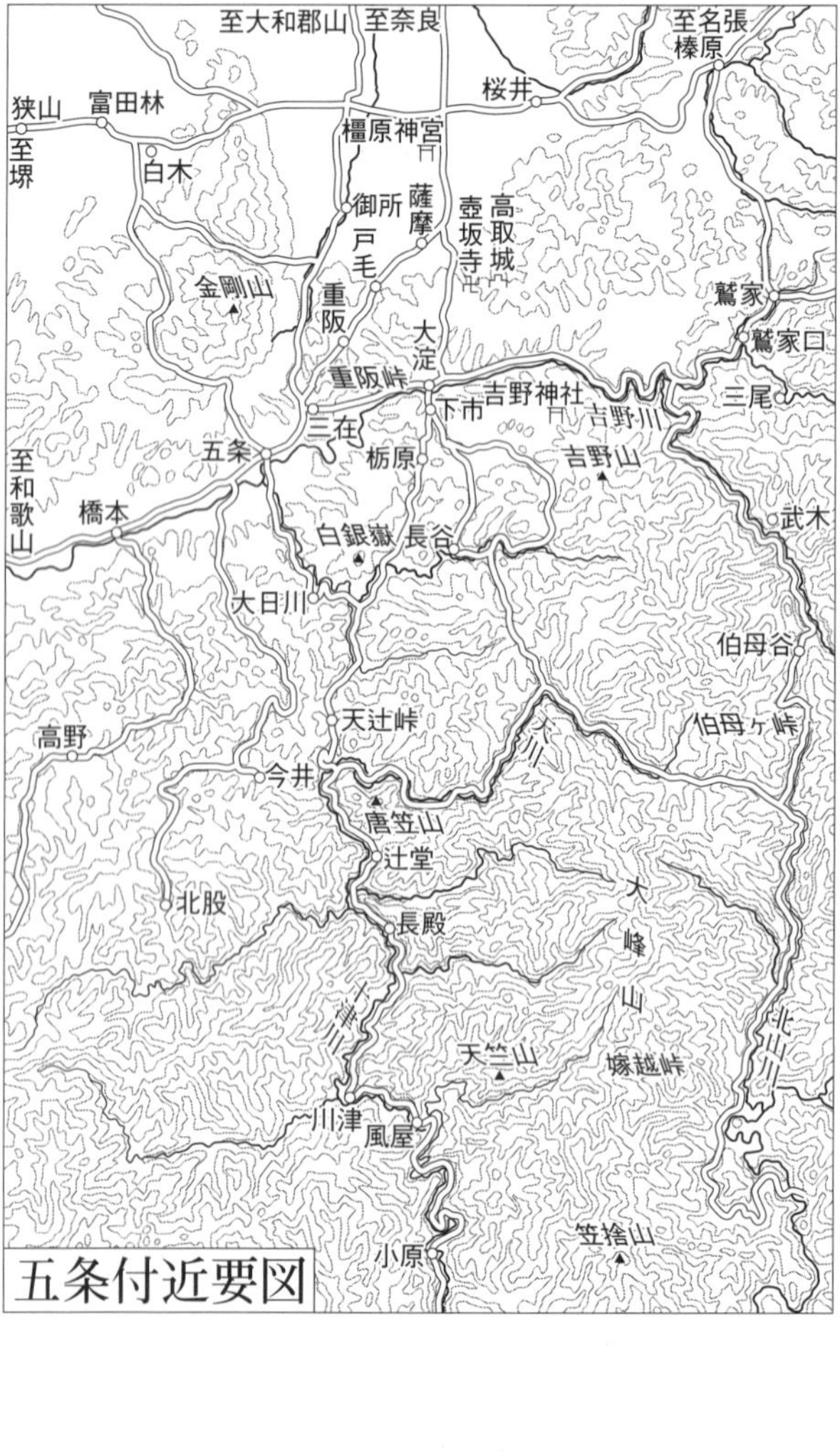
至大和郡山
至奈良
至名張
榛原
狭山
富田林
至堺
桜井
橿原神宮
白木
御所
薩摩
壺坂寺
高取城
戸毛
金剛山
重阪
大淀
鷲家
鷲家口
重阪峠
下市
吉野神社
吉野川
三尾
三在
五条
栃原
吉野山
至和歌山
橋本
白銀嶽
長谷
武木
大日川
伯母谷
天辻峠
天ノ川
伯母ヶ峠
高野
今井
唐笠山
辻堂
大峰山
北股
長殿
十津川
天竺山
嫁越峠
北山川
川津
風屋
笠捨山
小原

五条付近要図

一

今日吉村虎（寅）太郎の名が人々の記憶にあるとすれば、いわゆる「天誅組」の乱の首謀者としてであろう。文久三年八月十七日（一八六三年九月二十九日）土佐、久留米の浪士三十九名に、南河内、大和の有志が加わって、大和五条代官所を襲撃した。南方山中の十津川農兵一千余名の徴募に成功したため、近接諸藩の兵一万を動員して、鎮圧に三旬余を要した。これは幕末の浪士の武力蜂起の中で、最も大規模のものであった。

事件の記録としては、乱に加わった大和の国学者伴林光平《ともばやしみつひら》の『南山踏雲録』、久留米の浪士半田門吉『大和戦争日記』があり、松下村塾その他から明治初年刊行されたが、一般には行きわたらなかった。一般に知られたのは、私の知る限り、明治八年以降の『近世紀聞』である。これは嘉永六年（一八五三年）の黒船渡来より、明治十年の西南戦争までの動乱に関する、記録、巷談、風説等を物語風に集大成したもので、第一編のみ条野伝平、以下は染崎延房の執筆である。挿絵入り半紙大の草双紙で、明治十四年までに十二編を出して完結した。十九年縮刷合本発行、大正十五年春陽堂が複刻本を出した。その頃より盛んになった大衆文芸の維新物は、たいていこの本より材を得ている。

「天誅組」の記事はその第三編巻之三より第四編巻之一を占め、縮冊本は吉村虎太郎の傷治療の図、伴林光平奮戦の図及び陣地配置図を載せている。しかし本文は、「固《もと》より強気の吉村ゆえ衾《ふすま》の上には寝もやらで、躬《み》は小机《こづくえ》にもたれし儘《まま》、股《もも》より腹へ抜けたる穴に、宛然《さながら》火吹竹の如き療具を抜刺《ぬきさし》做《な》しつつも、或は洗い或はまた膏薬《こうやく》を用いるに更に面の色をも変ぜず、看病及び警固の為に附添い居たりし池内蔵太《くらた》、磯崎豊の両名と絶ず軍議に及びつつ、疼《いた》みに屈せぬ形状《ありさま》は、彼三国の時に方《あた》りて、所謂《いわゆる》蜀の美髯公《びぜんこう》が臂《ひじ》に箭《や》を射込まれたるを、家人《けにん》に掘出させながら、自若として碁を囲みしと、和漢同一の挙止《ふるまい》にて」といった調子だから、昭和初年のインテリ向き大衆小説には、あまり役に立たなかったであろう。

　中里介山『大菩薩峠』の机竜之助も天誅組に参加するが、もともと彼一流のニヒリズムに基いた行動にすぎないから、形勢不利になると離脱して、「竜神」の湯で傷を治療する。白井喬二『新撰組』では、たしか「落花の斬り込み」という新手の発明者たる芳村寅太郎が、恋人の紐帯《しごき》を襷《たすき》にして、近藤勇を相手に奮戦する。昭和九年改造社版維新歴史小説全集第三巻に三上於菟吉が『天誅組』を書き下し、菊池寛が昭和十五年『天誅組罷り通る』を毎日新聞に連載した。

　これらの大衆小説で、吉村虎太郎が重要な役割を与えられているのは、無論彼が三総裁の一人として活躍したからである。その二十七歳という若さが、彼に主人公の資格を与えたと思われる。

天誅組の挙兵は、革命の状勢判断を誤った暴挙とされることが多く、戦後の維新史ではあまり多くの頁をさかれないのが普通である。大将中山侍従十九歳をはじめ、多く二十代の熱血男子によって行われた。総裁、刈谷藩士儒者松本奎堂《けいどう》が三十四歳、藤本鉄石が四十八歳、伴林光平が五十一歳であるにすぎない。

大衆小説の主題となったのは、なによりもその行動が潔いからであった。当初に五条代官所を襲って、代官鈴木源内以下小人数の罪のない小吏を梟首《きょうしゅ》したのは、「勅命」を笠に着た「乱暴」であったにしても、朝議一変「朝敵」とされてからも、大義名分をたてに、圧倒的に優勢な各藩の兵と戦って屈しなかった。囲みを破って逃《のが》れたものは大将忠光以下数名に過ぎず、五十余名の全員が尽《ことごと》く戦死、あるいは刑死した。

明治四十一年青木嵩山堂刊『大和の花』の著者「微笑小史」は、その題名の由来を、次のように説明している。

「何も花の時節というではないに花とは無理だとお思召《ぼしめ》しましょうが、イヤまた其花の処があるので、先ずパッと一時に開き、又忽ちぱら〳〵と散て仕舞い誠に花々《はなばな》敷《しく》、奇麗で有て、香薫《かおり》は永く後世に遺り、且は花の名所の大和でございますから、右の如く名付けました訳でございます」

青木嵩山堂がどういう書店であるか詳《つまびら》かにしないが、本店は大阪にあったらしい。『大和の花』巻末の出版目録によると水蔭、風葉、浪六を、それぞれ二十冊近く出版し、ほか「微笑小史」のような匿名の著者による小説も多数あって、明治末の小説の出版状況を（鉄腸も八冊ある）伺わせる。『大和の花』は、既に引いたような講談速記調であるが、天誅組の変が伏見寺田屋騒動の「崩れ」であるという認識があり、さらに桜田門外の井伊暗殺との関連も捉えられている。即ち「桜田門の変」は、すでに「雪」の篇として書かれ、『大和の花』はつまり維新「雪月花」のうちの「花」の篇なのである。

「安政の末より文久元治に至る頃、尊王攘夷という辞《ことば》が盛んに流行致しまして、何でも外国に張合うのは朝廷が立派でなくては不可《いかん》、そうするには間に威張て居る徳川幕府というものを打倒して仕舞なければ、何につけても不都合であると、頻《しき》りに説が起って参りました。然し是皆口で論じ筆で弁ずるだけに止り、実際に兵を挙げた訳ではないのでございましたが、是を実際に始めたのは即ち此大和の連中、相駢《なら》んで但馬の徒（平野二郎の生野《いくの》代官所占拠を指す）でございます。然るに事は十分に行かなかったが、王政復古の元祖、明治維新の開店《みせびらき》を致したのは大層な功績でございましょう」

これらの潔さは、大和の花の風流と並んで、天誅組の名を大衆に印象づけたようである。そしてその華は吉村虎太郎一人に集まっている。吉村は戦闘の初期の負傷の癒えぬまま九月二十七日（十一月七日）鷲家《わしか》附近で、藤堂藩兵に銃撃されるのだが、その死の模様についても、伝聞が数種ある。その墓は鷲家附近でも二つあるが、「吉村大神儀」として土地の人の参る者が多く、後任の五条代官がその墓を毀《こぼ》たしめたと伝えられている。「残念」と叫んで死んだともいわれ、「残念大将」として哀惜される。

吉村虎太郎のこういう大衆小説的人気は、それ相当の理由があるが、久保田辰彦『いはゆる天誅組の研究』（昭和七年）、平尾道雄『吉村虎太郎』（昭和十六年）から、私の読んだところでは、少し異なった面が出ているように考えられる。以下それを検討してみよう。

吉村虎太郎が「天誅組」を計画し、組織した首謀者であったことには異論はない。挙兵直後三条実美《さねとみ》の意を受けて、鎮撫《ちんぶ》に赴いた平野二郎が持ち帰った編成によれば、副総裁、参謀の職務にあるが、後十津川へ募兵に赴いた時は総裁の名を用いている。公式の組織のある団体ではないので、適宜に名乗ったものであろうが、大将中山忠光を担ぎ出したのは吉村であり、事件の直前長州に遊説して、恐らく軍資金の一部を持ち帰ったのも吉村であった。

二十七歳（数え年）といえば、当時としては、そう若くはなく、すでに壮年に達していたのだが、とにかく奎堂や鉄石よりはずっと若い。身分も低く年少であるので、はじめは参謀に止ったと思われる。

彼の取った顕著な行動は、その負傷を生んだ高取城夜襲の計画である。天誅組の挙兵は陰暦八月十七日であるが、その夜から翌日へかけて京都に政変あり、孝明天皇の大和行幸は中止、行幸を企図した三条実美以下七人の公卿は、長州兵とともに都を離れた。この報知は十九日中に大和に届いたが、抗戦を続けることに決し、二十日一同は五条を棄てて、南方十五キロの天辻峠《てんつじ》に引き上げる。十津川の農兵千余人の募兵（十五歳より五十歳にいたる男子の全員。これは多分組織的な徴兵の最初である）に成功して勢を得、再び五条に下りた。二十六日諸藩の兵の集結するに先立って、五条の東北十四キロの高取城の攻略を企画する。

城兵は二百五十にすぎなかったが、大砲六門を所有していた。一発の砲声に未訓練な農兵がまず走った。高取城側の手傷二人に対し、死者七（あるいは九）、生捕五十（あるいは五十八）を出して、敗退した。

吉村はこの時、別働隊を率いて、御所《ごせ》方面を偵察したが、敵影を見なかったので、兵糧を徴発して引揚げる途中、三在村《さんざい》で高取の敗報を聞いた。

彼は緒戦の敗北が、一軍の志気を沮喪《そそう》せしむるのを恐れ、ただちに二十四名の決死隊を募り、抜駆けの夜襲を企画した。柴を背負い、火縄を持って、夜陰にまぎれて潜入の予定であったが、高取側の偵察は行き届いていて、吉村らの行動は予め知られていたらしい。吉村らは本隊の退路を避け、御所を迂廻して行ったのだが、高取城下へ入る手前の薩摩村まで行き着いた時、馬上に燭をかかげて来る軍監浦野七兵衛に会った。

吉村は人家の軒下に隠れていて、突如槍を突き出した。しかし相手は鎖帷子《くさりかたびら》を着ていたので、穂先が脇腹に一、二分入っただけであった。浦野は馬上より刀を振って戦った。しかし暗夜のこととて、咫尺《しせき》を弁じない。また敵に遇えば復命する斥候の任務だったので、走り帰った。

以上は当時浦野の傷の手当をした高取藩医師、藤井十平が、明治年間大阪毎日新聞の載せた特集記事に対して投書した『義士攻高取城記事弁駁書』（原文漢文）に拠ったものであるが、これが半田門吉の『大和戦争日記』になると、次のような勇ましい叙述となる。

「十津川勢凡そ五十余人引率しけるが、道にて一人二人と落失せ、纔《わずか》に上下二十三名、枯草を背負い、火縄を袖に蔵して忍び寄り、既に町中に進みし処、計らずも敵の夜廻りと思しき五六十人に出合いたり。大将一人馬上灯を灯せり。吉村之を見てよき敵ござんなれと槍を掲てグサと突いたり、突かれて馬上よりドット落つる所を、吉村三槍また突き止めたり。此者は大和にて名を得たる杉野素郎助とか申す撃剣の達人にて、頗《すこぶ》る勇気の者なる由。突かれながら、大刀を揮って吉村を討つこと凡そ三十太刀、然れども吉村、丈夫の兜を戴き、三重小手を着けたるゆえ、事ともせず、彼の弱るを見透し、すでに首をかかんとする処、豈《あに》測らんや、味方より打ちたる鉄砲に横腹を七寸程打通され、尻居にドット倒れ、杉野は立もあがらず息絶えたり」

半田門吉は前述のように真木和泉門下の久留米藩士、天誅組破陣後、忠光と共に長州に走り、翌元治元年の蛤《はまぐり》御門の変で久坂義助らと共に戦死した快男子であるが、目撃者の記述としては、講談流の文飾が多いのは不思議である。

『近世紀聞』、『土佐勤王史』も、たいていこの記述を踏襲して、相手を杉野としているのであるが、彼は後に十津川文武館の撃剣の教師に招かれているくらいだから、これは明白な誤りである。杉野は当時高取藩の名ある剣士であったから、半田は吉村の格闘の相手をそれときめてしまったのである。

この時、吉村を傷つけた銃が味方のものであったことは確実である。銃声がしたのは藤井十平の記憶にもあり、浦野七兵衛の従卒は銃を持っていなかった。恐らく、十津川の農兵が放ったものであろう。

負傷した吉村は、十津川郷士西島吉右衛門に背負われて、戸毛《とうげ》に退き榎本という女医の応急手当を受けた。さらに重阪《へさか》の西尾家に立ち寄って、小原天性という医師の治療を受けたと伝えられている。

西尾家にはこの時吉村の着ていたという白木綿の肌襦袢《はだじゅばん》が残っている。背に「尽忠報国」、左下に「土浪士吉村重郷」と書いてある。その左肩より一尺四寸下ったところに弾痕と思われる痕がある。乱後幕吏の探索が厳しいので土中に埋めたが、後に天誅組の名が挙がると共に掘り出したものという。

西尾家の記憶では傷は盲管《もうかん》であるが、『大和戦争日記』によると、翌日「腹中より弾丸一つ出で、追々快よく、命に別状気遣いなかりけり」とある。はじめは比較的経過がよかったらしい。吉村は本隊が十津川の奥深く退いた後も、（大将忠光はただちに新宮より脱出を望んだ）藤本鉄石、安積五郎、水郡善之祐《にごりぜんのすけ》らと共に天辻峠に残って、抗戦継続を主張しているし、大日川《おびがわ》、白銀嶽など各地に転戦している。ただしその間に傷は破傷風に変じ、九月二十七日鷲家口に出た時は、身動きもならぬ状態だった。

九月十六日、京都の中川宮の意を受けた特使が紀州路より十津川に潜入、以後天誅組に加担しないなら、罪を問わないと慰撫されてから、十津川郷の結束がくずれた。協力の首唱者野崎主計《かずえ》は責を取って自殺、天誅組残員三十余名は十八日小原を出た。尾鷲《おわせ》から伊勢路を目指すと称していたが、急に道を左に取って、大峰山《おおみねさん》を越え、北山川の渓谷に下りた。それより北進して、奥吉野の鷲家口に出、名張方面へ脱出しようというのである。しかし追随せる藤堂勢の威嚇により、人夫は尽く逃散、傷病者続出して惨状を呈した。

武器兵糧はここで焼却、辛うじて傷病者の駕籠を担がせるだけの人夫を集めて出発した。伯母ケ峠を越えて、二十五日夕刻ようやく、吉野川上流鷲家口附近に達した。

しかしここはすでに討伐軍によって固められていた。那須信吾《なすしんご》以下六人の決死隊が鷲家口の彦根藩の陣地に斬り込む間に、忠光以下七名が脱出に成功した。しかし北方の鷲家部落に向った松本奎堂、藤本鉄石等は尽く戦死、その他夜陰にまぎれて脱出したものも、名張、桜井の間に尽く捕えられるか、あるいは斬られた。

『いはゆる天誅組の研究』の著者久保田辰彦は鷲家口南十キロの武木《たけぎ》から、吉村虎太郎の駕籠を担いだ農夫庄七老人（昭和六年に八十八歳）の談話を聞いた。老人は吉村の傷を見ているのだが、それは内股《うちもも》であったという。繃帯《ほうたい》を褌《ふんどし》に釣り上げていたという。小便ごとに顔をしかめ「この傷がなかったらなあ」と悲痛の表情を浮べたという。「腹を打ち抜かれて、それが化膿して、三十日も生きていられますか」と庄七老人はいったという。

吉村の傷が下腹部の貫通銃創であったことは、『大和戦争日記』にあり、伴林光平の獄中の陳述書にも、「鳩尾《みずおち》辺より横腹打貫かれ」とある。血染の肌襦袢の位置も下腹部に当り、史伝、小説もみな横腹説を取っているので、久保田氏は庄七老人の説を提示するに止めているのだが、奇妙なことに、注意深い読者は記憶しておられるだろうが、明治八年の『近世紀聞』は内股説なのである。作者染崎延房は近頃の明治文学史であまり顧みられないが、二世春水の為永春笑であり、明治十九年に六十四歳で没している。早くから春水の代作をしていたが、嘉永年間合巻『仮名読八犬伝』など、馬琴のパロディで読本作家として名を成していた。『近世紀聞』は杉村春輔『復古夢物語』と同じく、明治の功臣、志士の業績を礼讃して、新設の教部省と読者の意を迎えようとしたものであるが、共編者条野伝平は新聞記者であった。条野が第一編で立てた方針、つまり諸文献を参照し、街説巷談の中から取択して、出来るだけ誤りを避けようという態度は、後の大衆作家と共通している。延房晩年の力作とされているのである。

しからば延房は吉村の後の内股説をどこから取って来たか。前述のように当時の文献は

『大和戦争日記』と『南山踏雲録』だけであるが、それらのいずれも横腹説であるのは前述の通りである。天誅組は正史からはずれた場所で行われたので、それだけ巷談風聞の附着する余地があったのだが、天誅組には『近世紀聞』より前に劇化されたものがあった。大阪の郷土史研究誌『上方』百二十六号（昭和十六年六月）によると、明治六年二月、浪花座が『新幟大和錦』を出した。台本は河竹能進、勝諺蔵の合作、延若、福助、坂本寿太郎が演じた。天誅組挙兵が桜田門で井伊を斬った浪士団の残党によって行われるという趣向のものだったらしい。

これが好評だったので、翌七年四月角座で右団治、多見蔵、璃寛の大一座で再演される。ただしこん度は桜田門の場はなく、天誅組の挙兵だけを仕組んだものである。外題と作者は不明。右団治が中山忠光、璃寛の吉村虎太郎、我童の松本奎堂、福助の藤本鉄石、市川荒五郎の代官鈴木源内という配役が伝わっている。荒筋は次の通りである。

「吉村虎太郎は十津川の農家に隠れて傷の養生をするうち、その家の娘（多賀之丞）に恋される。村のならず者（九蔵）が嫉妬して、代官所に密告する。吉村はその家に迷惑のかかるのを惧《おそ》れ、そこを立ち出て、天辻峠の頂上に上る。遥かに皇居を伏し拝んだ後、立ち腹を切る」

芝居は大当りを取った。初日から連日満員で、大和、南河内など、天誅組ゆかりの地から、はるばる泊りがけの客が詰めかけたという。

天誅組が異常なロマンチックな事件として土地の人に記憶されていたことを示している。芝居は東京へ持って行かれた形跡はないので、純粋に地方的な事件であった。

劇はその後、吉村虎太郎の像に影響したと思われる（一九六二年刊のジャンセン『明治維新と坂本竜馬』でも、吉村天辻峠切腹説が取られているくらいである）。天辻峠は今日では十津川のダム建設が進むと共に、隧道が掘られたが、南吉野と十津川渓谷を隔てる山地の中では一番高い。そこの頂上に土下座して、遥かに京都を伏し拝む傷ついた志士の映像は感動的であり、これは吉村の名を後世まで伝えるのに、大いに役立った。

この際、傷が横腹であっては、俳優は芝居をすることが出来ず、腹を切ることも出来ないのに注意したい。小説が劇をなぞるのは、小説の発生の当時からあったことで、現代では大衆小説が映画をなぞるという風に踏襲されている。講談や時代小説が、人物の衣装や仕草を描く時、たいていは歌舞伎役者の芝居を想い浮べて、そのまま文字に写すという作業は、常に行われていたのである。

『近世紀聞』の内股説が『新織大和錦』から出ているのは、かなりありそうなことである。そして目撃証人庄七老人も、同じ芝居を角座で見て、その記憶を彩った、ということが十分考えられる。

しかし老人の証言は、吉村の最期について、最も詳しいのである。老人は前記のように天誅組最後の日、九月二十五日の朝、武木から鷲家口まで吉村を駕籠で担いだ。「いっしょに行けばいいものを、四、五人ぐらいずつばらばらに出掛けたから、やられてしまった」と老人はいうのだが、敗兵というものはいつもそんな風に行動するものである。

駕籠といっても、蓆《むしろ》を二つ折りにして縄をつけ、棒を通しただけのものだったという。同村の小松勇助、福西佐平と三人で交替に担いでいた。吉村は駕籠の中で「辛抱せよ、辛抱せよ。辛抱を押したら世は代る。それを楽しみにしろ」といったという。

やがて鷲家口の篝火《かがりび》が見え、砲声が響いた。庄七らが逡巡すると、吉村は「空砲だ、空砲だ、行け、行け」とはげましたという。

しかし庄七は結局命あってのもの種だ、と考えた。あき役で駕籠を担いでいなかったので、鷲家口の手前、島原三畝《みうらと》の山ノ神のところで、いきなり崖を飛び降り、松林へ駆け込んだ。後続の浪士に見咎《みとが》められないように、道なき林中を三尾下《みおくだ》シまでかけ上り、ほっと息をついていると、相棒二人もまもなく逃げて来た。老人の証言が正しいなら、歩行不能の吉村は山ノ神の前に放棄されたことになる。

この時は二十四日の夜半であった。それから二十七日早朝、それより北約三キロの鷲家谷に現われ、藤堂藩兵に銃撃されて死ぬまで、五十時間余、彼がどこにどう隠れ、どういう経路でそこに至ったのか、文献口碑は混乱している。

『近世紀聞』では同日那須信吾や藤本鉄石と同じ鷲家口で斬死したことになっている。

『大和の花』では、農家に三日ひそんだ後、駕籠屋に密告され、藤堂家の五番隊長の金谷健吉の眼前で切腹、首を取られたことになっている。『土佐勤王史』によれば、一僕を従えて空小屋に潜んでいたが、従僕が食物を求めに出て不在中、金谷健吉の一隊に襲われた。

吉野山風に乱るゝもみぢ葉は我が打つ太刀の血煙と見よ

かく辞世を高吟した後、一刀を振りかざして屋外に躍り出た時、雨下する弾丸に当り、「残念」の一語を残して斃《たお》れたという。

どっちにしても、二十七日という日付には間違いない。するとこの地点へ来るまでに、誰かの手を借りたことになるが、武木村の庄七老人の証言が正しいなら、吉村は従者を連れていなかったはずである。もっとも鷲家口には同地の安兵衛、佐一郎両人が担ぎに行ったとの言い伝えがあり、その後吉村が従者とめぐり合ってその助けを受けたという可能性もあるが、土地の人というものは、とかく後になってから、自分を当事者のように言うものであるから、これらの証言にもあてにならない節がある。

梶谷信平『天誅組烈士戦誌』（大正九年）によれば、吉村は島村省吾と共に、従僕辻本卯吉を連れて山中をさまようこと二日、重傷の身の逃れるすべなきを知り、卯吉に三十両を与えて去らしめ、島村とも別れて、本道に近き農家の物置小屋に隠れた。その家の老婆の密告で金谷健吉の一隊に包囲された。吉村は文書を寸断した上、尋常に名乗り「武士の情けにて切腹を許されよ」と懇願したが、金谷は部下に乱射せしめたという。

どっちにしてもこのように諸説が生じたのは、二日おくれて吉村が単独で姿を現わしたので印象が強かったせいであろう。しかも「大将」の一人であった。事実については田丸藩士木村修平の次の報告書が最も信ずるに足りるだろう。

「二十七日に、鷲家谷と申処にて、獅子（猪）小屋へ浪士一人馳込候筋を、藤堂人頭かけ付、打取申候、右は吉村虎太郎と申、天朝組惣裁職」

『五条北之町順番帳』は毎月月番に当った町人が、主要な出来事を記したものであるが、少し後に次の記事がある。

「此処にて天誅組の内、主たる人吉村虎太郎様戦死、其土地浪士の石碑をきざみ、其土地に葬りけり。然るに其後、近村近国より参詣人数夥、追々増々群集いたし、天誅吉村大神儀として、様々の立願相込め、御利益在之候よし、誠に追々参詣人数夥敷群集いたし候故、其御支配御役所より差止候処、中々百姓共更に聞入不レ申、益々参詣人弥増、不思議なる次第、可レ恐々々」

　翌元治元年十二月二十八日、五条代官中村勘兵衛は、この石碑を鷲家口の那須信吾の碑と共に河中に投じ、吉村を祭った村民二十名を投獄した。其後西国の士高木左京と名乗る者が来て、右の事情を聞き、虎太郎のために碑を再建して去ったという。

　現在吉野郡高見村鷲家口の南半キロ、県道より見て川向うの、巨巌の蔭に「吉村虎太郎原塋《えい》処」とあるのが、その位置である。明治二十九年の三十三年忌に当り、土地の有志が鷲家口の戦死者と合祀しようとして、悶着を生じた。二つを共に原塋処として残すことで折れ合ったのである。

非業の死を遂げた者は厚く葬らないと祟《たた》りをするという思想は、土俗的な御霊信仰として、古くからある。鷲家谷の原塋処は明らかに巨巌信仰か境神の信仰がすでに固着していた位置である。土地の人達の吉村信仰はこの方面から説明されるであろう。

吉村の首は京都に送られ、行方不明となっていた。明治六年五月伯爵田中光顕《みつあき》が叔父那須信吾の首を六角の刑場から掘り出した。虎太郎の弟久万弥もまた現場に赴いて、首甕《くびがめ》を発《あば》いた所、その貌《かお》生気を失えるのみにて凛乎《りんこ》たるを見、即日霊山《りょうぜん》に改葬した。

しかしここにもまた異説がある。首は刑場の西の土手に埋められていたが、京都の有志板倉槐堂が慶応三年（一八六七年）十二月、巣内式部、村井修理之進の妾お歌と謀り、牢番利助を買収して、吉村のほか、那須、楠目清馬の首を掘り出した。一先ず槐堂の家におき、後官許を得て、明治六年霊山に改葬したという。

なお土佐藩は容堂はじめ、終始公武合体である。従って維新後も吉村等の行動は是認されていなかった。明治八年、はじめて志士顕彰が朝議に上った時も、これらの「脱藩士」を申請すべきかどうか、宮内省に内示を仰いでいるくらいである。

文久三年は高知で勤王党の弾圧が最も盛んだった年である。天誅組には十七人の土佐藩士が参加しているが、その行動には幾分、京都にいると逮捕される危険が生じたので、死に場所を求めた気配がある。

二

以上が天誅組挙兵以後の吉村の行動の概略であるが、よく見ればそこに勇壮なものがあまりないのに、読者は気付かれるであろう。その最後が潔くないのは、病人であるから止むを得ないとしても、高取夜襲を企画したのが果敢なだけで、薩摩村の戦闘ではいくら相手が鎖帷子を着ていたにせよ、軽傷を負わせただけである。

彼は挙兵前から大坂の骨董屋に武器を調えておき、京都から大和に赴く途中、受け取ったという。その骨董屋の主人を知った動機として、店頭の兜を一刀の下に割ったという話が伝わっているが、これは塙団右衛門その他講談の英雄がみな持っている逸話であり、信ずるに足りない。文久年間に京都で流行した暗殺の下手人であった痕跡はない。

文久二年三月、吉村は後日寺田屋騒動に知られた有志義挙に参加するため、郷里土佐の藩境宮野々《みやのの》を破って脱藩した。伊予の大洲《おおず》へ下りる九十九曲《つづらまがり》を越える時、馬上、頭にかかる木の枝を刀で斬り払いつつ行ったということが、その激しい気性を示す逸話として伝えられるが、武士の魂で木の枝を切るなんて、嗜みがないのではないか、と私には思われる。

武市半平太《たけちはんぺいた》、坂本竜馬など、土佐の高名な志士は、たいてい目録以上の腕前だが、吉村は檮原《ゆずはら》村の大庄屋時代、那須俊平の道場で、ひと通りの剣技を修得したはずだ、というくらいしかわかっていない。

一方彼が剣術はあまり出来なかったのではないか、という証拠はいくつかあるのである。瑞山《ずいざん》武市半平太の未亡人富子は、坂本竜馬、中岡慎太郎、吉村虎太郎の三人について、興味のある観察を残している。以下平尾氏の『吉村虎太郎』に書かれているままを写してみる。

「高知城下なる新町の武市家へは、志士の立入りが繁く、季節物のきねり柿を馳走に出した。坂本竜馬は無遠慮な人で、手近の柿を摑むと庖丁で皮をむき、むしゃむしゃ喰べてしまう。蔕《へた》のあたりがまだ渋いのだが、余り不作法なので、冷たく眺めていると、すました顔で平げる。『勘が鈍くて味がわからないのだ』と思っていると、そうでない。次のを取ると、要領よく甘い部分だけ切り取って食べ、渋いところはぽいと棄てるのである。中岡慎太郎はこれと全く反対で、玄関から部屋へ通っても、礼容を崩さず、柿をむいて勧めても『辱《かたじけ》のうござる』と応ずるばかりで、手を出そうともしない。吉村虎太郎は至って如才ない方で、勧められるままに手に受けて、にこやかに味わい『拙者の家でも柿の木が沢山あるが、とてもこの味には及びもつかぬ』などと、程よく応対して親しみを見せる。接待して一番物柔らかな感じの人だったが、後年高取城で長槍を揮って勇戦格闘したと聞いた時は、俄かに信じられなかった」

吉村氏、姓は藤原、上り藤の紋を用いたと伝えられるが、その家系は明らかでない。父は高岡郡津野山郷芳生野《よしぶの》村の庄屋で、名は太平、上下二人扶持とも合せて米三十八石を給せられ、他に年頭八朔の口明《くちあき》と称して、三石六斗六升六合の収入があった。母は吉良氏、名は雪、虎太郎はその長男として天保八年四月十八日生れた。諱《いみな》は重郷、号は黄庵《こうあん》、於菟《おと》とも署名した。於菟は春秋左氏伝「楚人謂《イ》二乳《ヲ》穀《ト》一、謂《ウ》二虎《ヲ》於菟《ト》一」に出で、虎の異名、諸文献には多く「寅太郎」と書かれているが、自らは常に虎太郎と書いた。幼にして猟銃を携えて山野を跋渉《ばっしょう》し、川に泳ぐなど、常の童児とかわったところがあったと伝えられるが、これらは後の事蹟に照して、そう言われるだけで、特記すべき逸話があるわけではない。五人姉弟で、上の三人は女、弟久万弥は明治初年夭折したので、吉村家は現在親戚によって相続されている。

十二歳にして、当時隣接の北川村庄屋に転じていた父の職を継ぎ「幼にして才芸人に勝れたり」と謳われているが、恐らく父の老齢のため、形式的に職を襲《つ》いだので、実務は父が取っていたであろう。朋友中平保太郎と共に高知城下に出て、楠山庄助、間崎滄浪《まさきそうろう》の塾に学んだ。安政元年須崎浦庄屋に赴任した。さらに下分《しもぶん》村庄屋を経て、同六年檮原村の大庄屋になった。

北川村は水田に乏しい山村で、製紙を作間渡世《さくまとせい》とした。しかし土佐藩は古くからいわゆる御蔵紙《おくらがみ》の買上をもって藩の収入を増加する方針で、原料たる楮草《かじぐさ》の栽培、製紙も藩の統制下にあり、時々時価を無視して買い上げられた。古来農民の愁訴、逃散が絶えなかった。

少年庄屋虎太郎の第一声は、楮草の共同貯蔵所設置を願い出て容れられず、自費で建設するため官銀拝借を願い出た嘉永五年の嘆願書である。

安政四年の夏、須崎浦庄屋在勤中、郡奉行の下役と応対中、呼捨てにされたのを怒り、有志と謀って訴状を呈出したことがある。下分村への転勤はその結果であったかも知れない。


土佐藩の庄屋は苗字帯刀を許され、肩書給として、その所管地の石高の百分の一を給せられ、年頭大守の謁見を許される。そして享保以来の古学研究に基き、上古天邑《あめのむらぎみ》と称せるものが、庄屋の淵源であるという認識に達していた。国史に見える諸国の君、直《あたえ》、村主、首《おびと》、別《わけ》、稲置《いなぎ》、県主《あがたぬし》はその遺流、末代における庄司、名主、政所《まんどころ》は庄屋の異名同職であるとする。従って封建領主が彼等を優遇したのは当然であるというのである。

事実山内氏も入府以来、しばしば直々の御意、御朱印をもって庄屋を召出しているし、元和以降は用人、歩行《かち》、留守居組、郷士等にあげられている者も多い。従って郡吏の訴状にも、みな庄屋衆中とか、個人名義なら様、郷士には殿を附するのが例であった。しかし藩の新田開発が進み、郷士庄屋の数が増えるに従い、その扱いもしだいに粗略となった。しかし公式の座の席順も町役の下におかれるようになったらしい。天保十二年結党上訴の挙に出ているが、この年庄屋同盟が結成される。その秘密誓約の中にいう。

「吾党之外ヘハ口外ヲ可レ制最大之密事ニ候得共、凡ソ一天四海之内棟梁ハ唯一ニシテ、当時受継所三段ニ別テ、姑《シバラ》ク之ヲ合セテ四等ト言ベシ。其惣主ハカシコクモ天皇尊《スメラミコト》、御代官ハ将軍、御与頭《クミガシラ》ハ諸大名（是ヲ享鮮ノ職ト云）、小頭ハ庄屋ニテ、土地人物之惣宰ヲ預中候、夫ヲ物ニ譬《タトエ》テイワバ、大名ハ庄屋ノ丸薬ナリ、庄屋ハ大名ノ散薬ナリ」

土佐勤王党の加盟者は主として下士から成っていた。そして板垣退助、後藤象二郎のような馬廻、小姓組と対立した。これは戦国大名長宗我部《ちょうそかべ》の遺臣を祖とする、いわゆる一領具足の郷士と山内家臣団との対立から説明されることが多いが、土佐勤王党の中で、名のある者に一領具足はいない。武市半平太は上士下士の中間階級たる白札《しらふだ》であり、坂本竜馬は郷士の株を買った酒屋の息子であり、中岡慎太郎、吉村虎太郎は大庄屋であった。一般農民の間に「底土は禁廷さまのもの、上土《うわつち》は太守様のもの」という言葉があったという。吉村虎太郎の生涯は、山地の農民のために働くことから始まっているのである。

その生地芳生野、任地北川、檮原は、高知の西方六十キロの伊予国境に近い山地である。標高五百メートル、西北方に傾いていて、冬は、南国ながら積雪が軒を越すことがある。現在でも高知、宇和島との交通頻度は相半ばし、宇和島からバスに乗って行商人が入り込んで来る。ラジオも松山、大分局の方が感度がよいという。高知県中の別天地である。

長宗我部以前の領主津野氏が、南から来たか、北から来たかを、郷土史家は未だに決定出来ずにいるが、北方より文化の流入があったのはたしかである。高知にはじめて齎《もたら》された『源氏物語』は、檮原経由であったという。

土佐の中でも、この地方は吉村のほかに那須信吾、前田繁馬《しげま》等天誅組同志をはじめ那須俊平、宮地宜蔵《ぎぞう》等の勤王志士の密度が濃い。山地人の議論好きから来ているのかも知れない。

彼等はみな藩境のいわゆる番人庄屋であったから、宮野々の関所を越えて脱藩するのは、いわば公然の行為であった。脱藩の前夜は同志家族と共に酒宴を開いて歓を尽すのが常であったという。文久二年三月吉村が脱藩した時、番人庄屋玉川壮吉は伊予の土居まで同行、一泊して別れを惜しんでいる。

檮原での吉村の庄屋としての事蹟は、まず万延元年（一八六〇年）の貢租減免の嘆願書であるが、次は文久元年五月、今日高知城天守閣に陳列されている石の櫃《ひつ》を作ったことである。

それは高さ三尺八寸、方七寸五分の石の柱で、二個の錠は庄屋と年寄が各一個を保管し、両役立会の上でないと、開閉出来ないようにしてある。その中に随時剰財を投げ込んで、村の非常の出費、すなわち銀納の年貢に備えるためである。自ら筆を執って、その目的を刻した。原文は漢文であるが、ほぼ次のように訳される。

「私は昨年の冬、此地に転勤して来たものであるが、百姓を呼んで、聚財の方法を示したところ、不平のようだった。後で聞くと、檮原の庄屋は代々貧乏で、村人から金を捲《ま》き上げてばかりいた、ひどいのになると、村人の貯金を散じたという。村民にいわせると、庄屋は泥棒だということだ。実に恥ずかしく憤懣《ふんまん》に堪えない。そこでこの石櫃を作って、効果的に聚財の法を立てることにした。後の人も気をつけて励行して貰いたい。そして庄屋の悪口をいうのを止めて貰いたい。里正吉村於菟謹言」

文久元年は天誅組の二年前であるが、この処置にはかなりの宣伝と人心収攬《しゅうらん》の術策も含まれているように見える。吉村の性格にはこういう如才のない一面があり、その志士としての組織的才能の源泉であったらしい。しかし嘉永五年の楮草貯蔵所建設の願出といい、石櫃設置といい、結局は藩の利益に添っていることも忘れてはなるまい。

ただ彼が勤勉で有能な庄屋であり、十六、七歳の頃からその仕事に忙しかったのも確かである。そしてそのため文武の道にはげむ暇がなかったのが、残念だったようである。文久二年の四月、伏見義挙に赴く前、郷里の両親宛の手紙に「私儀若年より里事に被ㇾ悩、文武に疎、是而已遺恨に候」と書いている。大和を出発する前に母に宛てた手紙（父は死んでいた）にも、特に弟久万弥が文武の道に精進するようにといい残している。

「人物ハ背ハ低キ方ニテ、凡ソ五尺一、二寸計歟《カ》。色ハ白ク丸顔風ニテ、聊《イササ》カ頬カマチハ立チ候エドモ、醜男《ブオトコ》ニハアラズ。衣装ハ長キ方ニテ、随分ハイカラ男ナリ。氏ハ志大ニシテ、小節ニ拘泥セズ。昔ハ一村ノ内ニ男女不義ノ交リ等有ㇾ之時ハ、父兄ヨリ村ノ庄官ニ訴エ、其際ハ近隣ノ庄官立会イ裁判スルヲ常トス。（略）裁判ノ時ニ当リテハ、氏ハ他ノ席ニ入リ、手踊リナド致シ居ル事ヲ見受ケヌ。余ガ父耳順《ジジュン》ノ賀ヲ挙ゲシ時、（略）数十人ノ客営々トシテ、膳部ヲ食スル時、氏ハ給仕ノ女ニ命ジ、大根漬ヲ其儘ニテ持出サセ、小口ヨリ喫食スル等、カ様ノ事ハ彼ガ得意トスル所ニテ、其他鳥渡《チョット》俗眼ヲ驚カス事ハ随分多々有レ之、履物ハ始終とまきノ雪駄ヲ履キ候」（『林直静翁筆記節録』――平尾氏『吉村虎太郎』に拠る）

吉村の筆跡は義理にもうまいとはいえず、歌は前に引いた辞世のほか、十津川郷士に離反された時詠んだという、

曇なき月をみるにも思ふかなあすは屍の上に照るやと

があるが、これには偽作の疑いがあるということである。伏見義挙成らず、土佐に送り帰される舟中、大坂沖の七言絶句。

回レ首蒼茫《タリ》浪速城　臥《シテ》聞《ク》雲外杜鵑《ノ》声
丹心一片人知《ルヤ》否《ヤ》　不レ夢《ミ》二家郷《ヲ》一夢《ム》二帝京《ヲ》一

字句は貧しくとも、志があればよいとするのが、この時代の志士の作風である。しかし当人が、文武に疎かであったことを悔んでいたのなら、やはり傷々《いたいた》しいといえる。

なお女子との関係には、郷里の妻は二度目に出京の時離別したと伝えられ、子供はない。寺町三条上ルの下宿先には、先斗町《ぽんと》の大文字屋の舞妓小種《こたね》が来て、身の廻りの世話をしたという。あるいは木屋町三条の料亭丹虎《たんとら》の娘（十六歳）がいわれることもあるが、多分こ

れは同一人であろう。大衆小説にあるような艶聞があったとは考えられず、当時の京都花街で行われた月ぎめの雇傭関係、つまり妾であったろう。

しかし如才のない土佐の大庄屋吉村虎太郎は天誅組に加わった多くの庄屋、たとえば河内の大庄屋水郡善之祐に話を合わせることが出来たに違いない。主将たる元侍従中山忠光は朝議一変の後、十津川渓谷から逃げ出すことばかり考えていたが、土佐のチベットといわれる芳生野生れの吉村には、十津川は別に辺鄙で住みにくい田舎ではなかった。高取で負傷して以来、常に先鋒か殿軍《しんがり》にいて、敵と接触したというだけで、何もしていないのだが、十津川の農民を操縦する術は心得ていたに違いない。最初に十津川に募兵に赴いた時、二人の反抗者を斬っているのだから、よほど人に好かれる才がなければ、死後ただちに吉村だけ神とあがめられたはずはない。

駕籠の上で、「辛抱せよ、辛抱せよ。辛抱を押したら世は代る。それを楽しみにしろ」といったという庄七老人の証言を私は信じたい気持である。

京都や長州に周旋していた頃、吉村のよく行を共にしたのは越後浪人本間精一郎であったため、損をしている。本間は「玉虫海気《かいき》の小袖に、紫縮緬の羽織にて、大髻《たぶさ》を抜出し、ぎょう〳〵敷態也」とあって、当時のこけおどし的浪士の典型であった。彼は文久二年八月武市の指令により、先斗町三十五番路地で天誅に会った。

志士吉村の行動には幾分人を驚かすようなところもあり、多少の機略もあったらしいが、その人格に魅力がなかったら、衆を引きずって行くことは出来ない。五条で行動を起してしまってからは、一筋の道からはずれることは出来なかった。そして生れたままの百姓として死んだように、私には思われる。

高杉晋作

一

伊藤博文、山県有朋など長州出身の維新の元勲は、後年、人がその面前で高杉晋作を賞《ほ》めると、いい顔をしなかったという。幕末でほんとに偉い奴は、みんな維新までに斬死したり、暗殺されたりしてしまった、いま廟堂《びょうどう》で威張っている奴等は、要領のいい二流の人物ばかりだ、という嫌味を在野党が繰り返していた。高杉がいま生きていたら、もっとスケールの大きい、すばらしいことをやるだろう、というのである。

高杉はその活躍の頂点たる第二次長幕戦争が終って間もなく、二十九歳で病死してしまった。ほんとうは生き残っていても、征韓論から西南戦争と続く、明治新政府の分裂動揺の間に、どう足を踏みすべらしたかわからないのだが、ただその行動には伊藤や山県のような、側近政治家の卑小さはない。

活躍と沈滞の激しい交替、飲酒遊蕩、奇矯な言動によって、英雄視される資格は具わっている。「なにをくよくよ川端柳、水の流れを見てくらす」という当時の流行歌まで、彼の作とされているのである。そういう逸話を持たない伊藤や山県が、渋い顔をするのも無理はないといえる。

高杉晋作は天保十年（一八三九年）の生れであるから、井上聞多《もんた》（馨《かおる》）より四年年下、伊藤よりは二歳年長である。名は春風、字《あざな》は得夫、晋作はその通称である。高杉家は武田氏の裔《すえ》、備後国三谿《みたに》郡高杉村に住んで高杉氏を称《とな》えたという。早くから毛利に仕え、代々百五十石の知行を得ていた。父小忠太は大組に属し、長男晋作よりあとまで生きていたから、晋作はその死の直前谷家を興すまで部屋住である。しかしとにかく毛利譜代の中級の家臣である。これが下男、仲間《ちゅうげん》の出であった伊藤や山県と根本的に違うところで、その行動を規定している。

元治元年（一八六四年）十二月、死を決して馬関挙兵に赴く時、おれが死んでも坊主は要らぬ、墓の前で芸妓を集めてどんちゃん騒ぎをしてくれ、といったのは有名な話だが、一方、墓標の裏には「毛利家恩顧臣高杉某嫡子也」と書いてくれ、と書き残している。

まず久坂玄瑞、吉田稔麿《としまろ》と共に、吉田松陰門下の俊秀として顕われる。これは主に下士の育成機関であった松下村塾として異例な入門である。すでに藩校明倫館の入舎生だったから、自ら選び取った入門である。それだけに松陰も高杉にかけた期待は大きかった。

安政五年松陰が大獄に連坐して江戸に送られた時は、藩命によって、江戸に遊学中であった。入獄中の師のために種々斡旋し、また書簡によって教えを受けた。

「丈夫死す可《べ》きところ如何」という高杉の問いに対し、「死んで不朽の見込あらばいつでも死ぬべし。生きて大業の見込あらばいつでも生くべし」と松陰は答えた。高杉は松陰晩年の浪士崛起《くっき》、間部《まなべ》邀撃策《ようげきさく》には同調していないが、こういう生死を超えて己れを貫く態度に、強い感銘を受けたようである。彼の英雄的行動の根源の一つはここにある。

彼の行動に第二の指針を与えたのは、文久二年（一八六二年）の上海《シャンハイ》視察である。幕府使節の随員の資格で行ったのであるが、藩庁から五百両を給せられている。彼がいかに藩から期待された俊秀であったかがわかる。

四月二十七日長崎発、すでに官金で円山豪遊の逸話が現われている。五月六日上海着、二ヵ月滞在して、七月十四日長崎に帰った。

当時の上海は太平天国の乱の末期であり、黄浦江《こうほこう》上に銃声を聞いた。同行には佐賀の中牟田倉之助、薩摩の五代才助があり、それぞれ航海術や商業を研究しているのに対し、高杉の観察は著しく政治的、軍事的である。日誌『遊清《しん》日録』がある。

「つらつら上海の形勢を見るに、支那人は悉《ことごと》く外国人の使役するところとなる。英、法人が街市を歩行すれば、清人はみなかたわらに避けて道を譲る。実に上海の地は支那に属すといえども、英、法の属地というもまた可なり」（五月二十一日）

上海の港に多くの外国商船のほか、軍艦が十隻以上、堂々と国旗をかかげて碇泊しているのに、強い印象を受けた。

元治元年馬関が四国艦隊に破られた時、高杉は家老宍戸《ししど》備前《びぜん》の養子を詐称し、媾和《こうわ》使節主席として英艦に赴いた。媾和条件の一つとして「彦島租借」が出された時、「租借」の意味がよくわからぬながら、天照皇大神からニニギノミコトまで持ち出して怪弁を振い、土地割譲に抵抗したのは、この時の上海の見聞に基いたといわれる。

「彦島租借」は実際は四国が牽制し合った結果撤回されたものらしいが、高杉の怪弁はイギリスの通訳官アーネスト・サトーにも、日本側通訳井上聞多、伊藤俊輔にも翻訳出来なかったので、談判がうやむやになった、と高杉に好意的に伝えられている。

高杉はまた上海で、英仏両軍が太平天国軍と戦っているのを見た。その戦費は清国から出るのか、英仏から出るのか、あるいは英仏軍は清国の指揮下にある傭兵なのかどうか、という疑問を発している。結論として、中国人が長髪賊《ちょうはつぞく》（太平天国）を防ぐため外国の力を借りるのは、国を亡ぼすものだ、と判断する。

「あわれむべし、わが国も、遂にかくの如くあらざるを得ざらんか、努めてこれをとどめんとす」

高杉は、上海市中に共同浴場の有無、里正《りせい》（町名主）の有無を調査している。航海中は時刻、速力、風向等を詳細に記録し、実務的精神を示している。しかし一方独断でオランダ船一艘の買付契約を結んでしまうというような突飛な行動もある。帰国後藩庁の許可が得られず、高杉は困ったが、幸い先方の都合で破約になった。

日本の植民地化はどうしても止めなければならぬ、というのが以後五年間、彼の行動を律した決意だったようである。そのためには防長二国を犠牲にしてもよい、というところまで行く。毛利譜代の臣でありながら、一藩の利害を超えたところに、高杉の目標はおかれるにいたる。

二

彼の留守中、国内の状勢は一変していた。文久二年四月には島津久光の率兵上京がある。これを討幕軍に転じようとした浪士の計画は、寺田屋の変によって、久光自身により弾圧されたが、その建議により、一橋慶喜《よしのぶ》の後見役、松平春嶽の政事総裁職就任など、一連の幕政改革が行われる。幕府は安政条約破棄、攘夷実行の勅旨をお受けしなければならない立場に追い込まれる。

高杉は在府中の世子定広の小姓役、次いで学習院御用掛として、江戸に派遣される。学習院御用掛とは、朝廷との交渉（当時のことばでいえば周旋）掛の意であるが、高杉の意見では、この切迫した時勢に、麻上下を着て、「周旋、周旋」といって駈けずり廻っているのは、時間潰しであるばかりか、公金の無駄使いである。

幸い幕府の参観《さんきん》制度は緩和されている。藩主父子はただちに国許へ帰って、富国強兵を講ずべきだと主張した。高杉の一貫した割拠の理論であるが、これは実際に周旋に苦心している水戸、土州の志士に憎まれる。

長州は当時、長井雅楽《うた》の悪名高い「航海遠略策」（実際には幕府に追随した開港論）を放棄し、攘夷に方針を切り替えたばかりであるが、その百八十度の転換は、他藩の志士から不信の眼で見られていた。

公武合体の薩摩ですら、生麦《なまむぎ》で英人を斬っているのに、長州はなにもしていないではないか。大勢が攘夷に傾いたので、看板を塗り替えただけだ、いつまた元へ戻るかわからない、というのである。

よしそんなら、というので、高杉は井上聞多、久坂玄瑞ら十二人と語らって、十一月十二日、神奈川まで押し出した。翌日の日曜日、某国公使が金沢へ遊びに行くという情報が入っていた。その途中を擁して、殺傷しようというのだが、計画は久坂がうっかり土佐の武市半平太《たけち》に洩らしたため、世子定広の耳に入り、世子自ら大森梅屋敷まで出張して、止められてしまった。

外人殺傷によって、幕府の平和的対外交渉を挫折させ、攘夷に踏み切らせるのが目的だが、折から勅使として三条実美《さねとみ》、姉小路公知《あねこうじきんさと》の両卿が在府中である。そんな乱暴を仕出かして貰っては困る、というのである。

「股肱《ここう》にこのようなことで犬死されて、あとに残された予はどうすればよいのか」

という世子の述懐に、久坂等一同は感涙にむせんで思い止ったが、高杉は顔色も変えずに、決行の理由を明瞭に述べたという。

このあたりにも、すでに藩主も世子も眼中にない高杉の行動の原理が窺われる。この時代には、いやすでに徳川初期から、藩主なんてものは、藩の経済、家臣団の利益を代表するロボットに過ぎなかった。こういう権力構造は、幕末維新の動乱期に顕在化するのだが、こういう意識は高杉の言動に露骨に現われている。

高杉等は結局勅使の離府後の十二月十二日、幕府が御殿山に建造中のイギリス公使館を焼いて、実績を示した。一同品川の妓楼土蔵相模に落ち合い、滞った借金払いに井上が百両の金を工面して来るなど、よく劇や小説に描かれる場面である。

上海で日本の植民地化を防ごう、という大決心をした高杉としては、つまらぬことに命をかけてしまったものだが、こういう感情的猪突もまた彼の行動の一つの型である。翌々元治元年、来島又兵衛の率兵上洛を止めるために、世子定広の親書を持って使しながら、来島に、

「新知百六十石を貰ったので、命が惜しくなったか」

と罵られると、

「馬鹿をいうな。そんなら貴様より先に死んで見せる」

と言って、先に京都へ上ってしまった行為にも、こういう激発が見られる。この違命のため、彼は八十日を野山の獄で過ごすことになる。

ただし高杉は御殿山焼打事件をきっかけに「御楯組《みたてぐみ》」という同志の秘密結社を作っている。そこには久坂や井上ほか、後の奇兵隊の幹部の多くが含まれており、外人殺傷も焼打も口実で、この血盟書の方が主目的ではなかったかとも考えられる。

明治維新は大ざっぱにいえば、外国の圧力に対応するための、日本の政治的編成替えの過程といえる。従ってその内外の政策はいわば二重底で、常に変転せざるを得ないので、こういう陰謀的な中核を必要としたのである。陰謀は明治以来日本の政治の運命といってもよく、現在なお続いている。

三

翌文久三年はいわゆる尊攘派の全盛期である。安政五年以来の政治犯の大赦があったので、高杉は師松陰の遺骨を、千住小塚原から世田谷若林の藩別邸に改葬した。途中上野広小路の三枚橋の中橋を渡ろうとすると、番人が咎《とが》めた。高杉は、馬上刀を抜いて追払ったといわれるが、恐らく虚構であろう。幕威衰えたりとはいえ、将軍しか渡れない中橋を、刑死者の遺骨を渡してそのままで済むはずはない。

三月世子定広に呼ばれて、京都に上る。途中箱根の関所を駕籠で通ろうとして役人に咎められ、またまた刀の柄に手をかけて、押し通ったというのも、同じく虚構。

三月十一日、下賀茂行幸に行儀よく馬上供奉《くぶ》する将軍家茂《いえもち》を、

「いよう、征夷大将軍」

とひやかしたというのも、虚構と見なしてよい。これらの酒席の習性から類推されて製造された幕末水滸伝的逸話は、高杉の価値に何ものも加えない。

当時の京都は尊攘派が天皇を中心に名分を争っていたが、割拠論者高杉は学習院御用掛の職務がいやでたまらない。国許へ帰って富国強兵の実を挙げ、討幕の軍を起すにしかないと主張する。重役周布《すふ》政之助がお前のいうようなことは、十年あとでないと起らない、というと、そんなら十年暇を貰う、といって、剃髪してしまった。

東行《とうぎょう》がこの時の号、「晋作」と共に、高杉の名として最も通っている。「東行先生之墓」「東行先生遺文」等々。


西へ行く人を慕うて東行くわが心をば神や知るらむ

「西行」法師をなぞった洒落で、「東行」とは討幕の意味と解されている。

連日酒を飲み乱暴を働くので、京都の藩邸で持て余し、国許へ帰すことにしたが、何度旅費を渡してもすぐ飲んでしまう。堀真五郎が同行して大坂から船に乗せ、連れ帰ることになった。途中の泊り毎に上陸して遊興しつつ、四月八日三田尻へ着いた時、両人共一文なしになっていた。しかし堀が土地の知己から二両の金を借り駕籠を雇ってやると、案外おとなしく、萩へ直行した。そしてそのまま松本に引き籠ってしまった。

これらの行動は最後の一段を除き、初期の手記や『遊清日録』に現われた几帳面さとは矛盾している。割拠論が容れられないのが不平で遊蕩に耽ったと説明されるのだが、この頃藩ではすでに攘夷実行の準備を進めている。藩主慶親《よしちか》は正月末離京しているし、世子定広も三月一日以来、兵庫警備に赴き、四月二十八日には帰国の途に就いている。四月二日特に領内に令して沿岸の防衛を固めているので、高杉の主張はむしろ通っているのである。あるいは藩是である単純攘夷、つまり朝命であるから攘夷を行う、という名分論に不満だったのではないか、とも考えられるのだが、しかし藩の重役はそれほど単純ではなかった。

五月八日、攘夷決行の二日前、井上聞多、伊藤俊輔ら五人が、ひそかに英船キロセック号に乗じて横浜を出帆、ヨーロッパ視察に派遣されている。一度は攘夷するけれど、後に通商関係に入るのは、この時藩の方針として決定しているのである。

高杉は御殿山焼打の前に、表向きは桜田藩邸から脱藩して、主家に迷惑のかからないようにしている。それでも世子定広は彼を信頼すること厚く、学習院御用掛に再任命されるのだが、彼はどうしても周旋役を引き受けない。

周旋とは前述のように公卿の用人を料亭に招待して、酒と女をすすめ、または賄賂を贈る、あるいは他藩の周旋掛と連絡することであるが、高杉の見識はそういう茶坊主的任務に従うのを許さなかったし、またその任でもなかった。止むを得ず十年賜暇《しか》の形にしたので、むしろ脱藩の罪を糊塗《こと》するためではなかったか、と思われる。彼に郷里へ帰って、隠棲する自由を許すためには、ほかに手段はなかったのであった。

こうして彼の最初の雌伏時代がやって来る。高杉の短い生涯には、こういう蟄居《ちっきょ》、入獄、亡命の期間が、その活躍と交替しているので、現代流行の精神医学的解釈から、躁鬱病と推定されることがある。しかしそういう循環は別に彼の精神の特質ではなく、周囲の情勢の変化がそれを強いたものであったことは、だんだん明らかになるはずである。

彼の松本村の隠棲は二カ月しか続かなかった。勅命による攘夷実行の期日たる五月十日、馬関で外国船打払いが行われた。ただし、最初潮待ちのため碇泊中の米商船に無警告砲撃を加えたり、なにも知らずに海峡にさしかかる蘭船、仏船を砲撃している間は景気がよかったが、六月一日米の軍艦ヴァイオミング号が報復攻撃をかけて来るにいたって敗戦になった。虎の子の軍艦庚申《こうしん》丸、壬戌《じんじゅつ》丸の両艦は撃沈され、癸亥《きがい》丸が傷ついた。六月五日、仏艦セミラミス、タンクレード二艦が来襲した時は、陸戦隊に上陸され、前田の砲台を破壊されてしまった。

六月四日、藩主父子は山口政事堂に高杉を呼び出し、馬関防衛を一任した。彼にもいろいろ不満があったが、そこは忠義の譜代の臣であるから、ただちに馬関に赴き、正規軍のほかに町人、農民の有志より成る別働隊を組織した。これが元治元年に高杉の手足となって叛乱を起す奇兵隊である。

有志といっても、その後隊伍が整備されると、近在を廻って、有資格者の選考をしたのであるから、事実上徴兵である。そして慶応二年の統計によると、その七十八パーセントは農民であるから、実際は農兵といってよい。

彼がこのアイデアを得たのは、上海滞在中太平天国の農兵を見た時であった、とされることがあるが、少し疑わしい。当時上海に溢れていた難民は、専ら災害と考えられていた。高杉が筆談によって知り得たのは、「長髪賊」の害毒に限られていた。無論彼は太平天国軍と接触したことはなかった。

それに農兵という考え方は天保以来各藩が採用した民兵、コーストガードとして発生したもので、彼の発明ではなかった。ただそれを使いものになる程度に組織訓練するために、彼の機略と熱意を要したというにすぎない。

六月六日、世子御前詰として馬関に赴いた高杉は、船問屋白石正一郎の家に泊った。河上弥市、入江九一、宮口清吉、坂本力二など十五人の同志が集まったので、五人一組とすれば、これで三伍編成されたことになる。初期の奇兵隊は農兵というよりは、藩の下士と浪士の集団であった。

翌七日、高杉は馬関総奉行座手元役の来島又兵衛を訪ねた。そして今や門閥によって軍役に就く藩兵では、非常の時の役に立たない、必死の有志をもって編成した「奇兵」こそ用うべきであると説き、たちまち来島の賛成を得た。

さし当って、破壊された砲台の修復が急務であるが、新しく加農《カノン》砲を鋳造する暇はない。

折から佐賀藩の反射炉で、八十ポンド砲を鋳造中だという、それを購入して貰えまいか、とかけ合った。来島はその日のうちに松島剛蔵を佐賀に出張させた。

こうして持場と任務の見当がつくと、入隊希望者は日に日に増えた。とにかく身分の差別を問わず、力量によって重用されるというのだから、小銃隊の足軽や小吏級よりの参加者が多かった。正規兵でないから、その服装もまちまちである。最初は弓隊、銃隊、砲隊、槍隊を設けたが、後に実戦の経験から弓槍隊は廃止した。ただ白兵戦に備えて撃剣の錬磨だけは怠らなかった。

四

この新しい軍隊の成長の過程にはいろいろ面白い問題があるのだが、詳細は省かねばならない。高杉は十二日付、来島に代って総奉行座手元役に就任、二十七日には奇兵隊総督に任命され、山口政事堂の政務座役を兼ねた。

奇兵隊の最初の仕事は前記のように、前田、壇ノ浦砲台の修理であったが、次は馬関海峡対岸の小倉藩の膺懲《ようちょう》であった。五月十日以来の海戦で、対岸の田ノ浦の砲台が攘夷実行に加わらなかったので、外国船は悠々長州の砲台の射程外に退き、自由に砲撃を加え、あるいは艦船の補修が出来た。小倉藩の態度は天人共に許さざる違勅であり、裏切りである、というのである。

やる気がないなら、こっちで占領しなければ、海峡の防備を完うすることが出来ない、というので、七月十五日以降、数次にわたって、滝弥太郎、河上弥市等奇兵隊の伍長が部下を率いて押し渡った。二十五日には佐伯梅三郎の砲隊も渡って、小倉藩の守備兵を排除して、田ノ浦の砲台と港湾施設を占領した。

折から攘夷督促使として下向した勅使正親町公董《おおぎまちきんただ》に小倉征討の勅許を申請しているうちに、八月十八日、京都で政変が起った。尊攘派の大和行幸攘夷親征の計画が、会薩連合によるクーデタによって覆ったのである。在京長州藩兵は堺町御門の警衛を解かれ、三条実美ら七卿を奉じて都落ちせねばならなかった。

この間に馬関市内で、奇兵隊と藩の正規兵選鋒隊との間に衝突が起り、互いに殺傷した。藩庁ではその処置に困ったが、結局問題の中心たる選鋒隊士宮城彦助は切腹、高杉は戒《かい》飭《ちょく》の処分を受けた。

偶発事件のため、九月十二日、高杉は就任後わずか三カ月で奇兵隊総督を免ぜられたことになる。後任は河上弥市、滝弥太郎の二名。奇兵隊の一部は折から三田尻に着いた三条らの警備の名目で、馬関から三田尻に移されたが、筑前の志士平野二郎が生野《いくの》の代官所襲撃を計画すると、隊長河上弥市は自ら有志を誘って脱走してしまう。

七月二十四日、幕府の攘夷問詰使中根一之丞が軍艦朝陽丸に乗って馬関に到着した。彼等はすでに海峡通過中、砲撃を受けていた。一行十人は八月十九日山口附近の小郡《おごうり》に至ったが、同夜から翌日にかけて暴徒に襲われ、残らず殺されてしまった。これが奇兵隊士の仕業だということは藩にはわかっていた。奇兵隊はようやく藩の持て余しものになって来た。八月十八日の政変後の佐幕守旧派の擡頭の空気の中で、早くも奇兵隊解散の議が起る。しかし重役周布政之助の反対で、小郡転陣で片がついたばかりであった。

この間に高杉は奥番頭役を命ぜられ、新知百六十石を給せられる。部屋住の身として破格の抜擢である。

八・一八政変後の京都の形勢を挽回せんとして、率兵上京の議が遊撃隊総督来島又兵衛を中心に議せられていた。高杉はもとよりそんなことは精力の浪費と考えているので、大反対である。宮市に駐屯して脱藩しても上京するといきまく来島を慰撫するため、元治元年正月二十四日、派遣される。しかし来島に、

「新知百六十石を貰ったので、命が惜しくなったか」

と罵られると、復命もせずにそのまま上京してしまったことは、前に書いた。

もっとも高杉の心算はその言のように、来島より先に死ぬことではなく、大坂にいる久坂玄瑞改め義助《よしすけ》に相談するためだったといわれる。久坂は後に一挙に加わり、蛤《はまぐり》門外で戦死することになるのだが、この時は大反対である。自ら帰国して鎮撫しようという案も出たくらいだが、高杉から聞いたというのでは、恐らく来島が承知すまい、というので思

い止ったといわれる。

することがなくなった高杉らは、京都へ上った。土佐の中岡慎太郎と島津久光の暗殺を計画したが、その機を得ぬうちに、国許の世子定広の召喚命令を持った使者が来た。三月十一日退京、二十五日山口に帰ると、翌日から組頭預けとなり、二十九日野山の獄へ投ぜられた。

すでに二度目の脱藩であるし、殊に京師恢復のために続々脱藩者が出そうな形勢だったので、罰は重かった。無論新知百六十石は召上げ、永獄という重い処分であった。

五

彼が野山の獄にいる間に、京都進撃の機運は高まる。元治元年六月五日京都の池田屋で多くの同志が新撰組に殺されるに及んで、藩主にも押え切れなくなった。六月二十二日来島の遊撃隊のほか、久坂義助、久留米の神官真木和泉守の率いる浪士隊その他が着坂し、二十七日には山崎、伏見の線に進出した。君側《くんそく》の奸《かん》、守護職会津容保《かたもり》を除くと称し、七月十九日未明御所を目指して進発したが、各隊の連絡悪く、薩摩が側面から攻撃するに及んで敗軍になる。来島、久坂、寺島らはいずれも御所内で戦死若《も》しくは自刃、真木和泉守は二十日天王山上に同志十七名と共に割腹した。いわゆる禁門の変である。

世子定広はこの時正規兵を率いて、多度津《たどつ》まで来ていたが、敗報を聞いて軍を返した。禁裡を擾《みだ》した罪により、長州征討の命が幕府に下る。

この時偶然英米仏蘭の四国連合艦隊の馬関攻撃が決定していた。八月三日艦隊が周防灘《すおう》の姫島に集合しつつあるとの報が入る。藩では折から、攘夷無謀の確信を抱いて帰国した井上聞多、伊藤俊輔の説を容れ、松島剛蔵と伊藤を攻撃猶予を乞うために派遣したが、二人が小舟に乗って姫島附近に達した時は、艦隊が抜錨《ばつびょう》したあとであった。

馬関の諸砲台は一年の間に整備され、各隊も増強されていた。しかし外国艦隊の組織的攻撃の前には一たまりもない。八月五日から六日にわたる戦闘で、死者十二、負傷者三十、人員の損害は少なかったが、砲台は尽《ことごと》く破壊され、馬関市街も榴弾を浴びた。

藩は焦土抗戦と休戦論の間を絶えず動揺していたが、しだいに後者が力を得、四日高杉は再び召出される。家老格として媾和交渉に当る人物が、他に見当らないからである。八日、高杉は家老宍戸備前の養子宍戸刑部《ぎょうぶ》と変名し、立烏帽子《たてえぼし》、陣羽織の厳《いかめ》しい姿で、井上と伊藤の先導で、英旗艦ユーリアラス号にいたって、媾和談判を開始する。しかし翌日には伊藤と共に、農家に身を潜めなければならない。君意を歪めて夷狄《いてき》に降を乞う者として、刺客に付け狙われたからである。しかし結局過激派は藩主に慰撫される。高杉らは再び召出され、十四日海峡封鎖の解除、馬関における薪炭等船中入用品の売渡、償金三百万弗支払の条件で媾和が成立した（ただし償金は結局幕府に転嫁される）。

連合軍は砲台を破壊しただけで、内陸へは進撃しなかった。その目的は長州藩の破摧《はさい》ではなく、馬関を開港せしめることにあったからである。以来下関は実質的に開港場となり、諸物資が密貿易される。長州はますます富強となり、高杉のいわゆる「大割拠」の理想に近づく。三年後の幕府の第二次征長の目的の一つは馬関を占領して、貿易の利を収めることにあった。

しかしこれは後の話、元治元年の第一次征長は戦わずして長州の屈服に終る。藩主父子は恭順し、三家老は斬首され、山口政庁は破壊される。以後一年、藩はいわゆる俗論派の支配時代になる。

周布政之助は自刃し、井上聞多は刺客に襲われて重傷を負う。高杉は筑前に亡命し、野村望東尼の平尾山荘にかくまわれる。奇兵隊以下の諸隊は解散を命ぜられるが、隊員はすでに四百名に達している。諸隊は瀬戸内沿岸の豪商や庶民の支持を得ており、総督は山県、伊藤等、いわゆる正義派の新進である。老中の直接支配による正規軍とは組成が違い、中間に総督という指揮の中核が挟っているから、容易に解散せしめられない。

この形勢を察して、高杉はひそかに馬関に帰る。馬関会所を占領して財源を確保し、諸隊を併せて、萩に進撃する案を持って来た。しかし奇兵隊総監赤根武人《たけと》は萩藩庁との妥協、いわゆる調和論を唱え、諸隊の総督もしだいに懐柔されつつある。長府の諸隊の本陣にいたって高杉は必死の説得を試みたが、なかなか功を奏さない。

「諸君が遅疑因循、大事を決し得ないのは、赤根の説に欺《だま》されているのである。抑〻かれ赤根は大島郡の土百姓ではないか。この高杉は痩せたりといえども毛利家譜代の臣である。赤根如き匹夫と同一視される男児ではないぞ」

この言葉には高杉の行動の根本的特徴、その原動力が現われている。奇兵隊は平等の建前であるが、創立者高杉の意識は依然として譜代の臣であった。この時点で、自分が立てば、大勢を動かすことができるという判断と自信は、譜代でなければ懐抱し得なかった。

山県は軍監として長府にあり、高杉の説得を受けたが、やはり動かなかった。

最近に同調したのは、意外にも大勢順応型の伊藤俊輔である。彼は力士隊総督として馬関にあったが、まず彼が動いた。続いて長府の遊撃隊総督石川小五郎が動いた。

「これでよい。力士隊と遊撃隊で先ず事を挙げよう。他の諸隊が動かなければ、手を切るまでだ」

十二月十五日深夜、雪を踏んで功山寺に赴き、蟄居中の三条実美ら五卿に暇を乞うた。紺糸縅《おどし》の小具足に身を固め、桃形の兜を首に懸けた姿である。

大杯の冷酒を飲み干し、

「これより長州男児の胆っ玉を御覧に入れ申す」

と叫んで馬上の人となった。奇兵隊の軍監福田侠平が馬前の雪の中に坐り込み、

「高杉さん、野山の獄を忘れなさったか」

と止めたが、きかなかったという。

山県は時期尚早と判断して同調しなかったが、

　谷つづき梅咲きにけり白妙の雪の山路を行く心地して

という優雅な歌を高杉の肩印に書いて、首途《かどで》を祝ったという。

毛利支藩長府五万石は独自の判断で、隊員の領内通行を許さなかった。高杉らは海路馬関に赴き、十六日未明、新地の会所を囲んで、駐在の吏員を追った。本部を大坪の了円寺において金銀米穀を徴発する一方、遊撃隊の一部を三田尻に派遣して軍艦癸亥丸等三隻を奪い、馬関へ廻送させた。

挙兵当時、四、五十人にすぎなかった人員はその後諸隊より単独で馳せ参ずるものが多く、百二十人になったので、妙義隊と称した。総督は無論高杉、参謀伊藤以下はそれぞれ分隊長を兼ねて指揮に当った。元力士隊伍長山分勝五郎が萩政府の間諜児玉久吉郎に利をもって誘われ、隊員二十九人と共に脱走した。

長府滞陣の諸隊は高杉の成功を聞いて動き、御楯隊だけ五卿の警備に残して、十七日東方二里の吉田駅、十九日さらに北方三里の伊佐に移った。伊佐は吉田から萩にいたる街道に沿っている。つまり諸隊は高杉と呼応して萩に進撃し、俗論党を追う勢いを示したのである。萩にあった南園隊もやがて城下を脱して、これに加わった。

長府在住の五卿は、幕府との取定めで、十二月中に長州領を去り、筑前の太宰府に赴くことになっていた。五卿は萩にあった毛利父子に告別すると称し、十九日伊佐にいたった。無論諸隊に推戴されたのである。翌二十日諸隊と共に出発しようとしていると、萩から家老益田孫槌《まごつち》が来た。

彼はいった。折から伏罪後の藩状視察のため、大目付戸川鉡三郎の一行が来萩中で、藩庁は取り込んでいる、この際五卿に来られてはどんな誤解を受けるやも計り難い、諸隊が従うというのであれば、これを討たねばならぬ。兄弟喧嘩はこの際避けたい、内乱の火付役になるのは、堂上方の本意ではあるまい、と諫《いさ》めた。五卿はしぶしぶ長府に帰り、翌慶応元年（一八六五年）正月十四日馬関海峡を渡り、太宰府に向った。

この時、すでに萩の藩庁では正義派の弾圧に着手していた。高杉馬関会所占領に続き、諸隊の動きを知ると、十八日中に前田孫右衛門、毛利登人《のぼる》以下七人を捕え、十九日には尽く斬首、二十五日には若い家老清水清太郎《せいたろう》に切腹を命じた。

二十四日毛利宣太郎を総奉行とする諸隊鎮撫追討軍が萩を出発していた。長府、清末、徳山、岩国の支藩に移牒して、警備応援を求めた。二十八日追討軍の先鋒は分水嶺を越えて、厚東《ことう》川流域の絵堂《えどう》に進出した。

慶応元年正月二日、高杉は手兵三十名を率いて再び馬関会所を襲撃して、これを占領した。十二月十六日の吏員の交替とは異なり、正面切った軍事的叛逆であった。奇兵隊総監赤根武人はまだ馬関にいて策動していたが、高杉の会所占領の報を聞いて、小舟で海峡を渡り、筑前へ遁《のが》れた。奇兵隊の実権は山県の手に移った。

正月七日、御楯隊は小郡の代官所を襲撃、一支隊をもって山口を占領させた。さきに刺客に襲われて負傷した井上聞多は湯田の養家で加療中であった。所在の諸隊を集めて、鴻城軍と称し、井上を総督に戴いた。

正月六日、追討軍は伊佐の陣営に使者を送って解散を命じた。山県は策をもって三日の猶予を乞い、六日の深夜、不意に諸隊を動かした。秋吉台を迂廻して厚東川流域に出、七日払暁、四方より絵堂駅に突入したので、不意を突かれた政府軍は潰走した。

この辺は勢衰えた中国山脈が小台地に分割されつつ、朝鮮海峡に没するところで、地形錯綜している。山県は本隊を太田《おおだ》に集結、長登《ながのぼり》、秋吉の高地には見張を立てて備えを固めた。十一日と十四日の政府軍の逆襲は挫折した。

十五日高杉が馬関から来り会し、十六日政府軍の拠点、赤村《あかむら》を陥した。高杉は勢いに乗じて明木《あきらぎ》を抜き、さらに分水嶺を越えて、萩に進撃を主張したが、軍議は山県の慎重策に従い、山口に転じて備えを固めることに決めた。

二十一日清末侯の斡旋で、二十八日まで休戦協定が成った。二十五日明木の政府軍は萩に撤収した。萩の俗論党はなお結集して気勢を揚げていたが、度重なる敗戦に、しだいに藩庁で勢力を失いつつあった。

二十八日、叛乱軍側の軍艦癸亥丸が萩湾口にいたり、空砲を放って威嚇した。三十日、山口へ集結した諸隊も、各方面から萩へ向って進撃を開始した。

政府軍も迎撃の体勢を整え、世子定広が明倫館にあって総指揮を取ることになったが、この時藩主も各支藩主も、俗論党罷免の肚《はら》をきめていた。政務役椋梨《むくなし》藤太はすでに小納戸役に転補《てんぽ》されていたが、二月一日さらに大幅に俗論党役員の罷免あるいは辞職があった。

二月二日進撃中の諸隊は停止した。

叛乱軍側は君意を歪めて幕府に迎合し、亡国の実績を作りつつある俗論党を排除し、藩威を恢復するという大義名分を持っていた。これは藩主の自尊心にも適《かな》い、また瀬戸内沿岸の豪農商層の利害とも一致していた。

二月十四日、政府は公孫興丸《おきまる》誕生を期に大赦令を発して、野山の獄に繋がれていた正義党士を釈放した。椋梨藤太らは危険を感じて石見《いわみ》に迯《のが》れたが、津和野藩に捕えられ萩に送還された。翌慶応二年五月、藩議が幕府の征討軍に抗戦と決すると共に、俗論党の領袖は斬罪、他も尽く処罰された。

藩主慶親は再び藩庁を萩から山口に移していた。これは幕府への降伏条件に反する重大な決定であった。武装恭順が表向きの文句であったが、実質上はもし再び幕府が来襲するなら、防長二国を挙げて抗戦の肚を固めたものであった。幕府は面子上放置出来ず、第二回長州征伐を断行し、崩壊を早めた。

六

　結局高杉晋作の事蹟の中で一番意義のあったのは、馬関挙兵である。俗論党の勢力が強く、人みなが時機尚早として調和論を唱えていた時、彼だけが、会所占領という小蜂起が転換を生み出し得ることを見抜いたのであった。

　ただしその後の経過をよく見れば、軍事的成功によって内乱を有利に収束したのは、慎重な山県狂介であったことがわかる。高杉は「譜代の臣」の選良意識から、英雄的猪突を行って、きっかけを作っただけであった。無論これは天才的な行動であるが、後年山県らがその功の尽くが高杉に帰せられるのに不満を抱いた気持もわからぬことはない。

　大功臣高杉は再び奇兵隊総督に返り咲いて、わが世の春を謳歌しそうなものであるが、彼は「人は艱難《かんなん》を共にすべきも、安楽を共にすべきではない」とし、伊藤俊輔と共に海外視察を計画する。藩政府から一千両の旅費をせしめて長崎に行ったが、イギリスの政商グラヴァに会って、馬関開港をすすめられると、たちまち馬関へ取って返し、井上聞多らの説き伏せにかかっている。恐らく海外渡航は表向きで、汽船購入、貿易交渉、対薩工作が真の目的だったのだろう。

　馬関開港は実質的に実現し、長州の戦力を高めたことはすでに書いた通りだが、そのため高杉と伊藤は半年間の亡命を余儀なくされたのだから、歴史は複雑である。

馬関とは今日の下関市一帯、海峡の北岸の総称である。ただし本藩直轄地は会所のある新地以西だけで、大部分は支藩長府領で、さらに清末藩領がその間に嵌入《かんにゅう》している。藩政府は長府、清末には替地を与えて地域支配の統一を図り、交渉を繰り返して来たが埒《らち》が明かない。無論馬関の中継貿易、物資集積から上る運上金を、本藩に取り上げられてはたまらないからである。馬関開港はそれら貿易の利を本藩に収めることを意味する。計画が洩れると、攘夷熱のさめやらぬ諸隊に不満の声が上るし、長府、清末の若侍は、高杉を斬ってしまえといい出した。

伊藤は朝鮮へ逃れるつもりで対馬に渡ったが、その後ひそかに馬関に帰って船問屋伊勢屋に潜伏した。井上は豊後の別府に渡り、人足に身をやつして、侠客灘亀の世話で旅館若松屋に隠れる。高杉は伊予道後温泉に潜伏した後、金比羅詣りの商人姿となって、高松の侠客文人日柳燕石《くさなぎえんせき》の許に身を寄せた。後、日柳は高杉隠匿の罪で幕府に捕えられ、明治元年まで入獄した。

八月、高杉らが馬関に帰ることが出来たのは、禁門の変後但馬に潜伏している桂小五郎が帰国し、長府藩とかけ合った結果である。九月六日、海軍興隆用掛を命ぜられ、同時に馬関応接場越荷方、対州物産取組差図方、米銀総括引請等の商業的任務に就く。実際は薩摩との貿易再開に伴う諸事務を処理したのである。グラヴァを通じて、小銃二千梃、オテントサマ号を購入する。

一方坂本竜馬の斡旋による、薩長連合の気運が動いている。この頃馬関の白石正一郎宅に投じた西郷隆盛に対して、酔払った高杉が盛んに罵声を発しつつ、薩長連合同盟を促進する腹芸の一幕が伝えられているが、恐らく功を高杉に帰するための虚構であろう。

馬関挙兵の時点でも軍事的実権は山県にあった。この頃、政治的指導力は、京都で周旋の経験を持つ桂小五郎に移っている感じである。

慶応二年六月第二次長幕戦争、高杉は陸海軍参謀となって馬関海峡を渡り、小倉口で奮戦するが、この方面の幕府軍の抵抗は案外強く、華々しい戦果は挙がらない。石見方面で巧妙な滲透作戦を行った大村益次郎の軍事的成功に及ばない。

戦争前から肺と腸に結核が進んでいた。藩政府は戦闘が終った十月二十日高杉を解職し、療養に専念を命じた。翌慶応三年正月六日、金二十両と五人扶持、三月二十九日には新たに百石を給して、谷家を立てさせた。高杉家は父小忠太が存命しており、元治元年晋作が下獄中に、別に養嗣子を迎えていたからである。

四月十四日、馬関で没した。享年二十九歳。厚狭《あさ》郡吉田村の清水山に葬る。

吉田の名はこれまでに度々出ている。奇兵隊の駐屯地、山陽道と萩街道の分岐点である。

奇兵隊日記に次の記事がある。

「四月十五日、高杉東行昨宵一時遂に落命の由、只今五ツ半報知あり。

四月十六日、今夕七ッ頃東行の柩《ひつぎ》馬関より至る。遺言によって、当地清水山に埋葬。諸役付、隊長押伍司令士行って之を弔う」

妾おうが剃髪して梅処尼と号し、山麓に庵を結んだ。なお高杉はその名高い放蕩にもかかわらず、女には比較的恬淡《てんたん》で、美人を望まなかったという。妾が政治に口出しするのを嫌った。御殿山焼打の後、女が「さぞ、本望でしょう」と言ったので、すぐ手を切ったという。

遺文——

「太閤も天保弘化に生れなば、何もえせずに死ぬべかりけり」

「死んだなら、釈迦や孔子に追付いて、道の奥義を尋ねんとこそ思へ」

結局高杉の行動の原動力は長州の経済力軍事力を背景としたブルジョア的投機性にあったといえよう。譜代の臣の毛並のよさに支えられた果敢さ、情勢判断の的確さ、変り身の早さによって、志士のダイナミズムのシンボルとなった。

そこには上海の見聞から得た亡国の危機感があり、その裏返しされたものとして、「防長の腹を五大洲に突出す」という英雄的自己肥大があった。高杉はそれをしばしば分裂した言動によって表現した。

自己の行動から利益を収めようという気は全然なかった。しかし慶応年間の長州は、慎重な陰謀によって討幕を実現し、それまでの投資を回収する段階にいたっていた。高杉の任務は終ったといってもいいので、その死はむしろ時機を得た感じである。死は奇妙に、丁度いい時やって来るものである。

竜馬殺し

一

慶応三年（一八六七年）十月十四日は徳川十五代将軍慶喜《よしのぶ》が京都二条城において、大政奉還を宣言した日である。嘉永六年（一八五三年）ペリー来航以来、朝野をあげて揉みにもんだ問題、つまり外国と条約を締結する主体はどこにあるか、日本の主権はどこにあるべきかの問題が、ついに幕府の屈服に終り、王政復古の道が開かれたのである。

翌月十一月十五日、河原町蛸薬師《たこやくし》の醬油屋近江屋の二階で土佐の海援隊長坂本竜馬、陸援隊長中岡慎太郎が暗殺された。二人はかねて薩長同盟を斡旋し、特に竜馬は上司たる後藤象二郎を動かして、大政奉還の機運を促進した人物である。中岡は竜馬と意見が違い、戦乱によらずんば革新は成し遂げられないという意見を捨てず、この日も竜馬を訪れて、激論を戦わせたという。

互いに激昂して、刀に手をかけまじき勢いになるので、申し合わせて、わざと刀を身辺から遠ざけておいた。そのため刺客に踏み込まれた時、防戦出来なかったという話までついているくらいである。

刺客は最初は近藤勇ら新撰組の手の者と信じられていた。あるいは海援隊の関係で竜馬に含むところがあった紀州藩三浦休太郎《やすたろう》の使嗾《しそう》によると信じられ、報復のため十二月十七日海援隊陸援隊有志によって、伏見の天満屋に三浦を襲撃するなどがあったが、現在では見廻組の佐々木唯三郎《たださぶろう》以下七名の犯行であることが確定している。

見廻組は慶応二年、主として旗本の子弟を集めて京都に創設された壮士隊で、大体新撰組と同じ任務を持っていた。同じ京都守護職会津容保《かたもり》の支配に属しながら、警察組織として、より公的な性格を持っていたようである。

刺客の一人今井信郎《のぶお》は鳥羽伏見の戦いの後、江戸に逃《のが》れ、榎本武揚《たけあき》について箱館まで行って抗戦した。五稜郭が落ちると共に捕虜になり、取調べ中に右犯行を自供したのである。

明治五年九月二十日、禁錮刑の判決を受け、静岡藩に引き渡された。

「其方儀、京都見廻組在勤中、与頭《くみがしら》佐々木唯三郎差図を受け、同組の者共に、高知藩坂本竜馬捕縛に罷越《まかりこし》、討果候節、手を下さずといえども右事件に関係致し、云々」

佐々木は文久二年（一八六二年）江戸で剣客志士清河八郎を斬った使い手である。今井の自供によれば、ほかに渡辺吉太郎、高橋安次郎、桂隼之助、土肥伴蔵、桜井大三郎の五人が加わっていた。出発に先立って、佐々木がいった（この辺の記述は平尾道雄『維新暗殺秘録』による）。

「土州藩の坂本竜馬、かねて不審の廉《かど》があって、先年伏見で捕縛に向った所、短筒をもって同心二人を打斃《うちたお》して逃れた。其男が河原町にいる事がわかったから、今度は取逃さないように捕えよと云う御差図である。もっとも手に余ったらば、切捨ててよろしい」

「御差図」というのは普通老中の命令の意味だが、守護職松平容保の命令かも知れない。何分新参者の私にはわからなかった、と今井はいう。

どっちにしても、幕府がかつて同心二人を殺した不逞《ふてい》の輩《やから》として、警察的に竜馬を殺害しようとしたことがこれでわかる。警官殺しが警察によって、報復的に追及されることは、いまも昔もかわりはない。そういう形式的な罪名によって、政治犯を殺そうとするのも、また権力の常套手段である。

同心殺傷とは、前年一月二十三日、舟宿寺田屋で伏見奉行の配下に襲われた時のことである。その二日前に薩長の秘密軍事同盟いわゆる薩長連合が成ったところだが、噂は早くから巷に流れていた。竜馬がこの間に立って奔走していたことも、幕府にはわかっていたのである。

以来、竜馬は主として鹿児島、長崎方面で運動し、京都に近寄るのを避けていたのだが、情勢が逼迫《ひっぱく》したので、十月九日来才谷《さいだに》梅太郎の変名で、入京していた。しかしそれから四十日目には刺客の手から逃れられなかったのだから、やはり警察はこわい。

竜馬の下宿先、近江屋の主人新助は危険を感じていた。裏の土蔵に密室を作り、万一の時は、梯子を降りて、裏の誓願寺へ逃げられるように準備していた。食事の世話も坂本の下僕藤吉が一人で受け持っていたのだが、坂本は案外呑気だったという。この日は風邪気味で、用便に不便だからとの理由で、母家の二階に移っていた。真綿の胴着に舶来絹の綿入を重ね、黒羽二重の羽織を引っかけていた。

中岡が訪問したのは、同志の宮川助五郎のことを相談するためだったという。宮川は前年三条大橋で制札《せいさつ》を棄てようとして、新撰組の手に捕えられていた乱暴者だが、放免してもよいと、守護職陣屋から連絡があった。どういう形で受けるべきか、その後の配置などについて、坂本に相談しに来たのである。

話をしているうちに日が暮れ、土佐藩下横目《したよこめ》の岡本健三郎、近所の本屋菊屋の倅峰吉なども来合わせた。しばらく浮世話をして七時すぎ、坂本が、

「腹が減った。峰、軍鶏《しゃも》を買うてこんか」といい出した。中岡も、

「俺も減った。一緒に食おう。健三、お前も食って行け」という。

しかし岡本はもじもじしながら、

「いや、私はまだ欲しくない、ちょっと行くところがある。峰といっしょに出よう」

「また、亀田へ行くんだろう」

と中岡がひやかした。亀田というのは、河原町四条下ル売薬商太兵衛のことで、その娘お高が岡本の妾だったからである。岡本は頭を掻いて、

「いや、今日はちがう。ほかに用事があるのだ」

といいながら、峰吉と連れ立って、近江屋を出た。この時坂本の下僕の藤吉は階下の表八畳の間で、楊子を削っていた。

「俺が行こうか」

といったが、峰吉は、

「いや、私が行く」

といいすてて表へ出た。大政奉還により京都の政情も一段落した後で、なんとなくのんびりした雰囲気だったのである。

峰吉は四条の辻で岡本と別れ、四条小橋の鳥新へ行った。軍鶏をつぶすのに、三十分ばかり待ち、近江屋へ帰ったのは五ツ時(八時)だった。その間に刺客が入ったのである。

二

今井信郎の自供によると、午後二時頃桂隼之助が竜馬が在宅かどうか探りにいったが、いないということなので、一同東山辺をぶらぶらしてから、八時頃戻って来た。

佐々木が「松代藩とか認《したた》めた」名刺(木札)を出して、「先生に御意得たい」と申込むと、下僕が心得顔に引込んだので、さては在宅だなと見込をつけた。かねて手筈の通り、渡辺、高橋、桂の三人が付入るように二階に上る。佐々木は階段の上口に立って通路を塞ぎ、今井、土肥、桜井が入口その他を固めた。今井は家内の者が奥の間で騒ぐので取り鎮め、階段の下に引き返すと、三人がどやどや下りて来た。

「竜馬のほか二人計《ばか》りいたので、手に余って竜馬を討留《うちと》め、後の二人は手負わせたが、生死は見届けない」というので、佐々木は、

「そうか。では仕方がない。引き揚げよう」

といって、それぞれ止宿先に引き取った。もっとも今井は刑を終えてから、下手人は自分だったといい出し、講釈師の一団に加わって巡業したが、そのいうところに大した違いはない。

竜馬は頭と背に重傷を受けて即死したが、中岡はやはり当の目標でなかったせいであろう、十一カ所の重軽傷を負いながら、翌々日まで生きていた。その間にいろいろ襲撃の模様を語り残している。

当時報せを受けて、白川の陸援隊本部から駆け付けた田中顕助（伯爵光顕《みつあき》）にしたという話。

「突然二人の男が二階へ駈上って来て斬り掛ったので、僕は兼ねて君から貰っていた短刀で受けたが、何分手許に刀がなかったものだから、不覚を取った。そうして坂本に斬りかかったので、坂本は左の手で刀を鞘《さや》のまま取って受けたが、とうとう適《かな》わないで、頭をきられた。其時坂本は僕に向って、〝もう頭をきられたから駄目だ〟といったが、僕もこれ

位やられたからとても助かるまい」

中岡は剣術はうまくなかったけれど、竜馬は北辰一刀流の千葉道場の高弟で、度々試合に勝った経験がある。しかしいくら撃剣がうまくても、不意を襲われては駄目である。清河八郎はじめ幕末の剣客志士が、案外脆《もろ》く討たれているのは、結局、闇討に会っては、剣術なんてなんの役にも立たないことを示している。

刺客は藤吉について二階へ上ると、すぐ背中から切りかけた。藤吉はもと角力取だから、丈が高く力も強い。刺客はまず用心棒から片付けにかかったのである。

この時、階下にいた近江屋の主人新助は、

「ほたえな」

という竜馬の声を聞いている。「ほたえな」とは土佐の方言で「がたがたするな」「うるさい」という叱責の言葉である。藤吉が倒れる音を聞き、「うるさい」といったのだが、藤吉は結局死んだ。

中岡は入口近くにいたため、先に斬られた。彼が覚えているのは、竜馬が刀を取ろうとして、後を向いた姿だけである。

竜馬の背中に大傷があったから、まずそこを斬り掛けられたのである。二の太刀を鞘ごと受けた。太刀打のところを鞘ごしに切られた二尺二寸陸奥守吉行の刀が残っている。しかし受け太刀は十分でなかったから、頭を鉢巻形に払われて、これが致命傷になった。

刺客が去った後、行灯《あんどん》を下げて、梯子段の側まで行き、そこで倒れたという。

「石川（中岡の変名）、刀はないか」

とひと言をいったまま、音がしなくなったという。

中岡が「幕府にもこれくらいの骨のある奴がいるから油断するな。一日も早く大事を決行せよ」といったという話。薩藩の吉井幸輔（伯爵友実《ともざね》）が、三藩の兵がまもなく上京の予定、討幕は目前にあるから安心せよ、と慰めたという話。また岩倉具視《ともみ》に深く後事を頼んだ話、などなどが残っている。

中岡が組織した陸援隊とは、土佐藩の外郭団体で、この年七月末結成。在京の浪士を新撰組や見廻組の殺戮《さつりく》から守るために作ったものである。洛北白川村のいまの京都大学の東にあった土佐藩の別邸に屯所をおいた。費用は河原町の藩邸から出ていたが、土佐藩隠居容堂は、徳川家の現勢力を温存しつつ、平和裡に統一政府を作ろうという方針だから、中岡の革命理論と合わない。事ある時は、藩の方針に反しても、薩長の討幕軍に参加するつもりであった。

彼の遺言として激越な言の多い所以だが、中岡の死後の陸援隊の行動は、やはり征幕軍の中心からはずれている。隊士五十人は慶応四年正月三日、鳥羽伏見の戦いに先立って、鷲尾侍従を擁して、高野山に赴く。そこを占拠して大坂の幕軍を牽制するのが任務である。大和は文久三年、吉村虎太郎らの天誅組が潰《つい》えたところである。鳥羽伏見が官軍の勝利に帰したからいいようなものの、もし逆目に出れば、見殺しにされるところだったので、いわば死兵であった。

坂本も中岡もかねての宿願が実現する寸前に殺されたので、それだけに同情が集まった。明治になってから、それぞれ叙位叙勲され、その言動も生き残った友人によって美化される。千里眼のような先見の明と、新日本建設の雄大な構想が附与されたりするのだが、彼等が河原町の醬油屋の二階で、犬ころのように殺されてしまった事実には変りはない。

多くの小説や伝記が書かれているが、中でも異色のあるのは十年ほど前に作られた「七人の暗殺者」という映画である。海援隊生き残りの若者が復讐を思い立ち、今井信郎の自供によって知り得た七人の刺客を探し始める。与頭佐々木唯三郎らは鳥羽伏見の戦いで戦死、他は行方不明ということになっているのだが、映画では市井に身を潜めた彼等が、次々と探し出され、殺されることになっている。

復讐者の目的は「御差図」という上からの指令の出所を探ることである。そのため佐々木が最後に探し出されるのだが、その口から洩れたのは、意外にも薩摩の二字であった。

そもそも大政奉還は土佐藩の建白によってなされたものであるが、それが行われた十月十四日には、有名な討幕の密勅が薩摩と長州に下りている。遮二無二幕府を武力で圧倒してしまおうという薩摩にとって、竜馬はいまや最も好ましからざる人物になっていた。とはいえ自ら手を下すことは、万一露顕した場合、朝野の信用を失うおそれがある。見廻組に竜馬の居所を知らせ、竜馬が薩摩藩の庇護の下にないと通達したのは、薩摩自身だったというのである。

映画の筋立は、推理小説風に巧妙に構成されていて、一応説得的である。政治の非情と残酷という認識においても、現代的である。

薩摩藩は九州の僻地に位置するという地理的条件を利用して、巨大な富と兵力を貯え、幕府に決定的な打撃を与えた。動きは大局的で緩慢だが、密偵的工作においては非情であった。

文久二年の姉小路《あねこうじ》卿の暗殺に際しても、その行動は秘密に充ちているし、慶応三年の時点でも、江戸の薩摩屋敷を中心とする、後方擾乱《じょうらん》工作は執拗を極めた。鳥羽伏見の戦いは、結局堪忍袋の緒を切らした江戸の幕閣が、三田の薩邸を焼打したことから始まっているので、その工作は結局成功している。

映画「七人の暗殺者」の作者の構想には一応もっともな点がある。しかしこの仮説が成立するかどうかは、当時の情勢と竜馬の行動をもう少し慎重に見てみなくてはなるまい。

三

坂本竜馬という人物は数ある幕末の志士の中で、魅力のある人物であることはたしかだ。

撃剣はうまかったが、ちゃんばらの実績は、伏見の寺田屋で捕吏と戦っただけである。しかしその時使った武器は前に書いたように、刀ではなく、六連発のピストルだった。

文久二年三月、島津久光の挙兵上京をめぐって京都の浪士が湧き立った時脱藩したのが、志士としての経歴の始まりだが、下関で久光の意向が浪士の期待するような討幕挙兵でないことを知ると、いち早く運動から離れている。同じ時期に脱藩した吉村虎太郎のように最後まで挙兵に望みを棄てず、伏見で久光に捕えられ、囚人として土佐へ送り帰されるようなへまはしない。

半年の行方不明の後、江戸に出て軍艦奉行の海舟勝安房守《かつあわのかみ》に弟子入りする。千葉道場の倅といっしょに勝を斬ろうとして屋敷を訪れ、「おれを斬る気で来たろう」と一喝されて恐れ入るという水滸伝まがいの挿話が伝えられているが、これは変心を合理化するために永遠に繰り返される作り話で、実際は福井藩主松平慶永《よしなが》（春嶽）の紹介によったらしい。

明治になってから慶永が伝記作者に与えた書簡によると、ある日岡本健三郎と同道で面会を求めて来た。家臣中根雪江をして応接せしめ、横井小楠《しょうなん》、勝安房守宛の紹介状を与えたという。

慶永は当時幕府の政事総裁職、公武合体派の大立物だから、土佐勤王党員竜馬としては百二十度ぐらいの大転回である。そしてこの時勝に気に入られたことが、ほとんど彼の一生を決定したといってもよい。

翌年勝の家来として上方に赴き、勝が神戸に開設した海軍操練所の塾頭になる。京都の土佐藩邸の軽輩を多く勧誘し、ついでに自分の脱藩の罪も許される。藩命により航海術修業のため、操練所へ派遣された形になった。

八月十八日の政変で、いわゆる尊攘派が朝廷から一掃され、京都の浪士狩が激しくなると、老中水野和泉守に進言して浪士二百人の蝦夷移住計画を立てるなど、その考えることが普通の勤王志士とは段が違う。

翌元治元年の京都の情勢の変化により海舟が失脚し、神戸海軍操練所が解散になると、二十人ばかりの塾生と共に西郷吉之助の懐に飛び込み、長崎に赴いて海援隊の前身「亀山社中」を組織した。薩摩が外国から購入する汽船に乗組むなどが任務で、薩藩から月三両二分の手当が出る。当時の日本には蒸汽船に乗れる海員は少なかったので、海洋技術者としてならば、どこにでも雇い手はあったのである。

この間、土佐藩では容堂の手によって勤王党の弾圧が進められ、竜馬達にも帰藩命令が来るが、無論殺されるためにわざわざ帰国する馬鹿はいない。自動的に再び脱藩者になった。

慶応元年五月一日鹿児島、二十三日太宰府（文久二年八月十八日のクーデタで京都を逐《お》われた三条実美《さねとみ》ら五卿が謫居《たっきょ》していた）、翌月一日、下関に着いた。

幕府の長州再征説があった。薩摩、土佐ら西南雄藩には、このまま長州を見殺しにするのは幕府の勢威を高めることになり、それだけ自分達の勢威は減少するという計算があった。

この形勢を利用して、三年以来分裂している薩長を仲直りさせようというのである。同じく土佐脱藩の大庄屋中岡慎太郎も長州にあって同じ運動を試みていた。竜馬が中岡と提携するのはこの頃からである。

しかしいくら目前の利害は一致していても、前の年には京都御所を中心に砲火を交えたことのある薩長である。いろいろ紆余曲折はあったが、イギリスの政商グラヴァからユニオン号を薩摩名義で長州が購入するということから、連合の機運が熟する。

そのうち幕府の征長軍は大坂に集結しはじめる。将軍家茂《いえもち》自ら大坂に出張するとあっては、薩摩も京坂駐屯軍を増強しなければならない。途中糧秣を下関で補給するのが緊急事となる。一月二十日竜馬が着京した翌日、薩摩からは小松帯刀《たてわき》、西郷吉之助、長州から桂小五郎、竜馬も同席して、薩長攻守同盟が締結される。

竜馬がいくら奇略家であるといっても、一介の脱藩士である。西郷や桂のように藩の背景もなければ、身分が違う。それだけに自由といえば自由だが、同盟締結の席に出るため京都に上る前に、大坂へ寄り、滞陣中の大久保越中守忠寛《ただひろ》（一翁）を訪ねたのは、少し自由度が過ぎる。

大久保は幕府調書頭や外国奉行などを歴任した開化主義者で、竜馬は勝の紹介で、江戸

で知遇を得ていたのだが、竜馬が呑気に宿舎を訪ねて来たのに驚き、

「貴公が長州人といっしょに上京することは、とっくに分っている。厳重に手配されているから、すぐ立ち退かないと、危い」

と忠告された。竜馬は山口で高杉晋作から送られた短銃を用意し、長州藩がつけた従者三吉慎蔵《みよししんぞう》は手槍で武装し、薩藩の通行手形を用意して入京する。

竜馬は土佐南町の質屋才谷屋の別家の生れである。才谷家は長岡郡才谷の出だが、六代目が分家して高知に出て酒造家として産を成した。祖先は馬上琵琶湖乗切りで有名な明智左馬之助光俊と称していた。産を成すと共に、郷士の株を買って次男に別家を立てさせた。光俊の居城にちなんで才谷の本家の姓坂本を名乗る。竜馬は従って幼時より、武士の子として、恐らく普通の武士以上に武士らしく育てられたのである。

丈は六尺に近い海洋型の偉丈夫だが、現存する写真は眼を細めているから近眼だったらしい。成長するにつれ、背中に獣のように毛が密生したので、それを恥じて夏でも下着を脱がなかったという。

十二歳の時、母に死なれ、「泣虫」と仇名されていたが、撃剣で才能を現わし、度々江戸に自費留学するうちに、各藩の志士と知り合った。黒船襲来におびえる江戸の有様を見て、憂国の志を育てて行ったのである。

しかしその遣り方にどことなく町人風の気楽さがあり、その意見には常に経済の観念が

伴っている。別家に育ったとはいえ、自然才谷家の家風に感染していたのである。彼が京都に潜行中使った才谷梅太郎の名前は本家から取ったものである。

大政奉還が成った後、西郷がどんな役に就きたいかといったのに対し、

「役人はごめんだ、世界の海援隊でも作らせて貰おうか」

といったと伝えられる。生きていれば、岩崎弥太郎のような幸福な境涯をたどったのではないかともいわれるのだが、薩長連合という火中の栗を拾ったために暗殺の運命を免れなかったのである。

岩崎弥太郎は土佐の下横目という低い身分の出であるが、常に権臣後藤象二郎のあとに隠れて行動し、竜馬のように政治に首を突込まなかったから金持になったのである。

四

竜馬は慶応二年一月二十日の薩長軍事同盟の締結に立ち会った後、二十三日夜、伏見寺田屋に帰って来た。寺田屋は薩藩御用の舟宿、四年前の文久二年四月には有馬新七等が上意討に会った所である。その夜のうちに竜馬は伏見奉行配下の襲撃を受ける。

事件については従者三吉慎蔵の日記と、竜馬自身兄権平へ送った手紙が残っている。なかなか興味ある詳細に充ちているので、少し傍道へそれる恨みがあるが、写してみる。

竜馬にはこのほか姉乙女《おとめ》に当てた手紙も多数残っている。やたらに肩をいからせて悲憤慷慨ばかりしている志士の手紙とは違い、町人風の率直さがあって、これも彼の魅力の一部をなしているのである。

夜中といっても朝の三時すぎ、風呂へ入った竜馬が浴衣の上に綿入れを重ね、寝酒を命じて三吉と雑談していると階下にただならぬ物音がする。

伏見奉行林肥後守（忠友、上総請西藩主）がかねて張込中の部下から、手配中の竜馬らしき人物が寺田屋へ入ったと聞き、武装した人数を出張させたのである。

女将お登勢《とせ》と対談中、入浴中の養女お竜が格子越しに外の有様を見て、すぐ浴衣をひっかけ、裏梯子を上って、竜馬に急を報らせた（たしかにこの時竜馬が生命拾いしたのは予知して用意があったからである）。竜馬の手紙——

上に申す伏見の難は、去正月二十三日夜八ツ半頃なりしか、一人のつれ三吉慎蔵と咄《はな》して、風呂よりあがりもうねようと致し候所に、ふしぎなるかな（此時二階に居り申候）人の足音しのびしのびに二階したを歩くと思いしにひとしく、六尺棒の音からからと聞ゆ。折から兼てお聞に入れし婦人（名は竜、今妻と致し居候）走せ来り言うよう、「御用心なさるべし、はからず敵のおそい来りしなり。鎗持ちたる人数、はしごだんをのぼりし也」と、夫《それ》より私も立ちあがり、袴着けんと思いしに、次の間に置き候。その儘《まま》大小さし、六発込の手筒《ピストル》をとりて、うしろなる腰かけに凭《よ》る。つれなる三吉慎蔵は袴をきて大小とりはき、是も腰かけにかかるひまもなく、一人の男、障子細目にあけうちをうかがう、見れば大小さしこみなれば、「何者なるや」と問いしに、つかつかと入来れば、直ぐ此方も身がまえなしたれば、又引き取りたり。

早や次の間もミシミシ物音すれば、竜に下知して、次の間うしろの間のからかみ取りはずして見れば、はや二十人許《ばかり》も鎗持って立ちならびたり。又盗賊灯燈二つもち六尺棒もちているもの其左右に立ちたり、其時双方しばらくにらみあう所に、私より、「如《い》何《か》なれば薩州の士に無礼はするぞ」と申したれば、敵人口々に、「上意なり、すわれ、すわれ」とののしりて進み来る。

此方も一人は鎗を中段に持って、私の左に立てりけり。私思うよう、私の左の方に鎗をもって立てば、横をうたると思う故、私が立ちかわり、その左の方に立ちたり。その時筒は打金を上げ、敵の十人許も鎗持ちたる一番右の方を、初めとして一つ打ちたりと思うに、その敵は退きたり。

この間、敵よりは鎗投げつきにし、又は火鉢をうちこみ、色々にして戦う。私の方には又鎗もてふせぐ。実に家の中の戦い、誠にやかましくたまり申さず。

又一人うちしが中《あた》りしやわからず、その敵一人ははたして障子かげより進み来て、脇差をとって、私の右の大指の本をそぎ、左の大指のふしをきりわり、左の人さし指の本の骨ふしをきりたり。もとより浅手なれば、その方に筒さしつけしが、手早く又障子のかげにかけ入りたり。前の敵なおせまり来る故、又一発致せしにあたりしやわからず。

私の筒は六丸込みなれど、その時は五つ丸込みてあれば、実にあと一発かぎりとなり、是大事と前を見るに、今の一戦にて少し静まりたり、一人のもの黒きずきん着て、たちつけはき、鎗を平青眼のようにかまえ、近きかべにそうて立ちし男あり。それを見るより又打金あげ、私のつれの鎗もって立ちたる所の、左の肩を筒台のようにして、よく敵のむねを見込みて打ちしに、その敵は丸に中りしと見えて、ただ眠倒れるように、前に腹ばうように倒れたり。

此時も又敵の方は、実にドンドン障子を打破るやら、からかみ破るようの物音すさまじく一向手元には参らず。この時筒の玉込めんとて六発銃《ピストル》の、このようなもの（原文に図解あり、後出の弾倉）取はずし、二丸までは込めたれども、左の指は切られてあり、右の手もいためており、手元思うようならず、つい手より〝れんこん、玉室〟取り落したり、下をさがしたれども、元よりふとんは引きはがし、火鉢やら何か投げ入れしものとまじりて、どこやら知れず……

手紙は事件後大分経って書かれたものだが、危機にあって竜馬の眼は少しも曇らず、周囲の状況と自己の行動をよく認識している。しかもそれを平明に表現することを知っているのは異とするに足りる。

捕手はピストルにおびえて遠巻きにするばかりなので、隙を見て三吉と共に屋根づたいに隣家にのがれた。

「その家は寝呆けて出」たらしく寝具だけ敷いてある。「気の毒にもありけれど」建具など引きはがし、戸を踏破って表へ出ると、幸い人はいない。五町ばかり走って、堀にそった材木置場の棚の上にかくれた。

三吉の知らせによって、伏見の薩摩屋敷が川舟を仕立て救いを出した。伏見奉行所より懸け合いがあったが、無論藩邸では応じない。西郷の差図ですぐ京都から医者が来る。一個小隊の兵が特派されて、厳重な護衛のもとに京都薩邸へ引き取った。

竜馬のような危険な政治運動に従う者はやたらに町屋に止宿すべきではなかった。最後の遭難の時は、後藤象二郎の斡旋で、再び帰参がかない、海援隊長として立派な土佐藩士であった。藩邸に住んでいればあんな目に遇わずにすんだのだろうが、元来土佐藩は竜馬のような人間をあまり大事にしない。幕吏に覘《ねら》われていることがわかっていても、特に護衛をつけるというような処置は取らないのである。

もっとも竜馬の方でも、堅苦しい藩邸にいるよりは、外にいる方が気楽だったに違いない。大政奉還後の情勢を少し甘く見ていたらしい節があることは前に書いた。

五

寺田屋の事件の後、竜馬は薩藩の庇護の下に、お竜と共に鹿児島へ行き傷の養生をする。一緒に霧島へ登り、頂上の天の逆鉾《さかほこ》を抜いてみたり、至極平和な生活がしばらく続く。お竜とは前から関係があったのだが、寺田屋で急を知らせた献身を見て妻にすることにきめたらしい。姉の乙女に帯でも送ってやってくれと頼んでみたり、いろいろ家庭的な面白い手紙が残っているのだが、いちいち引用する余裕がない。

第二次討長戦争が始まると、ユニオン号を下関へ持っていった。

「七月頃蒸気をもって、九州より長州に至るとき、頼まれてよんどころなく、長州の軍艦を率《ひき》いて戦争せしに、是は事もなく面白きことにてありし」

この戦争に失敗したことは幕府にとって命取りになった。幕府は軍事的に西国各藩の信用を失ったので、これがのち鳥羽伏見の戦いで、圧倒的優勢な兵力を擁しながら負けてしまう原因を作った。畿内小藩の帰趨が明らかでなかったので、兵力を集中することが出来なかったのである。

時代はこのころから全国的な動乱の様相を呈しはじめる。物価は急騰し、各地に百姓一揆が起る。幕府が第二次討長戦争を効果的に行うことが出来なかったのは、兵器糧食を運ぶ人足達が動かなくなっていたからである。

土佐藩が慶喜に政権返上を建言したのは、それが「全国随一の大名」として徳川家を存続させる唯一の方策だという判断からである。竜馬には後藤と共に上京する船中で書いたという「船中八策」がある。そこには外国交際、上下議政所の設置、金銀物価を外国と平均せしむることなど、後に明治新政府が採用した政策が述べられているが、私としては竜馬自身の手で書かれていない文書は、あまり信用したくない気持である。明治末になって発見された「藩論」と共に、竜馬の思想を蓋然的に伝えているにすぎない。

むしろ彼が海洋技術者の団体海援隊を組織し、北海道開発の計画を捨てず、「万国公法」の翻訳を命じたなどの実際的業績の方を評価したい。大政奉還を促進する一方、薩土同盟を周旋し、長崎で小銃三千梃を買い入れるなど、和戦両様の構えを取った。日本全国を戦乱に陥し入れるのは外国の干渉を招くおそれがある、というのが「船中八策」「藩論」の主旨で、そのためできるだけ平和裡に日本が近代国家に生れ変るように努めたといわれる。喧伝されるほど珍しい意見ではない。竜馬の矛盾した行動を、その後の歴史の動きに照して、辻褄を合わせただけのものであるまいか。

慶応三年十月十四日、慶喜が二条城に在京諸藩の重臣を集めた時、宿で結果を待っていた竜馬は慶喜の政権返上の宣言を聞くと、涙をこらえ兼ねた様子で、

「よくも思い切られたものかな、われこの君のために命を捨てん」といったという。

薩長連合を図る一方、文久二年以来、彼の行動には親幕路線が一貫している。そこに規模雄大な近代日本創生の構想を見るよりも、陰謀家の両面作戦を見る方が簡単である。

しかし慶喜がその後取った処置は、尽《ことごと》く幕権の強化に向っていた。もともと慶喜は将軍就任以来、強力な兵制改革を押し進めていた。外国の使節を大坂城に招き、外交権はお自分にあることを誇示しようとした。政権を返上されても、朝廷には実際的に方策が立たないのも見越しており、結局自分が摂政のような位置に就くつもりだったらしい。十一月西周《あまね》に提出させた「議題草案」は三権分立の建前を取り、行政権は徳川家にある。下院の解散権を握り、議決には三票を行使する。天皇に拒否権はない。

ただしこの議案を諸侯にはかるため、二十一日、朝命を借りて十万石以上の大名に京都召集をしたが、応じたもの十七という少数にすぎなかった。慶喜の政治力をもってしても大勢はもはやどうにもならない段階に達していたのである。江戸にある幕臣の中にも慶喜の処置を不満とする者があり、彼の制止をきかずに上京する者が増えていた。

彼の政権返上と同じ十月十四日に、薩長に討幕の密勅がおりた暗合は、歴史の不思議の一つである。偽勅である公算はかなり大きい。それなら薩長は慶喜の処置に危惧を感じ、ただちに行動を起したことになる。

十月十七日、西郷、大久保らは京都を発ち、二十一日山口に着いて、密勅を長州藩主毛利敬親《たかちか》に渡した。二十九日、長州は出兵を決定した。十一月十三日、薩摩藩主茂久は西郷らと共に、大兵を率いて上京の途に就く。時勢は竜馬の陰謀と関係なく、雪崩のような勢いで動いていたのである。

この間に竜馬は何をしていたかというと、越前へ行って来ただけである。十月二十四日、京都を発ち、十一月一日福井に着き、三岡八郎(由利公正)に会った。新政府の財政政策を聞くためということになっているが、後藤の意を体して、松平慶永の上京を促すのが目的だったと見なしてよいであろう。十一月五日帰京。

薩摩にとっても長州にとっても、竜馬には軍事同盟の仲立を勤めさせただけで、最早用ずみといってもよい。彼の暗躍を怖れる理由は全然なく、従って暗殺を指令する必要もなかった。戦争は始まっていた。竜馬がそれを知らなかっただけである。

勝海舟は明治三年四月十五日、松平勘太郎から今井信郎の自供の内容を聞いた。

「坂本竜馬暗殺は佐々木唯三郎を首として、信郎の輩乱入と言う。尤も佐々木も上よりの指図之れ有るに付き、挙事。或は榎本対馬の令歟《か》。知るべからず」

松平勘太郎とは竜馬の遭難当時在京した大目付松平大隅守信敏である。榎本は目付対馬守道衛、信敏の下僚であった。

幕府の捲き返しの機運の中にあって、部長級の警察官が、殺された部下の復讐を図ったのが真相であろう。せいぜい諸藩の間を往来して、陰謀をたくらむ不逞の輩への見せしめとしようとした、というぐらいなところであったろう。それとも佐幕過激小官僚の慶喜=

後藤路線に対する牽制であったか。

　どっちにしても、土佐の町人郷士坂本竜馬は、後世尊敬される業績にふさわしくない、あっけない最期を遂げてしまった。しかし竜馬自身は自分についてなんの幻影も持っていなかった。姉乙女に宛てた手紙――

「私をけっして長くあるものと思召しては、やくたいにて候。然るに人並のように、中々めったに死のうぞ。私が死ぬる日には、天下大変にて、生きておりても役にたたず、おらずとも構わぬようにならねば、中々こすい奴で死にはせぬ。然るに土佐の芋掘りともなんともいわれぬ居候に生れて、一人の力で天下を動かすべきは、是れ又天よりする事なり。今日までけっしてけっしてつけあがりはせず、ますますすみ込みて、どろの中のしじめ貝のように、常に土を鼻のさきにつけ、砂を頭へかぶりおり申候。御安心なされたく、穴かしこや」

　十分慎重に行動していたつもりだったのだが、陰謀家にはやはり安住の地はなかった。いてもいなくても構わぬようになった時、ほんとうに殺されてしまったのである。

保成峠
ぽなりとうげ

母成、房成、方成、暮成、或いは吠鳴に作る。休火山安達多良《あだたら》の尾山の一つであるから、吠鳴《ぼなり》が原名らしく聞えるが、あまりにも意に適《かな》いすぎ、恐らく後世の附会であろう。原音はアイヌ語であろう。保内とも作る。

一

別名石莚《いしむろ》峠は、東南麓の一部落の名から来たのであろう。中軍山、勝軍山は会津武士の命名と思われる。

標高九七三米、二本松市の西三里、耶麻安達《やまあだち》の郡境にある。安達多良、東吾妻、西吾妻、磐梯《ばんだい》など、所謂《いわゆる》磐梯火山群を北から西に控え、東は二本松、本宮に到る安達盆地に臨んでいる。山巓《さんてん》平坦、樹木に乏しく、会津の守りとして、屢〻《しばしば》その脆弱《ぜいじゃく》性を暴露した。

天正十七年伊達政宗はここを越えて葦名《あしな》氏を亡ぼし、明治元年薩長土聯合はここより、会津の不意を突いた。南方四里の中山口の本道に擬軍を出しつつ、精兵三千をもって、会津田中隊、二本松の残兵、及び大鳥圭介の率いる脱走幕兵七百を粉砕したのである。

東京生れの関西人である私は、元来東北の事情には興味が薄い方である。「ズーズー弁」

は東京の落語家が、下男の滑稽を誇張するための常用の方言であり、蘇峰の『近世日本国民史』が綴る二本松、若松の落城悲話は、戦中の玉砕主義、殉節礼讃と結びついていて、あまり愉快な読物ではなかった。

「東北」は私にとって、陰鬱、陰険、頑固等々、要するにつき合いにくいものの結晶であって、接触せずにすごせるものならば、それはそれでもよいと思っていた。

そういう私が一昨年の夏、保成峠《ぼなり》に登って見ようという気を起したのは、専ら大鳥圭介に対する興味からである。

『南柯紀行《なんかきこう》』は圭介が明治二年六月より五年一月まで、江戸城内軍務局糺問所に入獄中、「反古等を水に浸して墨汁に代へ、鼻紙にかき記した」もので、明治四十四年四月、中田蕭村《しょうそん》が編輯して「幕末実戦史」の題で出版されている。

慶応四年四月十一日部下を率いて江戸を脱走してより、小山、日光に転戦、さらに石筵の敗戦後、仙台の榎本武揚《たけあき》の軍に投じ、五稜郭開城、江戸護送を経て、獄中明治三年七月二十九日までの記事をかかげたものである。

昭和二十三年中、友人富永次郎の小金井の家に寄寓していた間に、偶然この本を見たのが機縁であった。富永は圭介の死後、山崎有信という人が大正三年に編纂した『大鳥圭介伝』も持っていた。圭介は先輩河上徹太郎夫人綾子さんの祖父に当り、前から何となく身近の感じがあったのが、直ちにこれらの本を抜出す気になったものらしい。

『南柯紀行』を読んで私が感服したのは、自己弁護のないこと、筆をまげて敗戦を糊塗《こと》する意が、いささかも見られないことである。行文簡潔、よく意を尽し、さらに所々漢詩なぞ挿《はさ》んで、風雅にもこと欠かない。

圭介が率いた伝習隊は、諸大名の江戸引払いによって浮浪の徒と化した者を集めたものである。馬丁、雲助、博徒、火消しなど、身の丈五尺二寸以上と定めて選抜し、仏式訓練をほどこした。見てくれは立派で、力も秀でていたであろうが、戦意に至ってはどうか。兵制改革はこの頃全国の趨勢であったが、薩長の軍が郷士、農民を募って、多少なりとも旧弊打開の意気に燃えていたのに比べて、これは市井の乱暴者が、喧嘩のあるところについて廻ったにすぎなかったであろう。圭介自身の情勢判断、脱走の動機は、三月四日郷里にある弟鉄二郎に与えた手紙に明らかである。

（略）上様御東帰已来、天下之形勢も俄に一変いたし、従て京師の姦賊共の取計にて追討使御差向の場合に至り、勅使も昨今差付の模様にて、都下の人心も騒々敷御座候、乍レ去上様には朝廷へ被レ為レ対聊二心なき事故、何処迄も御恭順の道を被レ為レ尽候思召に候へば、差向戦争には相成間敷哉と被レ存候得共、後は必干戈を動し候様相成可レ申候、小子儀は近来追蒙二非常之抜擢一昨冬已来三度転役歩兵頭並より歩兵頭に相成、歩兵頭より歩兵奉行に此間被二仰付一、誠に難レ有義故一命を以て幕府へ忠節を尽し候覚悟に御座候、転役以来も為二国家一色々尽力忠諫も仕候へども御採用も無レ之、三百年の基礎有レ之候得共何分姦少の吏人多々、兎角忠言は不レ被レ用、実に自然の勢歟《か》と歎息、所謂大廈之崩るゝは一木の所レ支にあらず候、今更思当悲歎仕候（略）

しかし、生粋の幕臣ではない。大鳥圭介は天保三年二月二十八日播州赤穂在岩木谷細念《さいねん》村（現在赤穂郡赤松村字細念）に生れている。尼ヶ崎藩の飛地で、後江川塾にあった時、五人扶持を受けたのは、この縁故である。祖父純平に倣って、弘化二年より嘉永二年まで五年間備前の閑谷黌《しずたにこう》に漢学を学んだ。詩文を善くしたのはこの時の素養に依る。

嘉永五年二十一歳の春、大坂の緒方洪庵の蘭学塾に入った。蘭方医学を修めるのが目的であったが、同窓に福沢諭吉、箕作秋坪《みつくりしゅうへい》、大村益次郎があり、二年半の勉学の後、帰国といつわって金を取り寄せ、江戸の坪井忠益の塾に移ったのは、既に天下のことに興味を寄せたためと思われる。

直ちに擢《ぬきん》でられて塾長となり、後輩を監督すると共に兵書築城に関する蘭書を研究した。安政四年二十六歳の時江川塾に聘せられた。築城典型及砲術新編の翻訳あり、尼ヶ崎藩に抱えられ、後徳島藩に移る。当時江川塾にいた中島万次郎に英語の手ほどきを受け、進んで横浜のヘボン、ブラオン、トムソンに数学を学んだ。一方仏人ブリュネ、カズノフに就いてフランス流の兵学を修めた。

慶応二年三十五歳の時、徳川家の人材抜擢の選に入って、五十俵三人扶持を支給された。開成所の洋学教授より歩兵差図役頭取に転じ、横浜で砲兵科を実習した。

右の経歴は温和な医師の子が、たまたま外国語の知識のため、時勢に従い軍人となったことを示している。圭介は応用の才があり、「築城典型」等の出版については、蘭書の記載に基いて金属活字を鋳造した。また写真術の大要を会得して、或る大名の邸の鬼瓦を撮影したことがあった。兵制の改革も砲術の実習も、同じ要領で外国の兵書に記すところを適用したのであった。そして遂にその成果に自信を持つに到ったのが、彼を主戦論者にしたのではないかと思われる。だから明治五年出獄後は再び軍事に戻らず、工学頭、工部大学校長など技術方面に限ったのは賢明であった。

二十七年兼勤朝鮮駐劄《ちゅうさつ》公使として日清戦争の端緒を開いた働きは、俗謡となるほど大鳥圭介の名を高めたが、事変直後、枢密院入りと引きかえに、井上馨と交替させられたところをみると、実際は情勢に引きずられ、そして明治維新の際、たまたま動乱勃発の場にいあわせただけ、ではなかったかと思わせる。

二

慶応四年春四月十一日夜二時と云ふに木村隆吉（元佐倉の臣）と共に一僕虎吉を従へ、

行李僅かに一個を携へて駿河台なる旧屋を出で昌平橋を渡り浅草葺屋《ふきや》町に出でて東橋を過ぎ同志の輩と予て《かね》約せし所の向島なる小倉庵の傍に到り、云々。

これが『南柯紀行』の書き出しである。圭介は当時三十六歳、妻みさとの間に、長女ひな八歳、次女ゆき七歳、長男富士太郎四歳（この人が河上綾子さんのお父さんである）があり、佐倉藩の知人の家まで落してやった。妻子は探索の眼を避けるために、母方の姓矢島を名乗り、明治五年圭介の出獄まで、みさの苦心も大抵ではなかった由である。

圭介は直ちに戦争するつもりはなく、鴻の台に集結して、官軍入城後の江戸の形勢を観望するつもりだったという。しかるに市川には既に兵が集中していて、幕臣土方歳三、会津藩士秋月登之助《のぼりのすけ》など十数名の幹部が軍議の最中で、宇都宮行軍を主張し、圭介は全軍の大将に推戴されるに至った。

余辞して曰く、小川町の大隊は格別、其の外兵隊の脱走は予の強て知らざる事なれば命令も行届き兼ね、且つ小子是迄戦場に出でし事なければ進退の事未熟故其の大任を荷ふ能はずと、然れども夫れまでは何日迄も事の治定する事なく今先隊出発の期に至り困却せる故枉《ま》げて衆議に従へとの事にて、追々時刻も移り前途も遠き故、余全軍の事を心得、仮りに之を都督して日光まで至るべしとて直ちに行軍の順次を定めたり。

総勢約二千五百人、三隊に分って、午後雨中行軍を開始した。

これより十七日小山の戦、二十日宇都宮入城、二十三日安塚《やすづか》の敗戦、二十四日宇都宮放棄、日光街道潰走などの記事があるが、孤軍が豊かな補給を持つ大軍の先鋒に破られて行く平凡の経過であるから省く。


宇都宮に着するや否や、右両人を日光に遺し、小銃弾薬の製造をなさしめたり、今既に五千発位は出来たれども、製作良《よろ》しからずして軍用に適し難く、愈困窮せるにより、無拠《よんどころなく》会津へ頼みたり、弾薬運送の大切なる事は曽て書物上にても心得居りたれども、今回の如く前後混乱の間に当て如何にも為し難し、噫。


今市《いまいち》には会津の砲兵隊が詰めていたが、国境手薄を理由に五十里《いかり》駅に引き上げた。今市より鬼怒川に沿って、藤原、高原（川治）、五十里と上り、それより山王峠を越えて田島に出る道は、会津の四つの本街道の一つで、後日圭介が若松に到ったのもこの道に依る。

当時会津兵が圭介等の惨状を見棄てて退いたのは、奥羽聯盟はまだ成らず、藩主容保《かたもり》は表向は謹慎中だったためである。

二十八日、江戸より軍監松平太郎軍資金を携え来り、土州兵三、四百人が大沢に入ったとの報を伝えた。二十九日、松平は土州と休戦会議中であるから、軍を日光まで引揚げることを提案した。閏四月一日、会津宰相より使者到着、圭介に紋付の羽織、兵に酒肴料を贈らる。不日会津よりも兵を出す、有志の者は既に出立したから、この上も尽力あるべしという。体《てい》のいい越境防止策であるが、会津領へ引揚のことは既に軍議決定しているから、宰相殿へよろしくお伝え願いたいと答えた。

朝、今市にて土州兵と小戦闘があったが、相引となる。

日光より会領五十里に至る両道あり、一は今市より小佐越《こさごえ》に出で高原を経て五十里へ行くなり、是れ即ち本道にして牛馬も通じ会津廻米《かいまい》の道なり、一は日光より直に山に入り山岳を越へ日蔭村に出で五十里に出るなり、是れ間道にて八里余の間人烟なく山道危険にして牛馬通り難く、蜀道の険にも劣るまじと想ふばかりなり、之を六方越といふ。

この辺から『南柯紀行』の筆には一抹の詩情が漂って来る。病者は小佐越より、本隊は六方越より行く。先鋒は午後四時頃出発、圭介が出発した時はもう暗くなっていた。

日光を出で山路に懸りしに、雨後にて泥深く姑《しばら》くの間は提灯ありたれども、終には蝋燭も尽き咫尺《しせき》も弁ぜず、加之《しかのみならず》多衆の人員なれば前後紛擾《ふんぜう》陸続として歩を進むる事能はず、一歩踏み外せば下は千仭《せんじん》の深谷なれば、半丁にては行き止り、一丁行きては休み、大軍の山路を辿る苦心譬《たと》ふるにものなし（略）深山幽谷を経て凡《およ》そ三里も行きたるに已《すで》に夜更の景色なりければ、今一里も行きたれば休息せんと疲れたる脚を強て進み程よき木蔭に倚《よ》りて腰を掛け、其の傍に落ちたる枯木を拾ひ集めて火を点じ、露に湿れるを乾せしに、最早夜更過にもなりぬれば、何れも疲労し、不覚焚火の周囲に団欒《だんらん》して石を枕とし木の枝を折つて蓐《しとね》とし露臥し一眠をなせしに風の来て樹々を吹き動す毎に露落ちて顔或は背を霑し屢《しばしば》と夢を破られたり（略）

暁方睡覚めて四方を見るに、千山万嶽一碧中に一種の花あり、即ち都下にては躑躅《つつじ》と名づくるものと同物にて其の樹幹一尺五寸或は三尺余もありて、高さ一丈五尺、又は二三丈に至るものあり、枝繁茂して四方に垂れ、桃色の花を附くるもあり、白色の花を帯ぶるもあり、就中《なかんずく》其の雪白なるもの白躑躅の花の大なるものに似て、其の嬋妍《せんけん》淡泊なる姿、万花中比論すべきなし、之を名づけて野州花と云ふ、是れ野州のみに生ずるを以て、実に四山の景況小桃原とも謂べきなり、よつて一詩を賦す

深山日暮宿無家　　枕石三軍臥白砂
暁鳥一声天正霽　　千渓雪白野州花

大鳥等の越えた六方越とは、霧降滝方面から小休戸《こやすど》を越え、大笹山の傍を通って鬼怒の

上流へ出る道ではないかと思われる。

　二日、其の後傍なる人を起し進み行かんとせしに、今朝は既に兵糧もなければ、上下共に疲れ、遅々として行くに、歩兵共も皆路傍に露臥し、已に出立せるもあり、未だ熟睡せるもあり、二里も歩みしに前に一大嶺あり、其の険梯子の如し、此を越へ三里も山上の平野を経て一軒茶屋に至れり、是れ旅人休息の為めに設くるものにして笹小屋と名づく、家に入りて見れば、諸士官諸兵雑沓し、食物を主人に乞へども、寒郷の茅屋なれば、飯は素より何にても食するものなく、或は味噌を嘗《な》め水を呑むものあり、或は沢庵を喫《か》むものあり、或は梅干を貪る者あり、又労《つか》れて炉辺に重なりて困眠せる者ありて実に餓鬼道の有様なり、始めの程は右の品もありたれども、予の着せし頃には其も既に尽きて一点の食物等も見ず、漸《やうや》く或る人鶏卵二個を贈りしにより飢餓を療したり。

「予の着せし頃」まで、既に眼の前にはない光景を描写しているところ、兵の醜態に藉《か》りて自己の落胆を蔽う将校の常套心理が、無邪気に表現されていて妙である。さりとてもその餓鬼道の中に、鶏卵二個を貯えて大鳥に献ぜし「或る人」のありたる奇蹟よ。

　一行は既に鬼怒の本流の近くにいたのである。二里山川に沿って下り日蔭村、さらに一里下って日向村に着いた。ここで会津藩士和田忠蔵、磯上蔵之丞が来り会した。家老萱野権兵衛の口上にて、兵士を国境に入れるは迷惑だということだったが、参謀会人水島の弁舌によって了解を得ることが出来た。

三日、五十里着。萱野権兵衛と面会した。萱野は会津開城後、主君の罪を負って切腹した人である。大鳥の敗兵今市に来るを聞いて出張したものと思われる。

しかし萱野も北越の形勢急なる時、敗れたりとはいえ、千の訓練を経た兵を拒む気はなかった。全軍山王峠を越えて田島に退き、次のように再編成された。

第一大隊　四百五十人（元大手前大隊）

隊長　秋月登之助、参謀松井、工藤。

第二大隊　三百五十人（小川町大隊）

隊長　大川正二郎、沼間慎一郎。

第三大隊　三百人

元御料兵加藤平内、七聯隊山瀬主馬、天野電四郎。

第四大隊　二百人

草風隊天野花蔭、村上千馬、純義隊渡辺綱之助。

会津藩士四十名が各隊に配属された。第一大隊は三斗小屋《さんどごや》口へ、純義隊は白河口へ、草風隊は塩原口へ、第二、第三大隊は日光口防衛に、それぞれ派遣されることになった。

三

大鳥が再び山王峠を越えて、今市の北三里の藤原まで出張って来たのは二十日である。五月三日奥羽二十五藩連盟成立。六日より大鳥等は正式に今市攻撃に取りかかった。この間、例によって作戦の失敗などあれど略す。十五日新規農兵募集策を持って若松に至り、会津侯父子に謁したが、奥羽同盟が成ったため人心弛緩、建策は行われず落胆して藤原に帰った。これより七月末まで戦況は一進一退、倦兵《けんぺい》を休養さすため、第二大隊を率いて、七月二十一日藤原発。田島に二泊、大内峠を越えて本郷にて昼食をとる予定のところ、城下より早馬の使いに接した。白河城奪回は失敗し、平潟に上陸の官軍の別軍は磐城《いわき》平《たいら》城を抜き、二本松に向い前進の様子だから、すぐ石莚口に出張ってくれというのである。しかし大鳥は長らく辺境にあった兵士を休めるために連れて来たのであって、戦争をするためではない、とにかく会津侯に拝謁してからのことにしたいと答えた。

二十八日士官兵士に酒肴が出た。二十九日石莚出兵につき、士官兵士に達し、説得に努めた。漸《ようや》く費用を受け取らせ、翌八月一日出陣の手筈を定めた。二本松落城の報があった。別に士官を田島に派して、農兵募集を司らしめた。

八月一日、夕方猪苗代《いなわしろ》の本陣に着いた。途中にて多くの仙台兵が猪苗代を通過するのを見た。敵軍が自国の国境に近づくのを名目に、裏磐梯の檜原《ひばら》峠を越して、米沢経由で本国に引き上げるのである。本道を通れば道も近いのに、四、五千の兵力を有しながら、官軍を怖れて潜行するのは、名にしおう仙台兵だと大鳥等は冷笑した。

二日、酸川野《すかわの》にて昼食、夕刻木地小屋に着いた。人家三十軒。保成峠頂上まで四里である。

三日、士官と共に峠に上る。陣小屋が数ヵ所あり、胸壁も築いてある。会兵二本松仙台兵が担当し、猪苗代城代田中源之進が総指揮官であった。兵力は大鳥の率いる第二大隊を合わせて七百余、しかも田中は強硬なる出撃論者であった。

五日夕刻、第二大隊に二本松会津の兵を合して四百人許り、二本松藩士を嚮導《きょうどう》として出掛けたが、山路に迷い、暁天山入《やまいり》村に着いた。二本松へはまだ二里あるので引き返した。本宮駅が焼失した。

大鳥はこの口の防備は現在の兵員にては及ばざるを憂え、若松に赴いて会津侯と執政に謀ったが、兵は諸方に分配して余分はないということである。一日も早く田島の農兵を仕立てるほかはあるまいという。会津藩には会計俗吏が多すぎるから、なるべく減員して兵に用いたいと前々からいってあるのだが、俗吏の権力が強くてそのことが行われぬまま、今日に到ったのである。

長岡は既に潰滅し、八十越、六十越の間道より会津へ引き上げて来て、若松は諸藩の兵が群集している。
八月十九日、大鳥は猪苗代に出張して出撃の無謀を主張しているところへ、使いが来て、翌二十日山入に出て、二本松進撃の見込だから、出陣してくれという。議論しても仕方がないと諦め、木地小屋に出陣の命令を下した。翌日早朝木地小屋に帰って見れば、兵は既に出発した後であった。

夫より直ちに石莚山に上り見れば、諸兵隊今朝出たりと云ふ、此に於て余また石莚山を下り山入の方へ赴き兵隊の後を追行きしに、歩兵隊の者追々帰り来れり、二本松藩兵も会兵も帰り来る故、何故汝等帰り来るやと聞きしに今朝より山入村にありし所、敵襲ひ来り身方敗軍し引揚ぐるなり、伝習隊は如何なりしやと問へば、伝習隊は正面に出で戦ひたる故、多分後より引揚げ来るべしと、彼是と物語る中、大川其の外も帰り来し故途中ながら此を聞くに、午時頃二本松の官軍進み来りしにより、仙兵並に会兵を右翼に備へ、二本松を左翼に備へ、伝習隊は正面に向ひ、奮戦敵を追ふこと十丁余に及しに、豈《あに》図らんや両翼の兵格別の血戦に及ばず山腹に引揚げしを以つて、敵両翼を追ふて山に登り、却つて正面の兵の後より打ち懸る姿となりつる故、（略）伝習隊は士官の戦死三四人、頭取浅田麟之助も重傷を蒙り、兵士の死傷凡そ三十人なり、余益ゝ三藩の兵の頼むに足らざるを知れり、（略）今夜兵隊と共に石莚山上に宿す、（略）余三藩の隊長其の外頭立ちたる者を呼び集め、今日の戦敗績の上は敵は必定明朝押寄するべし、今夜より防戦の手筈定めおかざれば間に合ひ難しと、此に於て持場をも定めけれども、何分兵員欠乏、大砲打手等も熟練の者なく、独り焦思過慮して枕に就きたり。

二十一日、敵来る時は、荻岡の台場にて大砲二つを打ちて合図となすこと予ての約束なり。

官軍の方でも攻撃策についてなかなか意見が一致しなかった。土の板垣退助は二本松を陥れたからには敵はこの方面の防備は固いであろう。よし母成口を破るに成功しても、敵が猪苗代を焼き、十六橋《じゅうろっきょう》を断って守れば容易に抜き難い、その間に後をねらわれると危いから、むしろ南方の御霊櫃《ごれいびつ》口に転じ、白河の官兵と共に、前後から勢至堂《せいしどう》口を挟む正攻法を主張した。

しかるに薩の伊地知《いじち》正治は石筵口急襲を固持して下らず、軍を両道に分けてもと自説を枉《ま》げなかった。二つの聯合軍の兵力は薩が優勢であったから、板垣が譲って、漸く作戦が決定したのである。

中山口への陽攻も伊地知の計画であった。二十一日石筵を破った後、先鋒川村与十郎は猪苗代の炎上を見て板垣の危惧を思い出し、単独長駆して十六橋の断たれる寸前にこれを渡ったのが、白虎隊の悲劇を生むもととなった。

檜《ひ》原《ばら》

一

明治戊辰元年は閏年であった。四月が二度あり、薩長土の聯合軍が会津領の東辺に迫った八月は、新暦なら九月末の時候であった。

六月十六日平潟《ひらかた》に上陸した官軍は、白河で対峙中の奥羽聯盟軍の左翼を脅かすのを目的としていた。海道筋北上の予定はあまりはかどらなかったが、白河の陣地より出撃した板垣退助の率いる別軍は、海道方面に気を取られた聯盟軍の防備の間隙を縫って、棚倉《たなぐら》を抜き、守山《もりやま》、三春《みはる》を降《くだ》し、七月二十七日には進んで本宮《もとみや》を取った。須賀川《すかがわ》に陣した仙台兵は背進してこれを恢復せんとして果さず、西方山地に圧迫されて、二十九日会津との国境保《ぼ》成《なり》峠に到った。山上の陣地では辛うじて将にのみ、宿舎を与え得たほどの大軍である。

この日は二本松落城の日である。峠を守る会津の守兵は、当面の敵の撃攘を慫慂《しょうよう》したが、仙将は弾薬の欠乏を理由に諾じない。裏磐梯《うらばんだい》より米沢を迂廻して、仙台に帰ることのみという。

会津兵は慷慨憤恚《ふんい》したが如何《いかん》ともし難い。二本松にある西軍は一路北上の勢いを示し、先鋒は既に松川に到着しているという風説もある。この際自らの藩境を固めるのが任務であるといういい分を、説破するほど強い結束力を、奥羽聯盟は持っていなかった。既に敗兵ではあるが、四千の兵の戦線離脱が、この方面の戦闘に重大な影響を与えたことは否定出来ない。

江戸の大総督府の参謀大村益次郎の会津攻撃策は、白河方面の官軍は仙台米沢の諸藩を攻めるを任務とすべきである。大元は会津であるが、枝葉を断って根本を孤立さすのがよく、若松攻略は仁和寺宮の錦旗を翻す北越方面軍に任すというのであった。

違令の禁を冒してまで、軍を西転して会津侵略を主張したのは、白河口総督府参謀伊地《いじ》知《ち》正治、板垣退助の両名である。それぞれ伝記はその主題の人物にその功を帰そうとしているが、両者の意見は期せずして一致したと見るのが至当であろう。

両名の憂いは気候である。ここ三、四十日のうちに会津は降雪する。暖国の兵を極寒の地に用うる不利はいうまでもない。そして戦闘を遷延して、冬将軍の到来を俟《ま》つのが会津の方略の中にあるのは明白であった。

白河の本営には、八月五日頃までに、三斗小屋《さんどごや》、勢至堂《せいしどう》、御霊櫃《ごれいびつ》、中山、保成各口を固める会津の兵力が大体わかっていた。即ち官軍の北進に備えて、勢至堂の砲兵の一部が御霊櫃に移動したが、中山、保成を強化する余裕はない。この二口が会津の弱点である。

中山口は今日磐越西線の通ずる谷間の道で、道は平坦であるが、両側の山巓峻絶《さんてんしゅんぜつ》、散兵に便でない。これに反し、保成は道は険しいが、原野曠闊《こうかつ》、大兵を以て圧するに適している。

伊地知正治は断乎たる保成進攻論者であったが、この道が板垣の気に入らないのは、若松に至る途中、十六橋《じゅうろっきょう》の嶮《けん》があることであった。これは猪苗代湖西北の流出口で、疏水《そすい》工事もほどこされ、水多く流急である。たとえ保成を破るとも、会津が急に兵を引いて、橋を毀《こぼ》つ時は、大軍は湖北に釘づけになる。湖面は海抜千七百尺であるから、会津より寒さはさらに早く来る。そして磐梯北方の檜原《ひばら》方面から米沢藩に側面を窺われるに到っては、一軍覆滅の危険がある。

まず兵を御霊櫃に集中してこれを破り、前後より勢至堂口を挟めば、守兵は必ず走るであろう。しかる後白河方面の糧道を確保しつつ、湖南を進んで若松に到るのが安全であるとした。

伊地知が軍を分けてもとまで、保成進攻を主張した理由はよくわからない。当時官軍の総勢は二千五百人ばかりで、圧倒的優勢であるから、各道に兵を分つことも不可能ではなかったが、その威力の減ぜんことを慮って、攻撃の前日に到って板垣が譲り、保成口一手進攻の軍議が決った。そして結果から見れば、伊地知の作戦は成功であった。

保成峠を守るのは、会津、仙台、二本松の兵に、脱走幕兵伝習隊の一部を合わせ、七百にすぎなかった。中山口に陽軍を出すのも伊地知の周到な作戦であったが、牽制されて割く兵力も、そんな指揮の統一も、会津側にはなかったのである。

五月より日光方面の防備を担当していた伝習隊長大島圭介は、七月倦兵《けんぺい》に休息を与えるために、兵の一部を率いて会津に来たところ、板垣の別軍の行動によって事態急変、この口の防備を受け持たされたのである。

大島は蘭語の兵書の翻訳があり、フランス流の教練にも通じた当時の進歩的兵術家である。保成峠山頂を視察して、その守るべからざるを憂え、屢《しばしば》と若松に増兵を乞うたが、北越の形勢も不利の現在、会津藩にはその余裕がなかった。砲塁の強化に専念するのがせいぜいであった。

しかも会将田中源之進は出撃論者であって、大島の諫止《かんし》は聞かれない。二十日二本松恢復の目的で兵力の大半をあげて、山入《やまいり》村に降りたが、三十余名を失って、引き上げて来た。

烏合の衆の常として、他隊の力戦に及ばざる怨みのみ積った。

大島は出撃隊の敗戦の上は、敵は必ず明朝押寄せるべしと予期し、持場を定め、防戦の手はずを整えて寝についたが、この日田中の軍が接触したのは、総攻撃軍の先鋒であって、翌日の攻撃は、伊地知等のとくに定めてあったことであった。

攻撃命令は八月二十日附各軍に発せられていた。勢至堂口は二十二日、三斗小屋口は二十三日、藤原口は二十八日、それぞれ攻撃を受けた。組織的な外線作戦だったわけである。

那須山中の三斗小屋では陰惨な戦いが行われたが、勢至堂を攻めた肥前、尾州の軍は、空虚な敵陣を見出した。保成は既に破れ、この日湖北の猪苗代城が炎上した。火の手を見て、勢至堂、御霊櫃両口の軍は急遽十六橋を救うべく、猪苗代の南岸を退却しつつあった。しかし救援は間に合わなかったのである。

二

二十一日の保成峠の戦闘の模様は各藩の記事ほぼ一致しているが、敗軍の側の語るところが、戦場の混乱を如実に伝えていると思われる。

大鳥圭介が函館で榎本武揚《たけあき》と共に降った後、東京糺問所の獄屋で誌した『南柯紀行』は、私の常に愛読する敗走記である。この戦闘に興味を持つに到ったのも、実はこの文章のためである。

二十一日敵来る時は、荻岡の砲台にて、木砲二発を打ちて合図となす事、予《かね》ての約束なり。余昨日以来の奔走に疲れたれば、早暁迄熟睡せり、然る所六ッ半頃（午前七時）なりしか、東方に当り、砲声二発聞えたり。是れ敵来るなりと、直ちに起き、飯を喫して、直ちに兵隊に命を伝へ、中軍山へ上りて見れば、敵両道に分れ、一は南方の谷間より、一は北方にある山上に来れり。因《よ》つて兵を夫々《それぞれ》分配し、田中は中軍山に赴き、余は第二大隊並二本松の兵を帥《ひき》ゐて、勝岩の上に登り、北方の敵に当れり。先づ本多、大川に兵隊を付けて遣し、少し後れて至り見れば、已に砲撃盛んにして、互に渓を隔てゝ打ち合ひ居り、我に胸壁ありて、彼に無く甚だ防ぐに便なりければ、身方死傷もなく戦ひをなしたり。

保成峠は安達多良《あだたら》山の尾山の一つで、北に高く、南に低い地勢である。勝岩は北方の懸崖。南方の天狗角力取山の間の鞍部《あんぶ》を、石莚《いしむろ》より到った本道が越えている。山頂は平坦、樹木に乏しく、防禦《ぼうぎょ》線正面は三里にわたる。荻岡は南方の小台地、中軍山は峠の関門の北に接する高地につけられた名と思われる。

勝山の下の方にては、第一大隊、新撰組（会津兵である＝大岡）合併の人員にて防ぎたりしが、余心元なく思ひ、少し下りて此を見るに、人数も少なく、散兵も不充分なれば、余種々これを指揮し置き、四ッ半頃（午前十一時）にもありけるか、南方の砲撃衰へたる模様（第二大隊の持場と南方の口とは間隔一里余もあり）なれば、心懸のまゝ、南方に下りて中軍山近くに至り見るに、荻岡に火焔起れり。甚だ不思議に思ひ、偵察を遣はせしに、荻岡方面破れ会津の兵引揚げ敵入りて、陣小屋へ火を放ちたるとなり。而して勝岩より上の敵は、我が火の烈《はげ》しきによりて、胸壁近く次第に引き退き、勝岩より下に廻り、南方に進みければ、勝岩の方も砲撃減ぜり。因つて第二大隊の中一小隊も中軍山の方へ廻し応援をなさしめんと思ひ、十丁計《ばか》りも上りける所、中軍山の辺の砲声近く聞え、歩兵共追々引退く色に見ゆる故、如何なる事にやと思ふ中、八ツ時（午後二時）前なる頃、敵早や中軍山よりも近き山上に来り砲発せり。此に於て余又関門の後に下り敗兵を聚《あつ》め、此所にも堅固なる胸壁あれば、今一防戦と頻《しき》りに指揮せる中、何物の所業にや本営の陣屋に火を掛けたり。敗兵なれば、敵已に後方に廻れりと言ひ触らし、追々迯去《にげさ》り踏み止まる者甚だ少し。実にこの口にして敗るれば会藩の滅亡旦夕《たんせき》にあり、今一奮戦と怒罵すれども、必死のもの乏しく……

地形の記述がごたごたしているのは、敗者の狼狽した眼が、無理に正確に努めたるためと思われる。攻める者は地形を作戦の見地から見るから、遥かに明快である。例えば『山内豊範家記』はいう。

八月廿一日朝六時、全軍三道ニ分チ、玉ノ井村ヲ発ス、（略）左ノ間道ニ向ハ、薩ノ分隊及ビ大村兵ナリ、右ノ間道猿岩口ハ、我第二、第四合隊長祖父江可成（略）長ノ分兵六十名許ト、共ニ進ム。各藩本軍ハ、石莚口ヲ通リ本道ニ向フ、（略）官兵既ニ石莚、猿岩両道ニ迫ル、賊、一声ノ号砲ト斉《ヒト》シク、石莚、猿岩両所ニ蟻集ス（略）賊、前岸ノ路頭ニ胸壁ヲ横ヘ、厳シク防戦スルヲ以テ、一兵モ谷ヲ越ルニ由ナシ、皆谷ヲ隔テ、身ヲ岩石ニ隠シ銃戦ス、距離凡六七百ナル（略）須臾《シュユ》ニシテ霧、嶽山ノ中央ニ起リ、彼我共ニ霧中ナリ、只砲声ヲ聞ク已《ノミ》、時ニ本道亦已ニ開戦ス、賊、本道数処ニ要害ヲ設ケ、防禦力ヲ極ム、薩ノ砲兵進ミ撃之（略）須臾ニシテ敗走ス、又進ム一丁余、賊、山勢高下ニ従ヒ、三砲台ヲ築ク（略）我砲隊並ニ薩、長ノ兵、深ク入ツテ砲台ニ迫ル、時ニ午後ナリ、賊亦能ク防グ、勝敗未ダ判セズ（略）猿岩口ノ官兵、進ニ術ナク稍《ヤヤ》発砲ヲ止メ、以テ時機ヲ待ツ、賊亦嶮ヲ頼ミ、深ク力ヲ不用（略）、猿岩口ノ我兵、長兵ト相議シ、各二十五六名ヲ出シ、下岸ノ越ユベキヲ求メ令《シ》ム（略）乃《スナハ》チ賊ノ耳目ヲ忍ビ、樹ヲ伝ヒ岩ヲ攀《ヨ》ヂ、谷ヲ越エ絶壁ヲ攀テ、辛ジテ本道、猿岩ノ中央ニ出ヅ、賊、更ニ不覚、疑ヒ認メ、味方ト為スニ似タリ（略）忽《タチマ》チ狼狽、胸壁ヲ棄テ敗走、本道砲台ノ兵モ亦、顧テ敗ス、猿岩ノ全軍一時ニ絶壁ヲ越エ進撃ス、本道ノ兵亦進撃シテ、悉《コトゴト》ク賊ノ砲台ヲ奪フ、於是、両道兵相合シ、直チニ賊営ニ火シ、母成ノ関門ニ迫ル、

記するところ大鳥の記述と一致し、しかも軍事行動が明白に書かれている。要するに潜行して勝岩と本道の間に出た奇兵が成功したのである。この潜兵を嚮導《きょうどう》したのは、二本松側の村民であるが、会津側では今日でもこの村の人と附合わないという話である。

しかしこの感情は果して真実に根ざしているか。板垣退助は後日当時を回顧しつつ、会

津領の土民が敵である板垣等を歓呼して迎えた事実を指摘し、武士の争いは人民と関係がなかったと述懐したそうである。談話は彼が後に抱くようになった自由民権の思想で彩られて聞える。侵略者が諜者と案内人にこと欠いたためしはない。

しかも奥羽聯盟は、兵士の間に一心同体の感情を育てる性質のものではなかった。各方の国境に出張した会津兵は、必ず火を放って退却したから、住民の不満を買った。仙台兵は福島の町で暴行して、町人に殺されている。つまり保成峠両側の住民の疎遠は、後世史家の美談作りの影響ではないかと私は疑うわけである。

閑話休題、こうして戦闘は長、土の奇略によって決着した観を呈しているが、実際は二千の勝ち誇った兵と、七百の烏合の衆では、勝敗は戦う前からきまっていたのである。

……敵は次第に迫りける故、胸壁に残るもの余を合せて僅か数人のみ、間もなく敵群り至り弾丸雨よりも甚しく、会人田中、小森等と謀り（略）残念ながら退くより外なしと申合せ、其より順路を経て山を下り、木地小屋の方へ帰りしに、敵近く追ひ来り、頻りに狙撃なせども、一発も命中することなく、其の場を逃げ延び、今後防戦の策を相談しながら歩み、二里程も帰りたるに、前の林中より呼ぶ笛の音せり。身方の者ならんと何心なく進み寄りしに、敵兵早くも間道より抜け来り此に潜匿し、不意に砲発、余大に愕然措く所を知らず、急に道の右側に走り入り、草間に伏し、其より林間に入りし所……

伏兵は官軍の左翼、薩の川村与十郎の率いる四番隊である。天狗角力取山東縁の間道を越えて、保成関門の背後を襲う任務を帯びた兵であったが、道に迷い、漸く山路を抜けた時は本道の戦いは済んでいた。因ってさらに二里前進宿陣したところへ、大鳥等が差しかかったのである。ただしこれは大鳥らが退路を猪苗代《いなわしろ》に取らず、裏磐梯に取った弁明ではないか、との疑問が残る。

三

大鳥としては、四月の安塚《やすづか》の戦以来、二度目の敗戦であるが、この度は遥かに悲惨である。従う者兵三、四と従者一人のみ、後方の木地小屋は燃え、猪苗代の方面の本道は閉されているので、若松に帰るには、磐梯山の北を迂廻して、米沢道に出で、大塩川に沿って下るほかはない。

既に日は暮れ、咫尺《しせき》を弁ぜぬ山中を一上一下、山を越え谷を渡って進む苦渋は一通りではない。遂に力尽きて、天明を待つことにして、大樹の下に倚《よ》れば、昨夜の疲労にて、不覚の眠に着く。雨が降り出し羅紗《らしゃ》の軍服もしとど濡れた。南方に火焰が雲に映ずるのは、木地小屋より猪苗代に至る沿道の村落の焼失するものらしい。

ふと眠りより覚めれば、近くの林間に女の声がする。夢かと思えども、心を澄まして聞くと、人語に相違ない。従者を起して調べさせれば、木地小屋及び大原村の百姓が、戦乱を避けて隠れたものであった。火を貰おうと近寄ると、小児を連れた老婆が三、四組いる。炊いた飯を鍋ごとすすめられて、二個を握飯として食べ、一個を紙に包んで後に備えた、云々の細かい筆致は、敗軍の実状をよく写している。

それより一人のいやがる男に金を与えて秋元原まで嚮導さすなどの詳細も、全文引用したいくらいであるが、あまりくだくだしければ略す。この夜大鳥が迷い込んだのは、今日の地図に沼尻鉄道木地小屋駅の北、焼山、鞘ノ木山と記載されている山地らしい。秋元原は即ち秋元湖をたたえたところであるが、これは明治二十一年の磐梯山の爆発によって閉塞されて生じたもので、当時は小流に縦横に貫かれた山間の湿地にすぎなかったであろう。

ここで大鳥は部下の第二大隊の者や会津兵の一部と会い、互に無事を祝し合った。原は西南に開けていて、長瀬川に沿って、猪苗代城へ降る道がある。少し進んだが、城は既に敵の有に帰したとのことであるから、再び秋元に取って返し、道を西へ取って一里半、また木地小屋という名の村に着いた。湯に入って一泊。

翌二十三日再び雨降る。宿の主人に古茣蓙《ござ》を貰って出発。今日の檜原湖底と察せらるる、游泥多きところを屢々顚倒しつつ、正午頃漸く大塩村に出た。これは会津より米沢へ通ずる本街道の宿場、濁酒二、三杯飲んで、若松へ向うと、婦女子ばかりでなく、諸藩の兵士が陸続として上って来る。仔細を訊ねると、官軍はこの日の朝より若松城下に侵入し、危き故米沢に落ちるところであるという。中に混って意外にも伝習隊の将校本多、大川、土方歳三の来るに会った。互に無事を祝しつつ、とにかく大塩村に引き返した。ここで大鳥は前々夜落伍以来、初めて戦況を聞くことが出来たのである。

本多等はその守備位置が北方であったため、大鳥のように山中に迷い入ることなく、比較的坦路によって、秋元原に降り、二十二日官軍の進攻より早く、猪苗代を経由、若松に帰ることが出来たのである。しかるに官軍の先鋒は意外に早く、同日午後には十六橋まで追い来り、会津の工事隊は橋を撤する隙がなかった。小戦闘後遂に橋を敵に委ねて退いた。これより若松まで二里半、二十三日は朝より、滝沢峠で激戦中だが、若松は城下に精兵少く、勝算はない。本多等は戦いに加わろうにも、手兵がない。本隊は多分檜原の方面へ退いているだろうと思って、この道を来たということである。

大鳥は戦死という噂があって、兵も落胆当惑していたところであったのに、無事な顔を見ることが出来て夢のようであるという。大鳥もまたみなの手を取って号泣した。

これよりの一同の行動について、大鳥とても確固たる方針が立てられるはずがない。若松の急を聞いた以上は、救援に赴きたいは山々であるが、兵士は離散しているから、如何ともし難い。隊を纏めるのが第一、とにかく檜原まで退いて兵の集るのを待ち、その上で進退を決しようと将校たちの衆議一決、出発した。

檜原は大塩の東北二里余、標高七八〇米、北に檜原峠を越えて米沢まで六里の地点にあった。四方を山に囲まれた酷薄不毛の地で、村民は木地をひき、或いは旅店を設け、駄馬を追って、生計としていた。明治二十一年の噴火で湖底に没し、現在湖岸の檜原村はその南に移したものである。

大塩より檜原へ到る道は萱《かや》峠、蘭《あららぎ》峠越えの山路である。雨後のこととて、泥深く行歩難渋である。長岡侯の奥方、侍女、その他女共の肩に倚り手を執り、険路泥濘の中に屢ゝ転倒しつつ行くのは、見るも憫《あわ》れな眺めであった。大鳥は幸い馬を借りることが出来たので、歩行の労はなかった。

ここに私が『南柯紀行《なんかきこう》』中、最も印象を受けた文字がある。明治四十四年中田蕭村《しょうそん》が「幕末実戦史」の題名で出版した本文によれば、右に続いて次のように出ている。

後を顧れば城下の砲響炎焔耳を貫き目を覚し、肝胆時に砕け、前を望めば千山万山、食糧なく弾薬なく涕涙時に下る。

大鳥圭介は赤穂在岩木谷の医家に生れ、閑谷黌《しずたにこう》に学んで、詩文を善くした。戦闘の頗《すこぶ》る散文的な叙述の間に漢詩を挿《はさ》み、行文屢ゝこのように詩趣を帯びるのが『南柯紀行』の一特徴である。常套的感傷に溺れる憾《うら》みなしとしないが、時に敗兵の心事を写して、感動を誘う。

右もその一例であるが、『大日本地名辞書』第五巻「檜原」の項に引用された本文は少し異っている。

　後を顧れば、城下の砲響災焔、眼に映り耳を貫き、肝胆も砕くる計り、前を望めば、万山千峰愁色を帯び、弾薬なく食糧なく（傍点大岡）

「炎」と「災」の異同は論ずるに足りないが、「愁色を帯び」の一句の有無は、少くとも私にとって重大である。

私は太平洋戦争中、比島の敗戦を経験した者であるが、敗走中自然が屡〻「愁色を帯びる」のを認めた。その多少の文学的表現を試みたこともあったが、大鳥の句を見て、実はどきっとしたのである。

「弾薬なく食糧なく」は描き得て簡明であって、愁色を帯びたのは千山万峰のせいではなく、正に人間の側に弾薬がなく食糧がなかったせいだと思わしめる。して見れば私の表現は尽《ことごと》く誤謬である。

「千山万山」と指事するに止めるにしかないのである。大鳥も果して私と同じ感傷の裡にあったかどうかが、私の関心事であった。

『大日本地名辞書』は、奥羽の各地につき、よく『南柯紀行』を引用しているが、省略はあっても、加筆の例はない。またあるはずのない性質のものである。「愁色を帯び」の一句は何処からまぎれ込んだか。

辞書は明治四十年の刊行で、『幕末実戦史』に先立つこと四年である。山崎有信著『大鳥圭介伝』（大正四年刊）によれば、戸川残花編の雑誌『旧幕府』の第一号、第二号、第四号は『南柯紀行』として奥羽の敗軍より函館平定に至るまでを掲げたとある。（この記事がまた不正確で、『旧幕府』の発行年月を欠くが、明治三十一年以前なることはほぼ確実）『大日本地名辞書』の著者吉田東伍或いはその助手が、原稿を照合したとは思われないから、右『旧幕府』所載当時は、この句があったと考えるほかはない。

しかしこう断定するには、『南柯紀行』については、不確実なことが多すぎるのである。『幕末実戦史』の編者は、原稿より複写したように書いているが、『旧幕府』所載当時より原本はなく、有志の筆写に基いた形跡がある。そしてすべて大鳥自身の校閲を経ていないのである。

前記のように紀行は、彼が獄中の徒然に任せて、塵紙に記しておいたもので、明治五年の出獄後は棄てて顧みなかったようである。その後の工部大学校長、朝鮮公使、男爵大鳥圭介の経歴は、紋切型の明治の顕官のそれで、戊辰のことは、すべてこれ南柯の一夢にすぎなかったというのが、題名の由来であり大鳥の感慨である。

しかし私は彼が日清戦争の口火を切った事蹟よりも、この『南柯紀行』中の真実によって残ると考えたい。

四

檜原で兵をまとめることなど無論出来るはずはなかった。兵員弾薬食糧の補給を求めて、米沢領に入ったが、米沢藩は既に異心を抱いていて、取り合わないので、檜原へ引き返すほかはなかった。八月二十三日には今日明日に落城と思われた若松も、諸方の兵入城して持ち直し、九月二十二日まで支えることになる。

大鳥は大塩より会津盆地に下り、包囲軍の背後に出没したが、僅少の手兵で何ほどの働きも出来ない。九月一日米沢藩の離反により、背後を脅かされるに到って、保成の二里北方の土湯峠を越え、福島を経て仙台に赴く。たまたま来った榎本武揚の艦に投じる。それより函館戦争があるが、この無償の戦いで榎本に追従したに過ぎない大鳥の行動に、私は何の興味もない。保成檜原の孤影悄然たる敗兵大鳥さえあれば私には充分である。

檜原の山々が「愁色を帯びて」いないかどうか確かめるため、さる年の夏、私は裏磐梯に旅をした。塩原の宿より藤原に出、川治、五十里《いかり》、横川、田島など、戊辰に大鳥が通った道を北上して、若松に入ったのである。鶴ヶ城も一見する予定であったが、盆地は暑さが酷しく、涼を求めて、そのまま猪苗代より檜原湖に直行した。

明治二十一年の磐梯の爆発はこの辺の風景を一変せしめている。大鳥が彷徨した秋元原、檜原はそれぞれ堰塞《えんそく》されて湖水となり、澄んだ水をたたえている。湖岸の浸蝕も進まず、沿岸の樹木も何となく水になじまない風情である。磐梯は若松より来る汽車の窓から見れば、会津富士の愛称に違わず、優美な山容であるが、裏側は大爆発の跡が大きく口を開け、夕日を映して威嚇的な印象を与える。

夜湖岸にホタルが飛んだが、テント村より流行歌が響き、異様な風態の男女が往来すること、日本中のどこの山中とも変らない。

湖水の水はすべてこれ電力の源である。大塩村より隧道を貫き水を塩川に落して、会津盆地の諸村を灌漑する素朴な案は、長瀬川方面の電力会社によって阻止された。檜原、小野川、秋元三湖の水を堰《せ》いた熔岩流は、即ち天然のダム工事である。秋元湖より猪苗代湖面まで落差二百米の水は貴重な電力資源である。海抜八一九米の貴重な檜原湖の水を、他《よ》処《そ》へ取られては大変なのであった。

この主張は猪苗代の水の利用者によっても支持された。裏磐梯の水はすべて猪苗代に注ぐべきである。十六橋、山潟《やまがた》両取口の水位は、それを勘定に入れて調整されているのである。

山潟に発する安積《あさか》用水は、オランダの技師を招いて、明治十四年に竣工し、安達盆地に二千町歩を開墾した。噴火後、三湖の決潰が始り、水が再び猪苗代に注ぐまで、恐慌は郡山まで及んだ。開墾は禄を失った士族を救うために始められたものだが、現在は七千町歩を越えている。水は無論中山の山中を発電しながら、落ちて行く。

猪苗代と会津盆地の落差三百米も、もと水は自然の傾斜に従っていたが、会津藩の造った疏水は明治政府に再検討され、東方の安積用水の不自然な流出路と睨み合わせて調整された。無論滝沢峠にも発電所が建設され、東京の電気使用量の一部を負担している。水位一分の高低も、広い猪苗代湖では、重大な量に達する。さらに湖岸の漁民農民の生業への影響も考えねばならない。

水力日本の山間の湖水の水は、一石《こく》といえども無駄にされてはいない。山中に水あるところ、風景は「愁色を帯びる」ゆとりなぞないと覚悟しなければならないのである。

早々にして檜原を退散、中の沢温泉に廻る。大鳥の紀行に沼尻の名で見えている村に隣接の新開の温泉である。スキー客が主で、夏はあまり若い客はいない。東方へ約一里のだらだら上りで、保成峠に達するまで、遂に人に会わなかった。頂上に近く、道が自然に一軒の農家の裏庭を通る時、犬に吠えられただけである。

北方に安達太良の硫黄山が風景に君臨し、白灰色の山嶺は不吉であるが、近い低山はみな山容おだやかで、ここでかつて苛烈な戦闘の行われたとは信じられないくらいである。

いかにも山頂平坦、草の中を上る一条の小径が降りにかかろうとするところに、「保成峠」と書いた道標が横倒しになっている。前方に林がふさがり、二本松平野の展望なぞありはしない。

もっと行って見ようか、どうしようかと、逡巡が孤独なる散歩者を捉える一瞬である。自然は決して愁色を帯びてはいないが、私は帰還以来、こんな人跡稀なところに足を踏み入れたことはない。一時間人に会わずに歩き通した覚えはないのである。常に安全な同胞を身近に感じつつ過して来たのだ。

しかし折角ここまで来たことだ。大鳥圭介奮戦の中軍山がどれかも判然しないのは残念である。宿の人に案内を頼めばよかった、と後悔しつつ、もう少し進めば見晴しの利くところへ出るかも知れないと思い直して、降路を進む。

草はますます深く、樹は繁って暗い。道を横切って、若い木が倒れている。頂上で道は二つに分れていた。間違った道を選んだのかも知れない。帰路を失うのではあるまいか。自分の足音が耳につく。

道傍に二本の門柱の立つのを見た。これが門といえるかどうか。暗い樹の合間に、薄っすら緑の苔をつけた丸太が二本並んで立っているだけである。先は広く、林間に空地が開けている気配である。

突然比島山中の記憶が甦った。逃亡中、山間の見棄てられた山地人の住居を見出した時の感覚である。私は何度もこれを説明しようとした。人気のない自然の中に、人間の痕跡を見る恐怖。

結局敗兵は怖れていた。それだけのことであった。

解説　「戦争小説」としての歴史小説

川村　湊

この文庫版『大岡昇平　歴史小説集成』は、大岡昇平の長篇以外の歴史小説をほぼ網羅したものである。ほぼ、というのは、歴史小説とも考えられる作品が、大岡氏の他の短篇、あるいはエッセイの中になくもないからだ。ただ、ここに収めた十編は、間違いなく（短篇の）歴史小説といってよいもので、『天誅組』や『堺港攘夷始末』などの長篇と呼応する作品群といえる。

集中、中篇ともいえる「将門記」以外は、いわゆる幕末期に題材を採っており、大岡氏の歴史への関心が、ほぼこの時期に限定されていることが分かる。「将門記」が、古代的天皇政権から、武士政権の幕開けに位置する平将門を扱っていると考えれば、幕末期は、その長い武士政権（幕府政治）が王政復古によって終焉する幕引きの時代に当たるわけで、「渡辺崋山」だけをやや例外的なものとすれば、「天誅」や「姉小路暗殺」「挙兵」「吉村虎太郎」「高杉晋作」「竜馬殺し」「保成峠」「檜原」は、明治維新につながる、幕末の志士たちの活動の軌跡を考証するというスタイルで、近代日本の幕開けの時期を歴史的背景としている。

歴史小説といってきたが、これらは「戦争小説」といってもよいように思われる。天誅組の蹶起《けっき》から、幕長戦争、戊辰戦争、西南戦争に至るまで、日本が〝内戦〟状態にあったことは、事実である。桜田門外の変や、禁門の変、あるいは生麦事件や池田屋騒動などのように、〝変〟〝事件〟〝騒動〟などと呼ばれていたものが、大きくとらえれば、一連の〝内戦〟であり、〝戦争〟であったことは疑いない。馬関戦争という長州藩とアメリカ、フランス、オランダ艦船との対外戦争さえ勃発した。

これらの大岡昇平の「歴史／戦争」小説の特徴は、敗軍の将ならぬ、〝敗軍の兵卒〟を主たる主人公としていることだろうか。東国の〝新皇〟を呼号したといわれる平将門は別として、天誅組の吉村虎太郎、高杉晋作、坂本竜馬、大鳥圭介など、歴史上著名な人物であり、彼らの軍隊組織の中では、〝将〟に近いところにいたことは明らかだが、大岡氏の筆致の中では、農民兵や屯田兵、郷士や浪士の立場や身分を象徴する人物として描かれているように思われる。つまり、彼らは、近代日本を作り上げるための〝内戦〟〝戦争〟に一兵卒として参加した人々を象徴（代表）する人物たちであって、伊藤博文や井上馨や山県有朋のように、間違っても、その苛烈な〝内戦〟を狡猾にも生き抜き（生き延び）、〝明治の元勲〟として、近代日本政治に名を残すような人々ではなかったのである。

坂本竜馬が、海援隊のリーダー役を務めていたことは確かだが、この土佐藩士や郷士、商人などを含んだ組織が、正規の軍隊でないことは歴然であって、竜馬はそうした幕府や藩の民兵組織はもちろんのこと、官軍でもありえない、〝私党〟〝私軍〟のリーダーにほかならず、まかり間違えれば、天誅組や天狗党、あるいは平将門の軍のように〝賊軍〟〝逆賊〟の汚名を着せられることすらありえたのである。

吉村虎太郎は、負傷し、駕籠に載せられて敗走している途中に敵軍に見つかり、戦死した。坂本竜馬は、自ら画策した大政奉還の直後に近江屋事件で暗殺された。大鳥圭介は、明治まで生き延びたが、保成峠での敗戦の恥を一生抱え続けた。

大岡昇平が、こうした〝敗軍の将〟よりも〝敗軍の（兵）卒〟というべき人物に共感を覚えているように感じられるのは（もっとも、そうした感情を作品上に明瞭に表現しているわけではない。むしろ、客観的な人物評に終始していて、共鳴・共感は感じられないのだが、作品として取り上げたという意味において、十分に親炙していたと考えられるのだ）、大岡自身が、〝敗残兵〟としてフィリピンの山中を潰走し、あまつさえ俘虜となったという不名誉な戦歴があったからだろう。

戊辰戦争で、官軍と戦った旧幕軍の伝習隊の隊長・大鳥圭介は、保成峠での戦いで敗れ、山中を彷徨したうえ、ほうほうの態で落ち延びた。その敗走行を『南柯紀行』に書いているが、そこにこんな文章が見られるという。「後を顧れば、城下の砲響災焔、眼に映り耳を貫き、肝胆も砕くる計り、前を望めば、万山千峰愁色を帯び、弾薬なく食糧なく（傍点大岡）」と。

この文章を引用して、大岡昇平はこんなことを書いている（「檜原」）。

私は太平洋戦争中、比島の敗戦を経験した者であるが、敗走中自然が屢々「愁色を帯びる」のを認めた。その多少の文学的表現を試みたこともあったが、大島の句を見て、実はどきっとしたのである。

「弾薬なく食糧なく」は描き得て簡明であって、愁色を帯びたのは千山万峰のせいではなく、正に人間の側に弾薬がなく食糧がなかったせいだと思わしめる。して見れば私の表現は尽く誤謬である。

「千山万山」と指事するに止めるにしかないのである。大島も果して私と同じ感傷の裡にあったかどうかが、私の関心事であった。

大岡昇平が、フィリピンでの敗走行を基に『野火』や『俘虜記』という代表作を書いているが、そこに山中の密林をさまよいながら、敗残兵の心境を反映してか、自然が愁色を帯びて見えることを体験している。〝敗軍の兵〟が、その悲惨さと絶望と疲労のなかで、その眼にどんな自然を映し出すだろうか。大岡昇平は、自分の眼に映った〝愁色を帯びた〟自然と、大鳥圭介が、吉村虎太郎が、そして坂本竜馬が、渡辺崋山が、さらに、平将門の〝敗軍の将兵〟の見た末期の風景が、同じものであることを感じていたのである。
大岡昇平は、そのことを確かめるために、わざわざ大鳥圭介が敗走した裏磐梯の山中に行ってみることにした。「塩原の宿より藤原に出、川治、五十里《いかり》、横川、田島など、戊辰に大鳥が通った道を北上して、若松に入」り、そこから保成峠へと向かった。さらに、引用する。

道傍に二本の門柱の立つのを見た。これが門といえるかどうか。暗い樹の合間に、薄っすら緑の苔をつけた丸太が二本並んで立っているだけである。先は広く、林間に空地が開けている気配である。

突然比島山中の記憶が甦った。逃亡中、山間の見棄てられた山地人の住居を見出した時の感覚である。私は何度もこれを説明しようとした。人気のない自然の中に、人間の痕跡を見る恐怖。
結局敗兵は怖れていた。それだけのことであった。

大岡昇平が、その歴史小説の中で、戦争を書こうとしたのは、それも敗戦であるような戦争しか書こうとしなかったのは、むろん、作家自身のそうした敗戦経験があったからだ。戦争の最中にいる者、その渦中にいる者にとって、戦争の全体を眺め渡すことは不可能だ。

どちらが正義であり、どちらが不正義で、どちらが官軍で、どちらが賊軍であるかなどは、戦争が終わった時点でもなかなか明らかにならない。いや、それは遥か歴史を遡ったところで、正しく決着の付く問題ではないのだ。

日本の歴史上、最大の悪役、逆賊、賊軍の大将といわれる平将門も、簡単にいうと、『神皇正統記』や『大日本史』といったファナチックな神国思想、皇国思想に染め上げられた後代の歴史観によって作り上げられた〝歴史修正主義〟による産物であって、平将門の人物像も、その蜂起の歴史的な意味をもまったく見ようとはしない空想的なものであって、万世一系の天皇制を強調するために、あえてその最大の悪役として彼を召喚したものにほかならないというのが、大岡氏の「将門記」の大筋の考え方である。

もちろん、これは一部の将門ファンのように、彼をロマン的な叛逆者、悲劇の英雄として伝説化するような歴史物語（真山青果や海音寺潮五郎の『平将門』のように）とは一線以上を画している。江戸の神田明神の祭神とする将門伝説や伝承も、大岡氏の作品の中ではほとんど顧慮されない。ただ、そこに傭兵とされ、徴兵されたかもしれない一般民衆の謀叛や革命に対する儚い願望の名残りのようなものが認められるだけなのだ。

大岡昇平にとって、「歴史」とは書かれた歴史文書であり、史料であり、就中《なかんずく》、その歴史文書の文体である。「将門記」の中で、その根本史料である真福寺本『将門記』の、その「晦渋な和様漢文」について、しばしば言及している。『将門記』の漢文が、変則的で、正統的な古典的漢文から見れば、異様で、晦冥で、難解なものであることは、夙《つと》に指摘されている。これをあまり正統的な漢文の教養のない、田舎（あづま＝関東、東北地方）の僧侶が書いたから、という説があり、『陸奥話記』や『吾妻鏡』のような東日本の歴史書と並べて、擬漢文体の歴史文書として難解であるとして、敬遠される傾向があったことは否めない。古典文学大系や古典文学全集に収録されることもほとんどなかった。しかし、大岡昇平は、『将門記』の文体について、こう語っている。「この点『将門記』の記述は、遥かに詳しくまた現実的である。四六駢儷体による空ろな修辞もある。「猫と鼠」のような和語の対句を作って、滑稽に陥っている場合もある。しかし一方「厠底之虫」のような俗語的表現は、奇妙な現実性を持っているのである」と。さらにこう続ける。

全体として日本人の書いた英語みたいな、一種のたれ流し的文章であるが、この奇妙な文体に一種の緊張感が感じられるのはなぜか。

という疑問を投げかけ、『将門記』の研究者である梶原正昭氏の言葉、「『将門記』の筆者には、一貫して将門の武勇と行動に対する驚異の念がある」を引いて、「この変則な漢文を支えるものは感動によるリアリティである」というのである。

一言でいえば、プロの文章家の書いた、心のない文章よりも、感動や共感や共鳴を持ったアマチュアの文章のほうが、そのリアリティーが優っていることがある、ということだろう。もちろん、常に、素人の素朴な、拙い文章が、プロの文章を凌駕しているという意味ではない。そういうこともありうるということであり、プロの文章家、文章の専門家としての小説家も、おさおさそうした素人の文章のリアリティーや迫力に負けてはいけないという自戒を込めた言い方なのである。

「姉小路暗殺」では、事件に関わって目撃した中条右京の手紙が引用されている。「挙兵」では、天誅組の軍令書が、「竜馬殺し」では、坂本竜馬の手紙、「保成峠」では『南柯紀行』、「渡辺崋山」ではその獄中書簡が、原文のまま、かなりの分量が引用されている。これらの文章は、もちろん、文章の専門家の手になるものではなく（軍令書には、学者の手が入っていると見られるが）、基本的には文章を書くことについては素人か、公的にではなく、私的に書き綴った（書き流した）文章の類である。大岡昇平の歴史小説の中に、こうした原文の引用が多いのは、このような歴史的文書こそ、「歴史」そのものだという考え方が大岡氏にあったからと考えざるをえない。

井上靖や海音寺潮五郎との論争において、大岡昇平は「歴史物語」は、「歴史」ではないと揚言した。歴史とは、さまざまな史料、歴史的文書を湊合し、腑分けしてその史実を明らかにするものであって、史料の欠落を想像で補ったり、空想で補充したりするものではない。そうした想像＝創造の産物は「歴史物語」と称すべきものであって、歴史を基とした「歴史小説」と呼ぶべきものではないのである。大岡昇平のこうした歴史小説に対する厳密な姿勢は、森鷗外の小説『堺事件』への批判的言及から始まる、最晩年の長篇『堺港攘夷始末』まで、見事に一貫していたのである。

そこに、敗者、敗軍、敗戦国の哀しみと反省があったといえば、それは言い過ぎということになるだろうか。

（かわむら・みなと　文芸評論家）

初出一覧

将門記　『展望』一九六五年一月
渡辺崋山　『小説新潮』一九六六年七月
天誅　『小説新潮』一九六三年十月
姉小路暗殺　『小説現代』一九六五年一月
挙兵　『文藝春秋』一九六三年十月
吉村虎太郎　『世界』一九六三年十二月
高杉晋作　『別冊文藝春秋』一九六五年三月
竜馬殺し　『小説現代』一九六六年一月
保成峠　『文藝春秋』一九五三年八月
檜原　『文藝春秋』一九五六年一月

編集付記

一、本書は著者が日本史に材を採った歴史小説の短篇作品を独自に編集したものである。中公文庫オリジナル。

一、収録にあたり、筑摩書房版『大岡昇平全集』第8巻（一九九五年刊）を底本とした。底本中、明らかに誤植と思われる箇所は訂正し、難読と思われる語に新たにルビを付した。

一、本書には、今日の人権意識に照らして不適切な語句や表現が見受けられるが、著者が故人であること、執筆当時の時代背景と作品の文化的価値等を鑑みて、原文のままとした。

中公文庫

大岡昇平《おおおかしょうへい》 歴史《れきし》小説集成《しょうせつしゅうせい》

2017年1月25日　初版発行

著　者　大《おお》岡《おか》 昇平《しょうへい》

発行者　大橋 善光

発行所　中央公論新社
〒100-8152　東京都千代田区大手町1-7-1
電話　販売 03-5299-1730　編集 03-5299-1890
URL http://www.chuko.co.jp/

ＤＴＰ　嵐下英治
印　刷　三晃印刷
製　本　小泉製本

Published by CHUOKORON-SHINSHA, INC.
Printed in Japan　ISBN978-4-12-206352-5 C1193

中公文庫既刊より

各書目の下段の数字はISBNコードです。978－4－12が省略してあります。

ち-8-1
教科書名短篇　人間の情景
中央公論新社　編
司馬遼太郎、山本周五郎から遠藤周作、吉村昭まで。人間の生き様を描いた歴史・時代小説を中心に中学教科書から厳選。感涙の12篇。文庫オリジナル。
206246-7

ち-8-2
教科書名短篇　少年時代
中央公論新社　編
ヘッセ、永井龍男から山川方夫、三浦哲郎まで。少年期の苦く切ない記憶、淡い恋情を描いた佳篇を中学教科書から精選。珠玉の12篇。文庫オリジナル。
206247-4

み-9-7
文章読本
三島由紀夫
あらゆる様式の文章・技巧の面白さ美しさを、該博な知識と豊富な実例と実作の経験から詳細に解明した万人必読の文章読本。〈解説〉野口武彦
202488-5

み-9-11
小説読本
三島由紀夫
作家を志す人々のために「小説とは何か」を解き明かし、自ら実践する小説作法を披瀝する、三島由紀夫による小説指南の書。〈解説〉平野啓一郎
206302-0

み-9-12
古典文学読本
三島由紀夫
「日本文学小史」をはじめ、独自の美意識によって古今集や能、葉隠まで古典の魅力を綴った秀抜なエッセイを初集成。文庫オリジナル。〈解説〉富岡幸一郎
206323-5

こ-14-1
人生について
小林　秀雄
人生いかに生くべきか――この永遠のテーマをめぐって正しく問い、物の奥を見きわめようとする思索の軌跡を辿る代表的文粋。〈解説〉水上　勉
200542-6

ふ-2-7
楢山節考／東北の神武たち　深沢七郎初期短篇集
深沢　七郎
「楢山節考」をはじめとする初期短篇のほか、伊藤整・武田泰淳・三島由紀夫による選評などを収録。文壇に衝撃をもって迎えられた当時の様子を再現する。〈解説〉小山田浩子
206010-4

ふ-2-5
みちのくの人形たち 深沢七郎

お産が近づくと屛風を借りにくる村人たち、両腕のない仏さまと人形——奇習と宿業の中に生の暗闇を描いた表題作をはじめ七篇を収録。〈解説〉荒川洋治

205644-2

ふ-2-6
庶民烈伝 深沢七郎

周囲を気遣って本音は言わずにいる老婆（「おくま嘘歌」）、美しくも滑稽な四姉妹（「お燈明の姉妹」）ほか、烈しくも哀愁漂う庶民を描いた連作短篇集。〈解説〉蜂飼　耳

205745-6

ふ-2-4
言わなければよかったのに日記 深沢七郎

小説「楢山節考」でデビューした著者が、畏敬する作家正宗白鳥、武田泰淳などとの奇妙でおかしい交流を綴る、抱腹絶倒の日記他。〈解説〉尾辻克彦

201466-4

た-13-1
富士 武田泰淳

悠揚たる富士に見おろされた精神病院を題材に、人間の狂気と正常の謎にいどみ、深い人間哲学をくりひろげる武田文学の最高傑作。〈解説〉斎藤茂太

200021-6

た-13-3
目まいのする散歩 武田泰淳

近隣への散歩、ソビエトへの散歩が、いつしか時空を超えて読む者の胸中深く入りこみ、生の本質と意味を明かす野間文芸賞受賞作。〈解説〉後藤明生

200534-1

た-13-5
十三妹《シイサンメイ》 武田泰淳

強くて美貌でしっかり者。女賊として名を轟かせた十三妹は、良家の奥方に落ち着いたはずだったが……中国古典に取材した痛快新聞小説。〈解説〉田中芳樹

204020-5

た-13-6
ニセ札つかいの手記 武田泰淳異色短篇集 武田泰淳

表題作のほか「白昼の通り魔」「空間の犯罪」など、独特のユーモアと視覚に支えられた七作を収録。戦後文学の旗手、再発見につながる短篇集。

205683-1

た-13-7
淫女と豪傑 武田泰淳中国小説集 武田泰淳

中国古典への耽溺、大陸風景への深い愛着から生まれた、血と官能に満ちた淫女・豪傑の物語。評論一篇を含む九作を収録。〈解説〉高崎俊夫

205744-9

各書目の下段の数字はISBNコードです。978－4－12が省略してあります。

し-10-6
妻への祈り 島尾敏雄作品集
島尾敏雄
梯久美子 編
加計呂麻島での運命の出会いから、二人はどのようにして『死の棘』に至ったのか。島尾敏雄の諸作品から妻ミホの姿を浮かび上がらせる、文庫オリジナル編集。
206303-7

し-11-2
海辺の生と死
島尾ミホ
記憶の奥に刻まれた奄美の暮らしや風物、幼時の思い出、特攻隊長として島にやって来た夫島尾敏雄との出会いなどを、ひたむきな眼差しで心のままに綴る。
205816-3

し-10-5
新編 特攻体験と戦後
島尾敏雄
吉田満
戦艦大和からの生還、震洋特攻隊隊長という極限の実体験とそれぞれの思いを二人の作家が語り合う。関連するエッセイを加えた新編増補版。〈解説〉加藤典洋
205984-9

お-2-2
レイテ戦記（上）
大岡昇平
太平洋戦争の天王山・レイテ島での死闘を再現し戦争と人間を鋭く追求した戦記文学の金字塔。本巻では「一 第十六師団」から「十三 リモン峠」までを収録。
200132-9

お-2-3
レイテ戦記（中）
大岡昇平
レイテ島での日米両軍の死闘を、厖大な資料を駆使し精細に活写した戦記文学の金字塔。本巻では「十四 軍旗」より「二十五 第六十八旅団」までを収録。
200141-1

お-2-4
レイテ戦記（下）
大岡昇平
レイテ島での死闘を巨視的に活写し、戦争と人間の問題を鎮魂の祈りをこめて描いた戦記文学の金字塔。地名・人名・部隊名索引付。〈解説〉菅野昭正
200152-7

お-2-11
ミンドロ島ふたたび
大岡昇平
自らの生と死との彷徨の跡。亡き戦友への追慕と鎮魂の情をこめて、詩情ゆたかに戦場の島を描く。『俘虜記』の舞台、ミンドロ、レイテへの旅。〈解説〉湯川豊
206272-6

お-2-10
ゴルフ 酒 旅
大岡昇平
獅子文六、石原慎太郎ら文士とのゴルフ、一年におよぶ米欧旅行の見聞……。多忙な作家の執筆の合間には、いつも「ゴルフ、酒、旅」があった。〈解説〉宮田毬栄
206224-5